신외숙 24번째 소설

홍대 앞에서

도서출판 한글

목 차

꿈 34년 만에 만나다

동서울 시외버스터미널에서 ○○행 버스에 올랐다.

승차권을 발매하기 전, 함께 동승하는 지인(知人)에게 물었다.

"오늘이 정선 오일장이라는데 거기 갈까 아님 ○○를 갈까?"

"정선은 마음먹으면 언제나 갈 수 있겠지만 ○○는 그렇지 않잖아요? 이왕 가기로 한 것 가자고요."

그동안 얼마나 벼르고 별러 왔던 ○○ 여행이었던가. 생각해 보니 이번에도 미루면 영영 못 갈 것 같았다. 시간을 보니 5분 전이었다. 매점에서 맥반석 구운 달걀을 사서 가방에 넣었다. ○○행 버스는 터미널 맨 끝 쪽에 있었다. 운전기사가 빨리 탑승하라고 계속 소리치고 있었다. 40인승 버스에 승객이 나 포함 고작 8명이었다.

생각해 보니 ○○를 떠난 지 꼭 34년이 되었다. 대학 졸업 후 처음 경험한 직장생활이었다. 서울에 티오가 없어 강원도 교육청에 신청해 발령받은 ○○는 나의 첫 부임지이자 나중에 나의 중요한 소설 무대가 되었다. 나는 그 무대를 소설과 시나리오로 수도 없이 우려먹고 또 우려먹었다. 그곳을 떠날 때는 다시는 찾지 않으리라 다짐했는데 소설을 핑계로 나는 또다시 그곳으로 가고 있다.

시외버스가 출발하는데 마음속에서 이상한 희열과 흥분이 점점 차오르기 시작했다. 차창 너머로 기대와 불안이 마음에 빗금 치듯 지나갔다. 오전의 태양이 강물을 어루만지며 겨울의 흔적을 바람과 함께 지워내고 있었다. 버스는 도심과 자연의 풍광을 교대로 보여주면서 계속 강변도로를 질주했다. 그때 가슴을 탁! 치면서 문장이 떠올랐다.

여행은 그리움을 만나러 가는 길이다.

여행은 무한 상상력과 함께 자신을 향한 최대의 배려이자 감정의 호사이다. 과거와 미래가 만나는 현재진행형이자 낯섦에 대한 절실한 그리움의 방향이다. 또한 새로운 창작열을 부추기는 시초 감정이다. 마음이 34년이란 숫자에 집중하면서 갖은 착상과 시나리오가 펼쳐졌다. 혹시 아는 사람이라도 만난다면?

그럴 때를 대비해서 미리 선글라스를 준비하지 못한 것에 후회가 밀려왔다. 34년이라는 세월을 뒤집고 설마 나를 알아볼 사람이 있을까?

버스는 아파트 군단과 한강을 지나 계속 북쪽으로 전진했다. 양평 홍천 쪽을 거쳐 갈 줄 알았는데 호숫가가 나타나더니 아파트 군락이 밀집된 춘천을 거쳐 갔다. 버스는 춘천을 지나더니 춘양로라 쓰인 도로명을 따라 계속 질주했다. 4킬로가 넘는 터널을 지나고 1.5킬로 터널을 4개쯤 지난 것 같다.

희뿌연 산안개가 보이더니 소양강을 따라 사행길이 나타났다. 도로명도 꼬부랑길이었다. 그렇게 1시간쯤 달렸을까.

어서 오십시오. 국토 정중앙 ○○입니다.

이정표 팻말이 보였다. 최전방 금강산이 마주 보인다는 38선 이북 21사단이 현존하는 군 주둔 지역이다. 6.25전쟁 이전에는 북한 땅이었는데 휴전과 동시에 이남에 귀속되었다. ○○는 내설악이 있는 인제와 호수로 둘러싸인 화천 춘천과 더불어 북한과 가장 밀접한 지역이다.

특산물로 무시래기가 유명하고 두타연과 펀치볼 그리고 후곡리 약수터와 김수근 화가 기념관이 있을 뿐, 흔해빠진 관광지 한 곳 없다. 그럼에도 여느 도시 못지않게 외양이 번듯한 것은 북한과 인접해 있어 전시효과를 노린 것이라는 추측이 있다.

버스가 읍내로 들어서자 아파트 군단이 보였다. 그것도 고층 아파트였다. 이 한적한 벽촌에 아파트라니? 전혀 의외였다. ○○는 전혀 상업도시가 아니다. 최전방 군부대와 농민들이 거주하는 그나마 절반은 북한이 차지한 소규모의 군(郡) 지역이다. 도대체 누가 산다고 저런 아파트가 들어선 것일까. 의문과 호기심이 동시에 일어났다.

○○ 시외버스터미널을 빠져나오자 군 복장을 한 사병과 군인백화점이라고 쓰인 상호 건물이 보였다. 군인을 상대로 한 모텔과 상가가 줄지어 나타났다. 그러면 그렇지. 추위가 몸속으로 파고들면서 서울과는 확실히 온도차가 느껴졌다. 이제 곧 이 거리도 봄소식으로 꽃단장을 하리라. 시골답게 아스팔트 도로는 차량이 뜸했다.

주변을 둘러보면서 나는 속으로 34년이라는 단어를 계속 떠올렸다. 34년 전에 내가 다녔을 관공서 부근과 장터가 궁금했다. 그때는 관공서 빼고 다 단층짜리 건물과 허름한 농가가 대부분이었는데 지금은 3-4층 건물도 꽤 여럿 보인다. 사방이 산이고 논밭이었는데 지금은 전혀 생소한 읍내다.

혹시나 옛날 소읍 거리는 남아 있으리라 기대했었는데 소도시의 모양을 그대로 본뜬 상가 건물과 구획된 거리 풍경뿐이었다. 미용실과 음식점 커피전문점이 보였는데 정작 사람들의 발걸음은 뜸했다. 북풍이 거리를 휩쓸듯 지나갔다. 삭막하고 을씨년스러운 건 예나 지금이

나 똑같았다.

점심식사를 하려고 음식점을 찾았는데 폐점인 곳이 더 많았다. 세월 따라 상권이 무너지고 있었다. 이정표를 따라 교육청과 관공서를 찾아 옛 기억을 더듬고 싶었지만 이상하게 마음이 조급했다. 공연히 왔구나. 실망감이 물살처럼 마음에 퍼져왔다. 내 소설 속에 수없이 등장했던 기리를 찾아 무언가를 확인하고 싶은 욕망이 작은 파도처럼 일어났다.

관공서가 보이는 길을 따라가다 보면 내 소설에 등장했던 주요 장면들이 나온다. 그때 만났던 수많은 교사 공직자와 순박한 농민들. 그들을 소재로 한 소설 객지와 겨울안개가 있다. 또 육군 대위 민영기와 그의 동료이자 같은 육사 출신인 권혁철의 마음을 두고 사랑의 시소게임을 하는 여자 주인공 민정이 등장하는 소설 과거와 현재가 있다.

그건 내 어린 청소년 시절 기억을 떠올려 재구성한 것으로 시나리오로 각색된 바 있다. 과거와 현재는 주로 민정의 심리묘사에 주력하고 있는데 그녀는 항상 과거에 얽매여 살아가는 피해망상증 환자다.

내용은 이렇다. 여주인공 민정은 여고 때 만난 첫사랑인 민영기와 깊은 사랑에 빠진다. 그러다 어느 날 민영기로부터 이별 통고를 받는데 그때부터 민정은 거의 멘붕 상태에 빠져 생사의 기로를 헤맨다. 민영기를 결코 포기할 수 없었던 민정은 민영기의 친구인 혁철을 찾아가 하소연하기에 이른다.

민영기와 혁철은 육군 대위 둘 다 육사 출신이었다. 최전방에 복무하는 혁철을 찾아간 민정은 술집에서 만취해 쓰러지고 마는데…. 꿈속에서도 그리던 사랑하는 여자를 혁철은 놓칠 수 없었다.

친구에게 받을 비난이나 모욕감보다 혁철은 사랑하는 여자를 택했다. 새벽에 군가 소리가 들려오는 여관방에서 그는 민정을 품었다. 후에 민정은 혁철의 아이를 임신하게 되고. 아이를 지울 수 없다는 사실에 민정은 어쩔 수 없이 결혼을 감행한다. 결혼 이후에도 여전히 첫사랑 민영기를 못 잊고 그리워하는 민정, 그녀는 남편 혁철에게 모든 분풀이를 하며 살아간다.

"너만 아니었으면 민영기와 나는 잘 될 수 있었을 텐데."

그 말에 혁철은 기가 막힌 어투로 말한다.

"내가 몇 번을 말해야 알아듣겠어? 민영기한테 너는 그냥 스쳐 지나가는 여자 중의 하나였어. 나 아니면 그 녀석과 잘 될 수 있었을 거라고? 그게 말이나 되는 소리야? 영기는 우리보다 먼저 결혼했잖아. 그게 바로 증거라고."

그러나 민정은 영기를 결코 마음속에서 떠나보내지 못한다.

읍내 거리를 걸으며 지인이 물었다.

"언니, 여기가 언니 소설 속에 나오는 객지, 바로 그곳인가요?"

"네, 맞아요. 여기가 바로 그 객지예요."

"아! 겨울안개인가 거기에 나오죠? 홍천에 가서 여교사들과 장교들이 그룹 미팅을 했다는….."

"그래요, 이곳을 소재로 소설과 시나리오도 많이 완성했어요. 그때의 추억이 소설 감으로 거듭날 줄 누가 알았겠어요? 여기서 조금만 더 가면 선착장이 나오는데 옛날에는 거기서 배 타고 춘천으로 가는 직선코스가 있었어요. 지금은 춘천에서 여기까지 굴을 뚫어서 최단거리로 다니지만."

"그런데 참 멀리도 오셨네요?"

"지금은 서울서 1시간 50분 걸렸죠. 34년 전에는 4시간 30분 걸렸어요."

"세상에 그렇게나 오래?"

"그때는 마장동에 시외버스 터미널이 있었어요. 서울 마장동에서 출발해 구리 양평 홍천 인제 남면을 거쳐 왔거든요. 군인 초소를 10번도 더 지나고 소양호 사행길 아찔한 낭떠러지를 지날 때면 악! 소리가 저절로 났어요. 어찌나 아찔하던지."

"그런데 언니, 혹시 그 민영기 대위를 여기서 만난 거예요?"

"참, 민영기 대위는 여기서 만난 게 아니라 고등학교 다닐 때 바로 윗동네에 살던 내 첫사랑이었다고 몇 번이나 말해?"

말해 놓고 나서 나는 스스로 기가 막혀 웃었다. 34년 세월 동안 끈질기게 생각을 붙잡고 있다니.

"아! 그랬었지 30년 전에 이미 죽었다고."

지인은 말하다 말고 제 입을 틀어막는다. 내 눈빛이 사납게 이지러졌기 때문이다. 34년 전 나는 이 외진 곳에서 날마다 그의 출현을 기다렸고 그리워하며 살았다. 멀리 떠나면 잊혀질 줄 알았다. 그런데 그리움은 시간이 갈수록 심화됐고 또다시 떠날 수밖에 없는 환경이 다가왔다. 지인은 주변을 둘러보더니 또다시 묻는다.

"어쩌다 이 먼 곳까지 오게 된 건데요?"

"그때는 다른 곳은 다 티오가 차고 여기밖에 없었어요. 그리고 난 어릴 때부터 항상 멀리 떠나 살아보는 게 꿈이었어요."

어쩌면 나는 진즉부터 이곳으로 오기를 소망했는지 모른다. 그를 만날지도 모른다는 확률을 기대하면서, 막연히.

상가와 관공서를 사이에 두고 도내(道內) 버스가 이따금씩 오고 갔다.

사람들에게 물어물어 ○○○로 가는 버스를 탔다. 혹시나 옛 모습을 찾을 수 있지 않을까 열심히 창밖을 내다보았다. 옛날엔 비포장도로였는데 잘 닦여진 아스팔트 도로가 2차선으로 확장돼 속력을 높였고 논밭도 구획 정리가 잘 되어 얼마든지 자동차가 지나다닐 것 같았다. 버스가 지날 때마다 안내 방송이 나오는데 지명이 낯선 게 더 많았다.

가오적리 적리 광치 남면 도촌 후곡리 지석리를 지나 드디어 내가 근무하던 ○○○리가 나타났다. 중간 중간 지날 때마다 군부대도 나타났는데 난 그것을 정확히 기억하고 있었다. xx77 부대 xx03 부대. 백호부대. 야전 훈련장 사격장.

내가 근무하던 학교 근처에 연대본부 xx77 부대가 있었다. 버스 정류장에 내리자 부대명이 적힌 큰 입간판이 보였다. 버스에서 내리는데 추위가 온몸으로 달려들었다. 정류장 앞에 있던 슈퍼에 불이 꺼진 채 잡동사니만 산처럼 쌓여 있는 게 보였다. 서울서 춘천까지는 황량한 빈 벌판이었는데 ○○○리로 들어서자 잔설이 보였다. 강도 얼어붙어 있었고 바람도 찼다.

찬바람을 타고 눈발이 흩날리기 시작했다.

발걸음을 내딛는데 34년이라는 숫자에 가슴이 벅차오르기 시작했다. 이 거리를 꿈속에서 얼마나 헤매고 다녔던가. 내 소설 속에 자주 등장하는 객지의 상징적 의미가 바로 이곳이었다. 농토와 더불어 살아가는 농민과 군부대가 현존하는 전혀 낯선 이미지의 객지는 항상 내 소설의 모티브가 되었다.

객지의 의미는 전혀 낯선 곳에서 이방인과 함께 살아가는 자유와 방종이었다. 소심하고 어리석은 자아를 벗어버리고 강하고 겁낼 것 없는 멘탈의 소유자가 되어 변신을 꿈꾸는 곳이 바로 객지였다. 객지는 수모감을 상쇄 시켜주고 홀로서기와 자신감을 북돋워 주는 삶의 현장이었다.

개울이 흐르는 교각을 건너 내가 근무하던 초등학교까지는 거리가 꽤 길었었다. 그런데 어찌된 일인지 아스팔트가 깔리면서 거리가 엄청 단축돼 있었다.

개울물도 줄어들어 졸졸 흐르는 정도였다. 옛날에는 저 개울물에 주저앉아 빨래도 했었는데. 갑자기 눈앞이 안 보일 정도로 눈발이 거세지기 시작했다. 논밭도 벌판도 산도 강도 하얗게 솜이불을 뒤집어쓰더니 주먹만한 함박눈이 몰아쳤다. 스마트폰을 들고서 연신 셔터를 눌러댔다. 오늘 아니면 언제 또 이곳을 오려나.

그런데 주변을 둘러보니 이상한 게 한두 가지가 아니었다. 사방이 마치 사람이 전혀 살지 않는 죽음의 동네 같았다. 지나가는 사람도 없고 예전에 보였던 음식점과 여인숙 다방 옷 수선소 등이 하나도 없었다. 집도 신축을 거듭해 외양이 화려하고 산뜻했다. 군인들을 상대로 영업했던 그 많던 상가들은 다 어디로 간 것일까.

국가 정책에 따라 모두 다른 곳으로 이주한 것일까. 논밭은 그대로인데 많던 농가도 사라지고 남아 있는 건 몇 채 되지도 않았다. 모두 대도시로 떠나버린 걸까? 아님 읍내에 있는 아파트로 모두 이사 간 걸까? 길을 지나다 보니 밭에 연탄재가 나뒹굴고 있었다. 프로판 가스통과 연탄 광도 보였고 펌프 대신 수도관이 연결돼 있었다.

옛날에는 학교 진입로에 보이던 코스모스 길이 소나무 몇 그루만 남아 세월의 변화를 실감하게 했다. 운동장에는 고운 흙 대신 잔디가 깔리고 축구 골대가 보였고 병설유치원이라는 새로운 팻말도 보여 의

아심을 일으켰다.

지인이 물었다.

"사람들도 별로 살지 않는 것 같은데 유치원에 올 아이가 있을까요? 폐교하는 거 아닐까요?"

"이곳에 주둔하는 군인가족들 가운데 어린아이가 있으니까 그런대로 학교나 유치원 정원은 채워질 거예요."

"사람들도 보이지 않고 마치 죽은 동네 같아요."

옛날에도 청년들이 도시로 다 떠나버려 노인들뿐이었는데 지금은 오죽하랴. 동네는 부대로 들어가는 군용 버스만 가끔 지나갈 뿐 행인 한 명 없었다. 농가가 보이는 곳으로 가보았는데 역시나 마찬가지였다.

무슨 영화의 한 장면을 보는 것 같았다. 그 많던 음식점과 구멍가게 옷 수선소 다방은 다 어디로 사라진 걸까? 나중에야 깨달았다. 34년이란 세월 동안 군 문화나 체질도 변했고 주 고객이었던 사병들의 의식이 변한 것이다. 요즘 군인들은 면회 올 때 군것질거리 사오는 걸 좋아하지 않는단다.

군 PX에 가면 갖고 싶은 것 먹고 싶은 음식이 줄을 지어 있다고 한다. 면회갈 때 따로 준비할 것 없이 돈만 주고 오면 된단다. 그러니 군부대 근처에 있는 상가들이 일제히 문을 닫고 떠난 것이다. 또 한 가지 사실이 있다. 요즘 군대는 왼손잡이를 위해 특수 제작된 총도 있다고 한다.

학교 안에는 교직원 것으로 보이는 자동차들이 눈을 뒤집어 쓴 채 주차돼 있었다. 자주 쥐가 출몰하던 판잣집보다 더 허름하던 관사도 화려한 외양과 최신식 시설과 함께 에어컨 실외기도 보였다. 관사 주변에 보이던 밭도 공터로 변해 있었다. 학교 뒷산에 있던 밤나무도 수가 많이 줄어 있었다.

"저 뒤로 난 산만 넘으면 곧바로 북한인가요?"

지인은 연신 묻고 또 물었다.

"저기 맨 뒤에 보이는 저 큰 산 너머가 북한이에요."

"어유 무서워라. 어째 이렇게 먼 곳까지 와서 근무했대요?"

"그때는 하루 빨리 떠나는 게 소원이었으니까."

"산만 넘으면 북한이라니 그렇게나 가까워요?"

"저기 보이는 도로 있지요. 저쪽에서 버스를 타고 한참 달리면 팔 랑리라는 곳이 나와요. 거기서 조금만 더 가면 민통선 해안이라는 곳 이 나오는데 비무장 지대예요. 거기 이전에 대암산 GP에 가면 중간 중간 초소가 나오는데 한 초소에 보통 중령 두 명이 상존해요."

언젠가 여교사 협의회에서 최전방 초소를 방문한 적이 있었다. 그 때가 5월이었다. 대암산에서 함박눈이 펄펄 날리고 있었다. 얇은 블 라우스를 입고 GP에 들어섰는데 난로 안에서 장작불이 활활 타고 있 었다. 그때 GP 안에는 중령 두 명과 사병이 있었는데 우리가 들어가 니까 분위기가 바뀌었다. 민간인 보기가 얼마만이냐면서.

그때 중령이 사병에게 손님 오셨으니까 커피를 타오라고 명령했는 데 나중에 보니까 프림도 넣지 않고 블랙커피에 설탕만 잔뜩 집어넣 어 가져 왔었다. 심부름시킨 중령이 민망해 하면서 하던 말이 생각난 다.

"짜식, 넌 군대 오기 전에 커피도 안 타 봤냐?"

팔랑리에서 대암산 정상을 오르는데 곳곳이 지뢰밭이었다. 철조망 에 달린 빨간 딱지가 지뢰밭 매설이라고 표시하고 있었다.

학교 진입로 앞에 부대명이 보였다. 지인이 물었다.

"저기 부대 안에 들어가 본 적 있으세요?"

"34년 전에 연예인 공연이 저 부대 안에서 있었어요. 동네 사람들과 같이 관람한 기억이 나요. 온 동네가 악기 소리로 들썩들썩 했었어요. 그때는 전두환 정권 시절이라 전방지역에는 밤 열 시만 되면 통금시간이라 돌아다니지도 못했어요. 언젠가 한밤중에 동네 길을 지나는데 반딧불이 날아다니는 거예요. 연둣빛이 나는 벌레였어요."

"세상에 반딧불이 정말 있었구나."

눈발이 거세지면서 눈앞이 흐려졌다. 눈은 온 동네를 덮고 34년이라는 세월마저 덮어가고 있었다. 거리 풍경은 상상과 추측만을 되풀이할 뿐 기억을 재생할만한 그 어떤 것도 제공하지 않았다.

"세월만큼 빠른 건 없다는 옛말이 하나도 그르지 않아요. 옛날에는 이곳 생활이 지겨워 빨리 세월이 지나가 주길 바랐는데 이렇게 34년이란 세월이 눈 녹듯 지나가 버리고 말았네요."

쏟아지는 눈을 손바닥으로 받아내며 난 들뜬 목소리로 말했다. 이곳을 떠난 후 34년 동안 겪었던 수많은 격랑의 세월이 가슴을 훑고 지나갔다. 이곳을 떠나자마자 나는 수없는 난관에 부딪쳤었다. 백수라는 괴물과 함께 바닥까지 추락하는 위기도 수도 없이 경험했다. 끔찍한 병고(病苦) 앞에 죽음의 문턱까지 이른 적도 있었다. 우울증과 대인공포증에 시달리면서 한동안 멘붕에 빠지기도 했다.

삶은 언제나 내게 호의적이지 않았다. 수없는 악재와 돌발적인 변수로 쌓아놓은 것들을 한꺼번에 무너뜨렸고 운명이라는 지긋지긋한 절망과 가족 해체로 삶을 포기하고 싶은 순간도 많았다. 하지만 난 곧바로 일어났다. 내 근저에 자리 잡은 꿈, 바로 그 꿈 덕택이었다.

내 인생 스토리에다 허구라는 옷을 입고 재탄생한 소설은 활력소가 되었고 어느새 삶의 이유가 되었다. 창작은 기쁨과 동시에 새로운 만족감을 수시로 공급해 주었다. 창작은 팔자와 운명처럼 내 곁을 떠나지 않고 나를 지켜주었다. 신(神)도 할 수 없는 과거를 수시로 변모시켜 주면서 가슴 속의 원한을 씻어주었다.

그리고 세월의 결과로 내게 새로운 사실을 인지시켜 주었다.

그래도 인생은 살만한 것이구나.

"언니 소설 속에 나오는 민영기 대위 아직도 생각나세요?"

"네, 생각나요."

"어머나."

지인은 놀란 눈빛이다. 그 말끝의 여운을 나는 알고 있다. 이미 죽은 지 30년이나 됐는데.

"그때도 소설을 쓰셨나요?"

"그때라니?"

"민대위를 만났을 당시 말이에요?"

"사실은 내게 소설을 써보라고 권유한 사람이 바로 그 사람이에요."

"아! 네에…."

"34년 전 이곳을 떠날 당시 막 부임한 지 얼마 안 된 총각교사가 있었어요. 나보다 한 살인가 어렸는데 직원들이 둘을 사이에 두고 얼마나 농담을 해대던지 나중엔 그 도가 지나쳐서 심각한 지경에 이를 정도였어요. 도망치듯 사직서를 쓰고 나오는데 그 염선생이 그러더라고요."

"뭐라구요?"

"딱 1년만 더 있다 가재요."

"1년이요? 어디로요?"

"자기 고향 충청도로 가자고, 기가 막혀서. 내가 이 촌구석이 싫어서 떠나는데 나보고 또다시 충청도 산골짜기로 가자니 그게 말이 되냐고 했더니 자기네 고향은 여기와 달리 살기가 매우 좋다나 뭐라나, 못생긴 주제에…."

"얼마나 못 생겼는데요?"

"눈은 뱁새같이 째지고 등은 구부정하고 걸음은 팔자걸음에다 공부도 잘못 가르치면서 지휘봉만 휘두르면서 소리만 빽빽 지르고."

"아직도 생생하게 기억하시네요."

"그럼요, 벌써 소설로 써 먹었는 걸요."

교각을 건너는데 산 밑에 방공호가 보였다. 생각해 보니 논밭 강부대명 빼고 다 변했다. 버스 정류장 앞에 중학교 전광판이 보였다. 신축된 교사(校舍)가 깨끗하고 세련돼 보였다. 학교 입구에도 산뜻한 색채로 이정표를 알리고 있었다.

"34년 전 저 중학교에 미혼 커플 교사가 있었어요. 여선생은 서울에서 경희대를 나왔는데 원래 수녀 지망생이었대요. 그런데 그만 총각교사와 눈이 맞아 동거부터 한 거예요. 소문이 아이들은 물론 각 학교 교사들과 나중에는 읍내 교육청까지 확산되고 말았죠. 소문은 발이 달려서 확대 재생산 되고, 그런데 나중에 남자 선생이 마음이 변한 거예요, 여선생한테 이별 통고를 하자 여선생이 울고불고 난리가 났죠."

"그래서요?"

"그때만 해도 옛날이라, 어른들이 나섰죠. 상사인 교장 교감 선생이 나서서 남선생을 다그치고 윽박질러서 청첩장 박아서 결혼시켰어

요. 그 때문에 처녀 총각 선생이 있는 학교는 각별하게 감시 감독을
잘하라는 지시가 내려왔어요. 다 옛날이야기죠."

눈이 아예 다발로 쏟아지고 있었다. 중학교 건너편 면사무소는 아
예 눈 속에 파묻혀 형체조차 보이지 않았다. 비닐하우스에도 빨강 파
랑 기와지붕 위에도 엄청난 기세로 눈이 쏟아 붓고 있었다. 그러고
보니 면사무소가 있는 동네 이름이 기와 마을이었다. 또 다른 말로
양짓말이라고도 불렀다.

대학 졸업하고 처음으로 시작한 직장생활이라 힘들었던 순간이 많
았다. 아무리 사회 초년생이라 해도 나는 너무 천방지축에다 제대로
된 분별력이 없어 실수를 연발했다. 학부모와 면담할 때도 호칭을 잘
못해 말실수를 여러 번 했고 툭하면 그만두겠다고 말해 신뢰성을 떨
어뜨리기도 했다.

대부분 나보다 7-8년 혹은 20년 이상 연상이라 편한 점도 있었지
만 세대차이로 인해 소통이 전혀 안 되는 측면이 많았다. 관사에서
생활할 때는 개인 사생활이 노출될 때도 많았는데 웃지 못 할 일도
많았다.

그때 학교 관사에 교사 부부가 여럿 살고 있었는데 그중 나보다 7
살 많은 두 부부가 있었다. 그들 부부의 사는 모습을 수필로 쓴 기억
이 난다. 그들은 둘 다 집안의 장남에다 부인의 학력이 중졸이었다.
바로 내 옆 관사에 사는 부부는 아들 둘에 딸 하나를 두었고 앞 관사
에 사는 부부는 아들 하나가 있었다. 겉으로 보기에는 사는 모습이
비슷한데 안을 들여다보면 전혀 딴판이었다.

3남매를 둔 교사 부인은 일찍 부모를 여의고 작은집에서 성장했다
고 한다. 눈칫밥 먹으며 살다 결혼했는데 결혼 당시 시댁의 엄청난

반대가 있었다고 한다. 신혼 초기에는 남편의 월급을 몽땅 시집에 부치고 거의 굶다시피 살았다. 그 돈으로 시동생 시누이 대학 공부시키고 결혼까지 시켰는데도 시어머니는 그녀를 아예 노예 부리듯했다.

심지어는 시동생들까지 나서 형수를 무시하고 조카들도 마구 야단치고 박대했다. 그런데도 그 여자는 맏며느리로서 인정받기 위해 자신은 못 먹고 못 입고 휴지 한 장조차 못 쓰면서 최선을 다했다. 남편 공대는 물론이요 시동생들에게도 최상의 예우를 갖췄다. 아기를 낳자마자 부엌에 나가 일하고 다섯 살 먹은 딸에게도 밥 짓는 걸 시킬 정도였다.

몸이 아파 병이 들어도 병원도 가지 못했다. 그렇게 하는 것이 며느리로서 아내로서 인정받는 길이라 생각하는 모양이었다. 병색이 짙어 남편이 병원에 가라고 하면 안 아프다고 하면서 온갖 현모양처 노릇을 다했다. 그렇다고 달라지는 것은 없었다. 반면 아래쪽에 사는 교사 부인은 몸이 아프면 친정에 가 한 달이고 두 달이고 오지 않았다.

몸이 조금 힘들다고 말하면 시누이가 득달같이 달려와 온갖 집안일을 다했다. 남편에게도 큰소리 탕탕 치고 살았다. 명절 때 시댁에 가면 시아버지가 며느리를 즐겁게 해주기 위해 온갖 덕담을 다했다. 시동생 시누이는 물론 시부모까지 며느리에 대한 정성이 이만저만이 아니었다. 어쩌다 두 부인이 하는 이야기를 들은 적이 있다.

"그렇게 좋은 시부모에다 시동생들 만난 것도 다 복이에요."

3남매를 둔 부인은 그렇게 말하면서 몹시 부러워했다. 그 여자를 보는 사람들의 시선은 천양지차였다. 도대체 저렇게 자신과 자식들을 희생시켜 가면서까지 시댁식구들에게 인정받고 싶어 하는 이유가 뭘까.

그녀의 동서들은 모두 최고 학부를 나왔다고 한다. 결혼해서도 맞벌이하느라 모두 행색이 곱고 시어머니에게도 인정받고 사랑받았다. 그래서 명절 때 시댁에 가면 시어머니는 맏며느리에게 부엌일을 몽땅 맡기고 작은며느리들은 방에서 꼼짝도 못하게 했다.

그런데도 그녀는 속도 없는지 죽어라 일만 하는 것이었다. 그녀가 하는 자랑은 늘 한 가지였다. 살림솜씨 자랑이었다. 가장 적은 돈으로 살림하는 걸 최고의 자랑으로 여겼다. 병색이 도는 얼굴에도 살림 솜씨만 자랑했다. 아이들은 눈치꾸러기가 되어 늘 기도 못 펴고 지내는 데도.

그런가 하면 과거의 여성 편력을 입버릇처럼 자랑하는 남자 교사가 있었다. 그는 40대 중반으로 얼굴에서부터 카사노바 기질이 농후했다. 그의 자랑은 늘 한 가지였다. 40평생 벌어온 여자들과의 엽색행각이었다. 직원들의 회식 자리가 있는 날이면 그의 화려한 여자 경력은 날개 돋은 듯 남자들 입가에서 팔려 나갔다.

"십 년 전엔가 내가 사북에서 근무할 때였지, 탄광촌이라 여간 힘든 게 아니었어, 수업 중에도 사이렌 소리가 들리면 아이들이 밖으로 우르르 달려 나가는 거야, 갱도가 무너져 내렸다는 신호였지, 아버지가 광부인 아이들은 울고불고 난리가 났지. 대개 하루 벌어 하루 먹고 사는 사람들도 많았어, 얼굴 예쁜 깔치들도 많았지."

그는 침을 꼴깍 삼키고 나서 말했다.

"그런데 그 탄광촌 학교에서 근무할 때 말야, 나를 좋아하는 처녀 선생이 둘 있었는데 말야, 내가 어떻게 했겠어?"

그가 좌중을 둘러보며 말하자 여기저기서 말이 튀어나왔다.

"뭐 어떡해? 따먹었겠지."

카사노바는 회심의 미소를 지으며 말했다.

"여관에 데리고 가서 자고 난 뒤 여관비 계산하라고 했지."

"잘했네, 지가 좋아서 잤는데 뭐."

남자들은 서로 술을 권커니자커니 하면서 음담패설을 이어갔다.

그건 그들의 생활의 일부이자 재미인 모양이었다. 그중에서도 교무주임과 새마을 주임의 말이 기가 막혔다.

"내 젊었을 적 군대시절의 일이야. 구보에서 낙오돼 혼자 산길을 걷고 있을 때였어. 산속에 외딴집이 보였어. 가까이 가니까 여자 고무신이 보이는 거야."

"그래서?"

카사노바 남자 선생이 입맛을 다시며 물었다.

"옳다, 여자가 있구나 싶었지."

그때 군부대 쪽에서 연달아 총소리가 들렸다.

"음, 재미 보고 싶은 생각이 들었겠지."

"그래서 방문 가까이 갔는데 아뿔사 여자 혼자 있는 게 아니고 늙은 어멈도 있더라 그 말이지."

"그래도 확 덮치지……."

"예끼 이 사람. 벼룩이도 낯짝이 있지."

순간 살의(殺意)가 욕구처럼 내 안에서 치솟았다. 소리 안 나는 총이 있다면 당장 탕! 쏴버리고 싶었다. 도대체 저런 인간들을 남편으로 믿고 사는 여자들의 심경(心境)은 어떤 걸까 몹시 궁금해졌다. 세상에 아무리 남자가 없어도 그렇지 어디서 저런 쓰레기를…….

언젠가 카사노바 선생의 부인을 본 적이 있었다. 그녀는 남편보다

7살인가 적었는데 날씬한 몸매에 꽤나 세련된 분위기였다. 경상도 사투리를 써가며 이야기하는데 여간 똑똑한 게 아니었다. 교사 부인들의 모임을 그녀가 주도하면서 식자층 행세를 했다. 그때 나는 속으로 생각했다.

그렇게 잘난 척 똑똑한 척 그만하고 니 남편 단속이나 잘해라. 어디 남자가 없어 저런 한량을 남편이라고 데리고 사냐? 나 같으면 벌써 쓰레기통에 처박았겠다. 가는 여자 안 붙잡고 오는 여자 안 막는다는 게 그의 지론이었다. 그의 눈빛에는 항상 음욕과 음탕함이 보였는데 나만 그걸 뒤늦게 발견했다.

언젠가 이웃 학교 여교사가 방문한 적이 있었는데 그녀가 말한 내용이 생각난다.

저런 사람은 아무 여자나 보면 하고 싶어서 환장하는 그런 스타일이에요, 선생님께서도 조심하는 게 좋을 거예요.

그녀의 예언은 백발백중 들어맞았다. 마지막 출근 체크를 하기 위해 교문을 들어서는데 그가 다가와 말했다. 인생은 한순간에 끝나는 것이기에 기회 있을 때 즐기는 게 현명한 것이라고. 그리고 또 말했다. 자기는 언제든 그 즐거움에 동의해 줄 수 있는데 내 의견은 어떠냐고? 정말 쳐 죽일 인간이었다.

난 그 순간 소리 안 나는 총이 있다면 그자를 당장 쏘아 죽이고 싶었다. 그리고 그 똑똑한 그의 아내에게 말해주고 싶었다. 넌 저런 개쓰레기 같은 놈을 남편이라고 데리고 살고 싶은 거냐? 옛말에 열 계집 싫다는 놈 없다더니 그 말은 만고불변의 법칙인가 보았다. 요즘 벌어지는 미투 운동만 보아도 그렇다.

이상도 하지. 좋은 기억은 쉽사리 잊혀지는데 나쁜 기억이나 상처받은 기억은 머릿속을 붙잡고 도무지 떠날 줄을 모른다. 상처 위에 기름을 붓고 비아냥거리고 모든 걸 피해자에게 떠넘기는 인간을 만났을 때는 더더욱 분노가 거세진다. 사람들은 대체로 가해자에게 관대하다. 가해자에게 인권 운운하는 세상이다.

자식을 때려죽인 패륜적인 범죄를 저지른 인간의 얼굴을 마스크와 모자를 뒤집어씌워 인권을 보호한다. 그런 인간에게도 교도 행정은 최대의 배려 정책을 펼친다. 강간범에게는 책임을 묻지도 않은 채 오히려 강간당한 여자에게 원인제공하지 않았냐고 따진다.

얼마 전 극장가에서 상영되었던 영화에서는 그러한 극한 여혐(여성 혐오) 현상을 볼 수 있었다.

여자를 납치해 윤간한 남자들이 잔인하게 여자를 살해하며 쾌감을 만끽하는 장면을 여과 없이 그대로 내보냈다. 국내 최고 배우들이 출연한 그 영화는 여혐 논란에 휩싸이다 얼마 안 가 종영하고 말았다. 악을 극대화하고 미워하게 함으로써 심판한다는 의미를 부여했다고 주장했지만 그건 누가 봐도 여혐이었다.

종교권에서도 여혐 현상은 두드러지게 나타난다. 여자는 자식을 생산하는 도구이며 쾌락의 대상으로만 취급한다. 그런 여자에게 조금이라도 부정한 낌새가 보이면 가족 중의 남자가 잔인하게 살해하는 명예살인 제도가 있다. 국가에서도 눈감아주고 심지어 그런 가문을 명문가문으로까지 추대하기까지 한다.

그러고 보면 요즘 벌어지는 미투 운동은 여성인권 차원을 벗어나 남혐 현상으로까지 여겨진다고 할 수 있지 않을까. 몇 년 전 군부대 내에서 벌어졌던 성폭력 사건으로 임신한 여자 장교가 자살한 사건이 있었다. 성희롱도 모자라 강간이라니. 사람의 생각을 다루는 문단에

서조차 성폭력 사건이 대두됐는데 그것이 도화선이 되어 전 예술 분야, 심지어 정치판으로까지 불똥이 튀고 있다.

여자라는 입장에서 당한 것만으로도 충격 그 자체인데 실명으로 나서서 그것을 공개했으니 얼마나 큰 각오와 결단이 있었을까. 남의 일이라고 쉽게 보아 넘길 일이 아니다. 예전에 내가 대인관계에서 겪은 상처와 어려움을 이야기했을 때 많은 지인(知人)들이 말했었다.

그게 다 니가 부족하고 모자라서 벌어진 일이야. 니가 똑똑하고 빈틈없이 행동했어 봐라 그런 일이 생겼겠나. 사람을 두 번이나 죽이는 말을 그들은 장난처럼 서슴없이 내뱉고 웃었다.

그 말은 마음속에 응어리진 한으로 남았고 나는 그들을 소설 속으로 끌어들여 응징하고 복수했다. 가장 잔인한 원수는 내 주변 가장 가까운 곳에 있었다. 성경에도 나와 있지 않은가. 집안에 원수가 있다고. 사람은 자기 이야기가 아니라고 남의 상처에 대해 쉽게 말하고 용서와 사랑을 외친다. 그런 인간들에게 해 줄 말은 딱 한마디다.

너도 한번 똑같이 당해 봐라.

그런 면에서 볼 때 요즘 벌어지는 미투 운동은 결코 일시적인 현상으로 끝나서는 안 된다. 갑질 행태를 벗어난 폭력사태에 대해 내로남불(내가 하면 로맨스 남이 하면 불륜) 자세를 취해서는 안 될 것이다. 내가 피해자가 아니었다 해서 방관할 일은 아닌 것이다.

창세 이후로 이런 미투 현상이 또 있었을까. 자기가 당한 상처와 피해를 만천하에 공개한 그들은 그동안 얼마나 어둠 속에서 숨죽이며 살았을까.

인터넷에 수시로 떠오르는 미투 고백에 나는 작가로서 온갖 상상력을 동원해 가며 흥분했다. 그래도 옛날에는 법 제도가 있어 여성의 인권을 보호해 주는 차원이 있었다. 사랑을 책임지는 최소한의 도덕적인 윤리의식이 있었다. 하지만 현대는 책임은 사라지고 쾌락의 의미만 살아서 각종 미디어를 장식하고 있다.

그러고 보니 민대위 또한 그들과 별다르지 않은가. 여러 여자들의 마음을 두고 감정 게임을 했으니 말이다. 그런 헛된 감정을 두고 사랑이라고 평생을 붙잡고 살았으니, 그럼에도 이 기쁘고 애틋한 마음은 어디에서 오는 것일까. 아연하고 기막히고 한심하다.

중학교 교사 미혼 커플의 사랑은 이미 고전적인 사랑에 속한다. 언젠가 20대 젊은이들의 사랑관에 대해 들은 적이 있다. 요즘 젊은이들은 호감이 가면 자로 재지 않고 곧바로 사귄다.

"너, 나 마음에 드냐?"

"응 그래."

"그래 그럼 사귀자."

얼마 안 가 남자가 말한다.

"우리 오늘 잘까?"

"그래, 그러지 뭐."

몇 번의 성관계로 싫증이 난 남자가 말한다.

"나 너 싫어졌어. 이제 그만 끝내자."

여자가 말한다.

"그래? 그러지 뭐."

만남과 헤어짐에 대한 애틋함이나 진실성이라곤 조금도 찾아볼 수가 없다. 그나마 요즘 젊은이들은 연애조차 않는다고 한다. 주머니 사정이 여의치 않기 때문이다. 옛날처럼 사랑에 목숨 걸고 결혼에 목

매달고 헌신하는 세상이 아니다. 살인적인 농사일에 자녀 교육에 목숨 걸었던 그런 옛 어머니상은 더 이상 찾아보기 힘들다.

눈발을 헤치고 군부대 쪽으로 들어가는 군용버스가 보였다. 옛날에는 보이지 않던 군용버스가 새로운 교통수단으로 등장한 모양이다. 창가에 어린 사병들의 모습이 불안한 표정으로 스쳐갔다.

"우리 아들도 지금 부대 내에서 저러고 있을 텐데. 추운데 고생하는 건 아닌지."

지인은 아들 걱정에 땅이 꺼져라 한숨이다. 잡동사니만 잔뜩 쌓인 미니슈퍼는 풍파에 맞서 간판 색깔이 완전히 바래져 있었다.

"꿈은 이루어진다. 이런 말 알아요?"

내 질문에 지인은 심드렁하게 말한다.

"알죠."

"나는 그 말이 나와 전혀 상관없는 줄 알고 살았어요. 그런데 어느 날 보니까 그 꿈이 내게도 이루어져 있는 거예요."

"어떤 꿈이었는데요."

"난 어릴 때부터 꿈쟁이였어요. 현실과 상관없이 무한정 꿈을 꾸었어요. 집안이 찢어지게 가난한 데도 말이죠. 첫 번째 꿈은 먼 시골로 가서 초등학교에 근무하는 것이었어요. 두 번째 꿈은 소설가가 되는 것이었죠. 결국 다 이룬 셈이죠."

"성공하셨네요."

"가장 감사한 건 내 정체성을 찾은 거예요. 어릴 때부터 가슴 속에 늘 꿈을 품고 사는데 현실은 전혀 그게 아닌 거예요. 현실은 늘 바닥을 치고 그러다 보니 늘 미래가 두려웠어요. 한 고비 넘고 나면 또 한 고비가 기다리고 그렇게 고비를 넘고 났는데 어느새 꿈이 현실로

와 있더라고요. 참 신기하죠?"

"그게 다 신의 은총 아니겠어요? 사실 우리 인생은 일분일초 이후
의 일도 알 수 없잖아요. 전능주의 인도하심이 아니고서는 결코 살아
갈 수가 없는 게 인생길 아닐까요?"

지인은 제법 설교 같은 말을 한다.

"그렇죠, 내 인생 내 마음대로 사는 것 같지만 그렇지 않아요. 모든
게 다 하느님 은총이에요."

말해 놓고 보니 내가 무슨 큰 신앙인이나 된 것 같은 착각이 든다.
객지의 거리에 어둠이 스며들고 있었다. 눈길을 헤치고 달려온 도내
버스에 몸을 싣자마자 피곤이 엄습했다. 눈이 저절로 감기는데 정류
장을 알리는 멘트가 계속 귓가에 머물다 사라졌다. 거센 눈보라 속에
객지는 점점 내 마음속에서 사라져 갔다.

읍내 시외버스 정류장에 하차했다. 함께 버스에서 하차한 중년여자
에게 물었다.

"옛날에는 여기 근처에 선착장이 있어서 곧바로 춘천으로 가지 않
았나요?"

나는 뻔히 알고 있는 사실을 일부러 물었다.

"그렇죠. 아주 오래 전 이야기네요. 지금은 춘천까지 곧바로 가는
길이 뚫렸어요."

"옛날에 춘천에 사는 직원들이 소양강 댐에서 쾌속정 타고 곧바로
출근하곤 했었어요. 제가 34년 전에 ○○○에 있는 초등학교에 근무
했었거든요. 세월이 지나 다 늙어 가지고 어떻게 변했나 궁금해서 한
번 찾아와 본 거예요."

그녀가 내 얼굴을 힐끗 쳐다보더니 말했다.

"아! 거기서 선생님 하셨구나. 그런데 별로 늙은 것 같지 않은데."

그 말에 웃음이 나왔다. 내 나이보다 적게 보는 것인가.

"그런데 변해도 엄청 변했네요, 하긴 34년이란 세월이 흘렀으니."

말해 놓고 나니 세월이 참 고맙다는 생각이 든다. 세월은 용서와 망각이라는 단어를 선물처럼 주고 사라지는 신기루 같다. 꿈속에서 수도 없이 많이 와 보았던 거리다. 소설로도 울궈먹고 또 울궈먹고 시나리오로 재생시켜 각색까지 했던 무대가 바로 이곳이다.

나는 자신도 모르게 자꾸만 웃음이 나왔다. 재미있고 드라마틱한 소설 구상이 연이어 떠올랐다. 과거는 후회를 생각나게 하지만 감사 라는 단어도 끝없이 떠오르게 한다. 하느님의 은총이 아니었던들 어 떻게 지금까지 살아올 수가 있었을까. 에벤에셀. 여호와 이레. 나도 모르게 되뇌어 보면서 시외버스에 올랐다.

창밖으로 ○○ 거리가 눈발 속에 점점 사라지고 있었다. 시외버스 가 춘천을 지날 때까지 눈발은 거세게 몰아쳤다. 그러다 경기도 입구 에 들어서면서 신기하게 눈발이 잦아들기 시작했다. 그러더니 서울로 진입하면서 눈발은 완전히 그쳤고 전광판의 전자 불빛과 함께 아이돌 음악이 귀청을 찢을 듯이 들려왔다.

두려웠던 미래는 현실로 바뀌면서 새로운 메시지를 사람들의 가슴 마다 전해주고 있었다. 미래는 우리의 몫이 아닌 절대자의 몫이었다. 길거리를 지나는데 전단지에 써진 글자가 보였다.

"여호와께서 사람의 걸음을 정하시고 그 길을 기뻐하시나니 저가 넘어지나 아주 엎드러지지 아니함은 여호와께서 손으로 붙드심이라."

(2021년 사상과 문학)

한계상황

길을 걸어가는데 등 뒤에서 말소리가 들렸다.

"난 어릴 때 얼마나 머리가 나빴는지 스스로 저능아라고 생각했어요. 제대로 된 판단력이나 분별력도 없고 이성(理性)이나 존재했는지 모르겠어요."

"어릴 때 무슨 생각인들 못하겠어요. 점차 자라면서 지혜도 생각의 틀도 변하는 거겠지요."

"그게 아니라 내 말은 눈치코치도 없을 만큼 아둔함 그 자체라는 뜻이지요."

"지금은 아니잖아요."

"그러니까 내 말은……."

상대는 위로나 격려해 주기 위해 애쓰는 것 같았다.

"세상은 공평해요. 왜냐하면 하느님은 각 사람에게 재능을 주셔서 그걸로 먹고 살라고 은혜를 주셨거든요."

"공평하다니? 그게 무슨 뜻이에요?"

"하느님은 모든 사람에게 공평하게 기회를 주셨다는 뜻이에요."

발걸음을 시장으로 향하는데 그들과 길이 엇갈리면서 대화는 더 이상 들려오지 않았다. 길을 지나는데 길냥이에게 먹이를 주고 있는 여자를 발견했다. 가까이 다가가는데 그녀가 먼저 나를 알아보고 인사했다.

"안녕하세요? 지난번에 주신 사료, 얘네들한테 잘 먹이고 있어요."

아기 냐옹이 3마리가 맛있게 사료를 흡입하고 있었다. 자세히 보니까 내가 준 사료 외에 캔 사료도 함께 먹고 있었다. 여자는 아기 냐옹이를 계속 쓰다듬으며 귀여워 어쩔 줄을 몰라 했다. 네거리를 지나 어린이 공원을 걸어가는데 어디선가 아이 울음소리가 들렸다.

이어 앙칼진 여자 목소리도 들렸다. 사람들이 금세 모여 들었다. 5-6세쯤 됐을까. 여자 아이는 엄마로 보이는 여자로부터 무수히 난타를 당하고 있었다. 눈에 독기가 오른 여자는 아이의 조그만 어깨를 흔들고 주먹으로 아이의 얼굴을 암팡지게 두들겨 팼다.

누군가 그 장면을 동영상으로 촬영하고 있었다. 누군가는 112로 전화를 걸고 있었다. 그때였다. 젊은 청년 한 명이 여자에게 다가가며 말했다.

"왜 애를 때립니까? 말로 하시죠."

그제야 여자는 정신이 들었는지 주변을 둘러보았다. 아이는 어깨를 들썩이며 울었다. 사람들의 눈초리가 사납게 변하며 여자에게 무언의 압박을 가하는 순간이었다. 언제 왔는지 경찰이 여자에게 다가오며 물었다.

"잠시 서로 가 주실까요?"

"왜요? 내가 뭘 어쨌다고요?"

"글쎄 뭘 어쨌는지는 가보면 알 거고요, 방금 신고가 들어왔거든요."

경찰은 여자의 팔을 강하게 낚아챘다. 아이가 갑자기 앙! 하고 울음을 터뜨리며 말했다.

"엄마, 저 아저씨 누구야? 아앙! 무서워."

아이는 엄마의 치마꼬리를 붙잡으며 말했다. 그때 그 광경을 보고 있던 젊은 여자가 물었다.

"아가, 너희 친엄마 맞니?"

아이는 고개를 끄덕끄덕했다. 그러자 옆에 있던 여자가 말했다.

"아! 애가 뭘 알아요? 친엄만지 아닌지. 하긴 제 배 아파 낳은 자식도 목 졸라 죽이는 세상인데."

"아무리 그래도 그렇지 어떻게 저 어린 걸 물건 때려 부수듯 때릴 수 있어요?"

"저 여자도 틀림없이 맞고 자랐을 거야, 그러게 핏줄이 중요한 거야, 결혼할 때 왜 가문을 보고 집안 내력을 따지겠어?"

그러자 어떤 여자가 지나가며 말했다.

"잘 키우지도 못할 것들이 낳긴 왜 낳아? 힘없는 어린아이 때리고 괴롭히는 것들은 능지처참을 해야."

그때였다. 아이 엄마가 그녀를 향해 번개같이 달려들었다.

"뭐가 어쩌고 어째? 네깟 년이 뭔데 그딴 소릴 지껄이는 게야? 내 새끼 내가 때리는데 뭔 상관이야? 니가 내 새끼 키우는데 보태준 거 있어? 이 씨발년아."

아이 엄마는 욕설과 함께 여자의 머리채를 쥐어뜯으며 광기어린 목소리로 말했다. 눈빛에 분노와 악이 충만했다. 여자도 지지 않고 대꾸했다.

"이 여자가 어디서 주먹질이야? 니가 그러고도 엄마야? 아니지? 너 친엄마 아니지?"

한낮에 길거리에서 때 아닌 핏줄 논쟁이 일자 구경꾼이 새까맣게 몰려들었다. 그들은 누구랄 것도 없이 아이 엄마를 향해 손가락질을 하며 말했다.

"그렇게 때리고 미워할 거 뭐하러 낳았니? 애가 불쌍하지도 않냐? 애가 무슨 죄가 있냐?"

경찰은 더 이상 볼 필요도 없다는 듯 여자에게 경찰서까지 동행을 요구했다. 여자는 사람들의 기세에 눌렸는지 순순히 경찰을 따라나섰다. 사람들은 돌아서며 한마디씩 내뱉었다. 그저 부모 잘 만나는 게 가장 큰 복이야, 부모가 반복(半福)을 준다는 옛말이 하나도 그르지 않다니까. 부모 잘못 만나봐, 일평생 신세 조지고 원수도 그런 원수가 없다니까.

그들은 모두 원한 맺힌 사람들 같았다, 그러니까 매 맞는 어린아이를 그냥 못 지나치고 울분을 토했던 것이다. 돌아서는 내 발걸음도 분노에 차 덜덜 떨고 있었다. 집안에 들어서자마자 현관 앞에 뒹구는 휴지통을 발길로 걷어찼다. 뿐만 아니라 탁자 위에 있는 책과 필기도구를 바닥에 쏟아버렸다.

그러면서 후회했다. 좀 전의 그 아이 엄마를 뒤쫓아 가 머리통이라도 힘껏 내리치고 도망칠 것을. 하긴 경찰이 출동해 있고 지나는 행인도 많은데 불가능한 일일 것이다. 그럼에도 아쉬움과 함께 분노가 가슴속에 요동쳤다. 누군가 내게 말했다. 분노조절 장애라고.

나 역시 공감했지만 기분이 더럽게 나빴다. 요즘 들어 생각과 마음과 행동이 따로 따로 움직였다. 마음으로는 이러면 안 되지 하면서 입에서는 거침없이 비방과 욕설이 튀어나왔고 생각은 의도와 상관없이 끊임없이 과거의 수렁을 맴돌았다. 생각은 의지로 제동이 안 걸리는 이상한 수레바퀴 같았다.

의지로 제어가 안 되는 현상을 통제불능이라고 하든가? 아무튼 난 이상하게 생각이 과거에 사로잡혀 있었다. 그 중에 대표적인 게 가난에 뿌리박힌 인식이었다. 가령 물건을 사러 마켓에 들렀다 치자. 같은 종류의 물건을 사는데 디자인이나 품질보다 낮은 가격을 선택하는 것이었다.

그리고 어떤 경우에라도 손해 보는 일이 발생하면 이성(理性)을 잃고 마구 난동을 피웠다. 그것은 내 부모가 내게 물려준 대물림 현상이었다. 물 한 방울도 아껴 쓰라는 소리를 어릴 때부터 귀에 못이 박히도록 들어온 터라 쓸데없는 일에도 지나치게 아꼈다.

그러다 개망신을 당하고 수모를 뒤집어쓴 일이 한두 번이 아니다. 피눈물로 범벅이 된 나 자신을 보면서 다시는 이러지 말아야지 다짐을 해도 똑같은 상황이 닥치면 매번 반복했다. 때에 따라 나의 행동은 극과 극을 달렸다. 선과 악, 진실과 위증, 평안과 불안의 끝을 끊임없이 질주했다.

어떨 땐 내가 꾸며낸 감정에 스스로 함몰되어 허우적댔다. 누군가 내 안에서 말했다. 넌 정서불안이야. 어릴 때 불안한 환경에서 자라늘 감정이 파도치는 거야. 그렇다면 어떻게 해야 마음이 안정될까. 마인드 컨트롤 있잖아 그걸 해봐. 마인드 컨트롤?

그래 일종의 명상이야. 잡념을 없애고 마음의 평정을 유지하는 거야. 하지만 곧 내 안에서 반론이 일었다. 그거 하다 우울증에 빠진 지인(知人)을 본 적이 있다. 그는 신앙에서도 떠나고 극심한 혼란을 겪었다. 마음의 평정은 고사하고 삶의 질서마저 무너질 위기에 이르자 신경정신과를 찾기도 했다. 그렇다면 적절한 취미생활을 해봐. 즐거움을 찾아 집중해 봐. 훨씬 효과가 클 거야.

그래 바로 그거야. 그런데 생각해 보니 내가 딱히 좋아하는 게 없었다. 무언가 취미생활을 하려고 해도 돈이 가로막았다. 돈에 대한 한 맺힌 기억이 포기와 절제를 요구했다. 그렇게 나는 매일 돈에 구속되고 그에 따른 상처를 그대로 방치했다. 돈 한 푼에도 벌벌 떠는 내 모습에 스스로 화가 나 그때마다 누군가를 향해 원망의 화살을 쏘아 올렸다.

어느 날 회사 동료들과 함께 심리테스트를 했다. 이른바 우울증과 정신분열 요즘 말로 조현병 검사였다. 심각한 수준은 아니었지만 비정상인 것은 확실했다. 특히 불안 증세가 심각했는데 감정의 기복이 심하다 보니 회복탄력성이 많이 부족했다. 그래서 한번 감정이라는 맨홀에 빠지면 오래가는 모양이었다.

나는 동료가 소개해 주는 심리검사 사이트를 접속해 간단한 조사와 함께 치유책에 대한 공부를 시작했다. 하지만 이내 포기하고 말았다. 복잡한 내용도 그렇거니와 유튜브와 인터넷에 재미있는 볼거리가 차고 넘쳤기 때문이다. 그러자 동료는 자기 교회에서 하는 상담세미나가 있으니 참석해 보라고 권유했다.

강사진도 다 대학교수 출신에다 경력도 화려해 많은 도움이 될 거라고 했다. 솔깃했다. 다음 주 일요일 동료와 함께 상담세미나에 참석했다. 교인들의 수다도 귀에 거슬리고 종교적인 분위기도 거부감이 들었지만 공짜라는 말에 열심히 참석했다.

그런데 나중에 알고 보니 공짜가 아니고 회비가 십만 원이었다. 동료가 내 대신 내준 것이다. 코끝이 찡했다. 왜? 라는 물음표가 마음속에서 계속 떠올랐다. 이유를 묻기도 전에 동료의 얼굴에 답이 있었다. 그에겐 나에겐 없는 포용력이 있었다. 다른 사람의 아픔에 공감하고 용납할 줄 아는 넓은 아량이었다.

어쨌거나 공짜라는데 못 나갈 이유가 없었다. 열심히 참석하는 동안 난 내 마음의 실체에 대해 점차 눈뜨기 시작했다. 그리고 내 집안에서 일어났던 일련의 사건들과 그 배후에 대해서도 느낌이 감지되기 시작했다. 강의 도중 간간이 성경적 비유가 등장했는데 그건 신앙적 믿음을 키우기 위한 것으로 해석됐다.

세미나는 총 10주에 걸쳐 진행되었는데 동료의 말에 의하면 내 얼굴빛이 나날이 좋아졌다고 한다. 강의는 매우 유익했고 많은 도움이 되었다. 이전에는 문제에 집착했다면 이제는 문제의 원인과 해석에 집중했다. 부정적인 사고가 긍정적인 사고로 변하기 시작했다.

동료는 교회 출석을 권유하며 등록하길 바랐지만 난 끝내 거절했다. 일단 교인으로 소속이 되면 귀찮은 일이 많을 것 같았다. 매주 교회 출석은 물론이고 헌금 강요도 이어질 것 같아서였다. 그건 나로선 끔찍한 시나리오였다. 언젠가 들었던 십일조 헌금 강요에 대한 이야기가 생각났기 때문이다.

돈에 대한 집착이 강한 나로서는 그것만큼은 단연코 노였다. 그 대신 동료와 약속했다. 시간 나고 마음 내키면 교회에 나가 주겠노라고. 동료는 아쉬운 표정이었지만 이내 얼굴에 어떤 확신 같은 게 보였다. 그 일이 있고 나서 동료는 내게 더없이 친절과 배려를 베풀었다.

불쌍한 어린 양 하나를 구원해 보겠다는 계책(計策)이었다. 그런데 시간이 갈수록 그 계책이 맞아떨어지는 느낌이었다. 생전 느껴보지 못한 따스함이 마음을 어루만지면서 차츰 안정이 찾아왔다. 그렇다고 언제까지나 안정기조가 유지되는 건 아니었다.

마음이란 게 언제나 변화무쌍한 것이 아니던가. 늘 빛과 어둠이 갈리고 천국과 지옥이 엇갈리는, 그리고 강사의 말대로 사람의 마음이란 절대 믿을 게 못 된다는 그 말이 팩트였다. 내 마음도 못 믿는데 어떻게 남의 마음을 믿겠는가. 그러게 열 길 물속은 알아도 한 치 사람 마음속은 모른다고 하지 않았던가.

그 대표적인 게 속임수와 배반일 것이다. 심리 전문가인 모 대학교수가 있다. 그는 우리나라에서 내로라하는 심리학자인데 얼마 전 가까운 지인에게 엄청난 사기를 당했다고 한다. 사람 마음을 읽는 전문가가 속임수에 넘어가고 만 것이다. 사람 마음은 아무도 모른다.

마음을 판단하는 기준이 있다면 말이나 표정 행동인데 그런 것은 얼마든지 연기(演技)로 가능하다. 그래서 사람들은 자기 꾀에 속고 어쩔 수 없이 속아 넘어가는 것이다. 두뇌가 비상한 사람도 학력이나 스펙과 상관없이 속임수에 예외 대상은 없다.

또, 사람들은 흔히 말에 실린 진실성에 무게를 두고 판단하는데 그역시 믿을 바 못되는 게 위선과 매너에 가려져 있기 때문이다. 진실은 듣는 사람의 감정에 따라 얼마든지 왜곡될 수 있다. 행동 역시 마찬가지다.

절친을 믿고 거액을 맡겼다가 일순간에 전 재산을 날려 버렸다는 이야기도 들은 바 있다. 물론 그 이면에는 욕심이라는 변수가 작용했을 것이다. 그런데 그보다 더 기가 막힌 건 피붙이를 이용한 사기극이다. 돈은 때에 따라 피보다 진하고 목숨만큼 위력을 발휘할 때도 있다.

그 모든 게 부패한 마음에서 비롯된다. 성경에도 나와 있지 않은가. 만물보다 부패한 게 사람의 마음이라고. 그 부패한 마음에서 나오는 말은 때론 독을 뿜어내고 그로 인한 상처는 원한이 되어 가슴 속에 쌓인다. 특히나 어릴 때 받은 상처는 일평생 따라 다니며 시한 폭탄 노릇을 한다.

또한 어린 시절 받은 상처와 학대는 대물림 되는 경우가 많다. 일례로 가정 폭력 속에 자란 여자는 결혼 이후에 폭력에 노출될 확률이 70퍼센트다. 이것은 어느 상담학자가 밝힌 증거다. 한마디로 어릴 때 잘못된 환경이 평생을 따라다니며 괴롭히는 것이다.

악은 집요하고 반드시 보복하고 싶어 한다. 특히 약자의 대상을 향해 잔인성을 발휘하는데 그 대상이 바로 자녀이다. 내가 당했으니 너도 당해라. 당연하게 여긴다. 일전에 방송에서 들은 이야기다. 어린 시절 계모에게 극심하게 학대를 당한 여자가 있었다. 그녀는 학대를 피해 친모를 찾아갔다.

친모는 처음에는 받아 주었지만 나중에 사정이 바뀌자 계모보다 더 끔찍한 학대를 가했다. 딸은 그 분노를 가슴 속에 쌓고 죽을힘을 다해 공부해 한의사가 되었다. 어느 정도 안정을 찾아갈 무렵 어느 날 학대받은 상처가 떠올랐다. 분노의 화신이 된 여자는 계모가 아닌 친모를 찾아갔다.

어릴 때 친모로부터 학대받고 살았던 그곳에 아직도 친모가 살고 있었다. 한밤중에 찾아가 문을 두드렸다. 친모가 나와 보고는 깜짝 놀랐다. 딸은 문을 걷어차고 들어가 친모에게 말했다. 계모에게 두들겨 맞고 쫓겨난 친딸이 불쌍하지 않냐, 그런 딸을 그렇게 또 때리고 학대하고 싶었냐.

친모는 대답했다. 난 모르는 일이다. 니가 지금까지 살아온 게 부모덕인데 이제 와서 이게 무슨 못된 버릇이냐?

못된 버릇? 딸 가슴에 못 박아놓고 뭐 부모덕? 그게 말이냐?

학대라니? 내가 너를 언제, 난 모르는 일이다.

친모는 자기는 전혀 모르는 일이라며 발뺌했다. 분노가 치솟은 그녀는 친모의 집안 살림살이를 때려 부수며 악담을 했다. 심지어 욕설까지 퍼부으며 말했다. 계모에게 학대당해 쫓겨 온 친딸을 또 구박하고 때려서 내쫓은 넌 엄마도 아니고 인간도 아니다. 너 같은 인간은 살 가치도 없다.

딸은 짐승처럼 울부짖으며 난동을 부렸다. 그녀는 진료를 마치고 나서도 또다시 분노가 폭발하면 친모를 찾아가 욕설을 퍼붓고 난동을 부렸다.

드디어 상담사가 중재에 나섰다. 상담사는 딸의 입장을 충분히 들었다. 그리고 친모에게 다가가 물었다. 어린 딸에게 왜 그렇게 몹쓸 짓을 했는가. 친모는 전혀 딴소리를 했다. 난 모르는 일이고 딸이라는 년이 찾아와 살림 도구를 때려 부수고 난동을 부리고 창피해 못 살겠다.

말이 전혀 안 통했다. 사회자는 상담사에게 물었다. 왜 딸은 계모가 아닌 친모에게 찾아가 분풀이를 한 겁니까? 이에 상담사는 시청자에게 말했다. 학대를 맨 마지막으로 가한 당사자에게 가장 많은 분노가 남아 있기 때문이다. 계모는 피 한 방울 안 섞인 남이니까 그럴 수 있다 치지만 친모는 피를 나누었기에 분노가 더욱 클 수밖에 없다.

딸은 자기의 행동을 전혀 인정하지 않고 용서도 빌지 않는 친모를 절대로 용서할 수 없다고 했다. 어린 딸을 지옥 속에 살게 했으니 응분의 보응(報應)을 받는 게 마땅하다고 했다. 부모와 자녀의 관계를 천륜이라고 한다.

그 천륜을 설명할 때 자녀의 효를 먼저 강조하는 게 도덕관념이라고 가르친다. 부모의 자식 사랑을 내리사랑이라고 절대적인 사랑으로 표현하기 때문이다. 인륜을 저버린 건 자녀이지 결코 부모가 아니라고 한다. 하지만 요즘 인터넷을 보라.

신생아 자녀를 죽인 20대 부모와 어린 자녀를 노동자로 팔아먹고 가문의 명예를 더럽혔다 하여 다 성장한 딸을 생매장한 경우도 있다. 어떤 여 목회자가 유튜브에서 한 설교 중에 나오는 내용이다. 그녀는 초등학교 때 담임교사로부터 성폭행 당할 위기에서 간신히 벗어났는데 그로 인해 엄청난 폭력에 시달렸다고 한다.

집안에서는 친아버지로부터 엄청난 폭력을 당했고 학교에 가져가는 준비물을 어머니가 해주지 않아 학교에서 또 망신을 당했다고 한다. 그 대목에서 나는 폭발했다. 잠재된 의식 속에서 상처가 분수처럼 튀어 올랐다. 내 의식 대부분을 차지하고 있는 가난에 대한 수모감이 머리를 태울 듯이 달려들었다.

어린 초등학교 시절부터 가난과 수치는 내 의식을 압박하고 비굴하게 만들었다. 비굴함이라니, 그건 낮은 자존감과 함께 심령을 병들게 했다. 공부에 필요한 준비물은 물론 필기도구도 없어 빌려 써야 했다. 야외 수업이나 소풍 때는 갖은 핑계를 대 불참해야 했다.

이유는 교통비가 없어서였다. 이러한 처지를 간파한 친구들이 사방에서 비난과 조롱을 퍼부었다. 툭하면 왕따 시키며 괴롭혔고 거지라고 놀렸다. 한때는 고아라는 소문이 돌기도 했다. 그런 속사정을 누구에게도 말 못했다. 말했다간 집안에서 당장 내쫓길 게 뻔했다.

집안에서는 내가 돈 달라고 할 때마다 엄청난 욕설과 매질을 했다.

단돈 몇 푼 아니 동전 몇 개도 가져 본 적이 없었다. 돈 이야기만 하면 중죄인 취급을 받으며 몸과 마음이 병들어 갔다. 누군가 내 귀에 대고 말했다. 부모 복도 지지리도 없지. 어린 나는 하루빨리 어른이 되고 싶었다.

그래서 누구보다 돈을 많이 벌어서 이 지옥 같은 집안의 굴레에서 벗어나고 싶었다. 가능하면 먼 타지로 날아가 아무도 모르게 숨어 살고 싶었다. 나를 아무도 알아 볼 이가 없는 타관 벽지 외진 산골이면 더 좋을 것 같았다. 사람이 무서웠고 그중에서도 피붙이가 가장 두려웠다.

영양불량으로 온몸의 뼈가 휘고 빈혈증세로 제대로 걷기도 힘들었다. 사랑이니 정(情)이니 인정(認定)이니 하는 단어는 들어보지도 못했다. 대신 철천지원수라는 단어를 많이 들었다. 뜻도 모른 채.

몸이 자라자 각종 질병이 득달같이 달려들었다. 그러자 이번에는 차라리 죽어버리란 말이 들려왔다. 병원에 데려갈 돈이 아깝다는 뜻이었다. 그런데 없는 살림에도 내 오빠는 극진한 대우와 사랑을 받았다. 그게 바로 아들과 딸의 차이라고 했다.

늘 삶과 죽음의 경계선 속에서 세월이 흘러 청소년 시기가 다가왔다. 그동안 나는 여러 번 자살 위기를 겪었고 집안 형편도 조금 나아졌다. 간신히 고등학교까지 졸업은 했는데 문제는 몸이었다. 어릴 때 못 먹고 산 탓에 질병에서 헤어나질 못하는 것이다.

게다가 강박증 우울증에다 정신분열 증세마저 보였다. 그러나 병원에 가 볼 생각은 꿈에도 하지 못했다. 어릴 때 당한 상처가 고착화돼 자신을 스스로 방기하고 학대하는 것이었다. 사고체계에 이상기류가 발생한 것이다. 돈 한 푼에도 벌벌 떨며 온갖 수모와 비굴함을 자

초했다.

누군가 내게 말했다. 왜 그렇게 자존감이 낮은 거냐고? 내가 물었다. 자존감이 뭔가요? 자존심이란 말은 들어 봤는데 자존감이란 말은 처음 듣는 단어라고. 상대방은 나를 물끄러미 바라보더니 어이없는 표정을 지었다. 경제적인 형편이 조금 나아졌다 해서 집안 분위기가 달라진 건 아니었다.

내가 먹는 반찬은 언제나 김치나 나물 종류였다. 오빠 밥상에는 간혹 고기나 생선이 올랐다. 내 오빠도 여동생에 대한 사랑 같은 건 먼지만큼도 없었다. 오직 제 한 몸만 위하며 밖으로만 돌았다. 못 사는 집구석이 지겹다며 가끔 내게 주먹질을 했다. 딱 한번 내게 눈물을 보인 적이 있다.

불쌍하다며 내 머리를 쓰다듬더니 이후에도 행동은 변하지 않았다. 가난은 거절감이라는 상처와 함께 마음을 옥죄는 족쇄였다. 마음과 발목을 옥죄는 족쇄는 언제나 내 뒤를 따라다녔다. 비굴함과 수치 분노도 함께 따라 다녔다. 족쇄는 벗어나려 하면 할수록 더 깊게 내 마음을 할퀴고 통증을 유발했다.

그리고 이러한 약점은 언제나 내 앞길을 가로막았다. 내 모습에는 항상 궁기(窮氣)가 흘렀고 그건 인간관계에 있어 항상 치명타로 작용했다. 상대방의 입가에서 번지는 야릇한 비웃음은 곧바로 멸시에 찬 말로 돌아왔다. 어느 날 나는 생각했다.

부자가 되고 싶다. 마음의 부자.

그리고 어떻게 하면 이 돈이라는 집착과 수모감에서 벗어날까. 고안해 낸 방법이 불우이웃 돕기 성금이었다. 언젠가 뉴스 화면에서 보았던 한 장면이 떠올랐다. 그래 바로 그거야. 처음에는 내 안의 옹색

함과 위선에 벌벌 떨었다. 타협이라는 단어가 내 양심을 고발하기도 했다.

처음부터 백퍼센트 진실이었다면 거짓말이었다. 나 자신을 위해서는 단돈 한 푼도 못 쓰는 처지에 이웃돕기 성금이라니 돈의 액수와 관계없이 수차례 망설여졌다. 언젠가 보았던 인터넷 기사가 떠올랐다. 구제적인 구호단체가 선량한 시민들이 보낸 성금을 개인적으로 착복했다는.

그래서 많은 회원들이 떨어져 나갔다고 한다. 그렇지만 계획을 미룰 수는 없었다. 당시 나로선 거금을 해당 계좌로 송금했다. 이깟 거 있어도 살고 없어도 사는데. 그런 식으로 몇 번 보내고 나자 이상하게 마음이 평안해졌다. 따라서 내 마음속의 위선이나 가식도 점차 사라져 가는 느낌이었다.

이젠 나도 사람답게 살아보자.

현재 내 수입은 결코 적은 수준은 아니다. 그럼에도 내가 먹는 음식은 고작 떡볶이나 라면이다. 십 년도 넘은 이야기다. 최고의 영화배우 대중의 스타로 불렸던 최진실은 거대한 저택에 관리인까지 두고 살면서도 먹는 음식은 늘 떡볶이나 라면이었다고 한다.

고등학교를 졸업할 때는 돈이 없어 학교 앨범도 못 샀다고 한다. 춥고 배고픈 시절을 지나 최고의 스타덤에 올랐지만 생각은 여전히 과거에 머물러 있었던 것이다. 언젠가 나는 구제품 가게에서 옷을 고르고 있는 내 모습을 보면서 기겁할 듯이 놀란 적이 있었다.

말이 구제품이지 남이 입다 버린 물건이 대부분이었다. 사이즈도 큰 옷을 억지로 꿰어 입으며 거울 앞에 선 내 모습이 얼마나 비참해 보였는지 모른다. 그 길로 가게를 나와 백화점으로 향한 나는 마음에 드는 옷을 골랐지만 여러 번 망설인 끝에 포기하고 돌아서고 말았다.

내 주제에 이런 비싼 옷이 가당키나 할까. 어릴 때 내 귓가에 들렸던 말이 또다시 마음속에서 반복되고 있었다. 가족을 철천지원수처럼 대하는 아버지와 딸에게만큼은 물 한 모금도 아까워하는 엄마가 내 의식 속에서 가난을 부채질하고 있었다.

아들한테는 고기반찬 집어주면서 하나뿐인 딸에게는 먹다 남은 찌꺼기를 주면서 온갖 악담을 다했다. 딸년 키워 봤자 다 소용없다. 결국 남의 집 사람 될 것을. 영양불량으로 쓰러져 누워도 병원 한번 데려가지 않았다. 대신 엄청난 욕설을 퍼부었다.

끔찍하게 아끼던 아들이 온갖 사고를 치고 돌아다녀도 싫은 내색 한번 하지 않았다. 내가 버는 돈은 오빠에게 한정 없이 들어갔다. 그 아들이 결혼할 때는 집안 기둥뿌리 뽑아 해주더니 내 결혼에는 아예 무관심으로 대체했다. 친척들이 쟤 승희 시집 안 보내냐고 물으면 지가 알아서 가겠지 했다.

그 아들이 장가가자 며느리 공대는 얼마나 깍듯하게 하던지 옆에서 보는 나는 심장이 터질 지경이었다. 핏줄보다 더 진한 사랑을 며느리에게 쏟아 붓는 모습이라니 이런 엄마를 사람들은 입을 모아 칭찬했다. 며느리한테는 밥 한번 못 얻어먹으면서 나만 보면 며느리년한테 잘하라고 훈시를 했다.

집안의 생활비는 내가 몽땅 충당하는데 그 잘난 아들 며느리한테는 용돈 한 푼 못 타 썼다. 보다 못한 나는 독립을 선언했다. 돈줄이 끊어진 부모는 펄펄 뛰고 난리가 났다. 아들 내외한테는 죽어도 생활비 내놓으라고 할 자신이 없었던 것이다. 짐을 싸고 있는 내게 부모 은공 모른다고 장탄식을 했다.

이젠 잘난 아들 며느리한테 생활비 타 쓰시지, 나한테 뭘 해주었다고 돈 달라고 큰소리야. 그러자 여태껏 먹여주고 키워주었다고 징징대며 말했다. 나는 못 들은 체 돌아섰다. 나오면서 부모의 면전에 대고 말했다.

"다신 이 집구석 들어오나 봐라. 며느리년한테 밥 한번 못 얻어먹는 주제에."

더하고 싶은 말이 많았지만 참았다. 다신 얼굴 안 보고 그만일 테니까. 그렇게 해서 독립을 했는데 마음이 편치가 않았다. 웬만하면 현재에 집착하고 미래에 대한 계획도 세우면서 살고 싶었다.

하지만 가슴 속에 가득 찬 분노가 말을 들어주지 않았다. 인터넷을 열면 각종 심리상담 코너가 있었고 그와 연관된 책 소개도 많았다. 하지만 너무 광범위 했고 그때뿐이었다. 전문적인 상담사를 찾아가 볼 수도 있겠지만 돈이 아까워 그만두었다. 언젠가 지인이 내게 한 말이 생각난다.

"아니 어째 매사에 돈! 돈 그러세요?"

나는 다시 유튜브에 난 여목사의 간증에 귀를 기울였다. 그녀의 설교는 힘이 넘쳤고 공감대가 흐르고 있었다. 내게 들리는 메시지는 과거를 이기는 힘은 영적인 능력이었다. 그녀에게 과거라는 상처는 전혀 문제가 되지 않았다. 오히려 과거의 고난이 유익이 되어 지혜로 나타나고 있었다.

그런데 거기에는 그만한 이유가 있었다. 뛰어난 두뇌와 학력, 남편의 적극적인 외조와 헌신적인 사랑이었다. 그녀의 멘트 하나하나에 실린 메시지는 엄청난 파장과 능력이 되어 나의 심금을 울렸다. 그러나 바쁜 일정에 쫓기다 보니 그보다 돈에 집착하다 보니 더 이상 설교는 듣지 않게 되었다.

그보다 더 재미있고 유익한 정보는 유튜브에 차고 넘쳤다. 유명한 강사진의 생활 철학 심리치유 성공담 옛날 드라마 무료 영화 소통에 관한 강의 등 나는 남는 대부분의 시간을 그곳에 쏟아 부었다. 참 편리한 세상이다. 인터넷 검색 한번이면 각종 정보가 눈에 쏟아져 들어오고 공짜로 이용하는 코너도 많았다.

그렇지만 재테크나 고소득을 미끼로 한 사이트는 절대 접속하지 않았다. 언젠가 지인이 소개한 펀드에 투자했다가 엄청난 손실을 본 것이다. 그때 얼마나 충격을 받았는지 멘붕 그 자체였다. 그런데 이상한 건 그 이후부터 돈에 대한 집착이 조금씩 사라지는 것 같았다.

그건 전혀 예측하지 못한 현상이었다. 이후부터는 의심병이 생겨 쓸데없는 욕심을 부리지 않았다. 그럴 돈이 있으면 차라리 이웃돕기 성금 보내는 게 낫다 싶었다. 흔한 말로 돈은 있다가도 없고 없다가도 있는 것이라 마음먹으니 차라리 마음이 홀가분했다.

그리고 세월이 지나다 보니 그때 손실된 액수는 여러 모양으로 채워졌다. 돈에 대한 한(恨)이 많아서인지 아니면 돈 되는 일이라면 불을 켜고 달려들어서 그런지 돈은 언제나 넉넉하게 채워졌다. 그도 그럴 것이 한번 들어온 돈은 빠져나가는 일이 드물었기 때문이다.

스마트폰으로 소통하는 세상이 되다 보니 돈 씀씀이는 더욱 줄어들었고 여가 시간을 유튜브로 보내다 보니 별별 희한한 이야기를 접하게 되었다. 거기에는 평범하고 진솔한 이야기도 많았고 가슴 저미는 상처와 기가 막힌 역전 드라마 같은 이야기도 많았다.

그때 알았다. 세상에는 나처럼 상처 깊은 사람들이 많구나. 아니 내가 당한 상처보다 더 기막히고 슬픈 사연을 가진 사람들도 많았다.

억울하고 슬픈 사연 중에는 나중에 통쾌하게 원수로 되갚아 준 경우
도 많았고 서로 화해하고 용서한 경우도 가끔 있었다.

　대부분이 가정사에 관한 이야기인데 세상에 가장 큰 원수가 가족이
었다. 피붙이를 이용한 범죄와 착취 그리고 결혼을 빙자한 사기 사건
이 많았다. 그중 어떤 여자들은 나처럼 딸이라는 이유로 학대와 가정
폭력을 당한 사례도 있었는데 그때마다 나는 울면서 수없이 많은 댓
글을 달았다.

　동병상련보다 더한 공감대는 없었다. 그중 어떤 여자는 나보다도
한참이나 어렸는데 자신을 미아리 텍사스촌 출신이라 소개했다. 사연
이 얼마나 충격적인지 벌린 입이 다물어지지 않았다. 그녀 역시 나처
럼 딸이라는 이유로 방치된 채 거의 굶다시피 살고 수없이 폭력에 노
출되었는데 그 과정이 점입가경(漸入佳境)이었다.

　아들에 집착한 엄마가 딸에게는 방치와 학대를 일삼았는데 한번은
아들이 엄청난 폭력사건에 휘말려 구치소에 입감된 사건이 벌어졌다
고 한다. 합의금을 마련해야 하는데 도저히 방법이 없자 이제 13살
된 초등학교 6학년인 딸의 손을 잡고 미아리 텍사스촌으로 찾아 갔다
고 한다.

　예전에 미아리는 술집 사창가가 밀집된 곳으로 환락가였다. 어린
딸의 손을 잡고 술집을 찾아다니며 값을 흥정하는데 딸이 아무리 울
며불며 애원해도 소용없었다. 여러 포주를 만나 값을 흥정하는데 돈
에 환장한 포주들도 고개를 흔들며 거절했다고 한다.

　아무리 우리가 돈에 환장했어도 그렇지 이제 13살밖에 안 된 어린
아이를 받아줄 수가 없다. 그리고 딸을 팔러온 엄마에게 말했단다.
세상 살면서 별 쓰레기 잡종 같은 인간들 많이 만나 봤어도 너 같은

인간은 처음 본다. 아무리 아들한테 미쳤어도 그렇지 이 어린 아이를 술집에 팔아넘기려 하다니 너는 인간쓰레기다.

그러자 엄마는 미쳐 날뛰며 말했다.

"그럼 어떡하나. 내 아들이 구치소에서 교도소로 넘어가게 생겼는데 이년이라도 팔아서 합의금을 해주어야지. 잔말 말고 얼마 줄 건지 그것이나 말해라."

포주들은 모두 혀를 내두르며 말했다.

"불쌍한 어린 것이 엄마 잘못 만나 고생하는구나. 세상에 저런 걸 어미라고 달고 태어났으니."

그러자 한 여자가 나서며 말했다. 내가 그 합의금 줄 테니 애는 나한테 맡기고 가라. 값을 흥정한 엄마는 돈을 받자마자 아들한테로 달려갔다. 못된 패거리 짓하다 잡힌 아들에게 딸을 팔아 엄청난 합의금을 물어준 것이다. 한편 술집에 팔려온 어린 여자애는 좋은 포주를 만나 술청에는 나가지 않고 그 대신 술집에서 청소나 설거지 등을 하며 지냈다.

포주는 여자애와 동일한 상처를 지니고 있어 누구보다 가슴 따뜻하게 대해 주었다. 주변에 있는 사람들도 어린 그녀의 처지를 불쌍히 여겨 도와주었다고 한다. 성인으로 성장한 그녀는 유튜브를 운영하며 꽤 많은 돈을 모았고 어느새 이름이 알려지자 엄마와 오빠의 귀에도 들어간 모양이었다.

방송이 끝나갈 무렵 한 통의 전화가 왔는데 본인인지 아닌지 확인이 끝나자마자 엄마와 오빠가 들이닥쳤다. 그들은 이미 소문을 들어다 알고 있다며 엄청난 액수의 돈을 요구했다. 아직도 그녀가 철모르는 어린 아이로 착각한 것이다. 그들에게 딸은 여전히 착취의 대상일

뿐이었다.

　그녀는 옛날처럼 당하고만 있지 않았다. 지인들을 통해 아동학대에 관한 전문가를 찾아 나섰다. 그리고 증인들을 내세워 법원에 고발했다. 다행히 아동학대나 방기는 공소시효 기간이 길었다. 증인들을 내세워 고발하겠다고 하자 엄마와 오빠는 해볼 테면 해보라며 막무가내로 나갔다. 그들에게 필요한 건 오직 돈이었다.

　딸은 갈취 수단에 지나지 않았다. 그들의 뻔뻔한 태도는 법정을 울리고도 남았다. 판사는 눈물을 머금으며 친모에게 징역형을 명령했고 현장에서 법정 구속되었다. 판사가 징역형을 내리기까지 친모와 오빠는 전혀 반성하는 기색이 없었고 그런 사실이 없다고 계속 발뺌만 했다.

　유튜브 시청자들은 모두 분개했고 당사자에게 위로의 댓글을 올렸다. 그와 비슷한 예로 아들에게 올인한 부모가 있었다. 그 집 역시 아들에게 올인하면서 딸에게는 말할 수 없는 방치와 학대를 일삼았다. 딸에게 들어가는 돈은 아예 해주지 않았다.

　많은 재산은 아들에게 주면서 딸과는 아예 인연을 끊고 살았다. 그렇게 20년간을 절연(絕緣)하고 살았는데 어느 날 오빠한테 연락이 왔다고 한다.

　"엄마에게 중병이 발생해 간병인이 필요한데 니가 와서 간병해라."

　"그게 무슨 소리야? 요양병원 보내면 될 것을 이제까지 20년간을 인연 끊고 살다가 갑자기 간병인 노릇을 하라니 도대체 무슨 말도 안 되는 소리냐?"

　"그동안 인연을 끊고 살았어도 그렇지 너는 자식 아니냐? 딸도 자식이니까 이제라도 자식 노릇을 해야지."

너무나 기가 막힌 그녀가 말했다.

"당신들이 언제 나한테 자식 취급한 적 있냐? 모든 재산을 차지한 아들이 부모를 끝까지 책임져야 하는 것 아니냐?"

그러자 돌아온 대답이 걸작이었다.

"이건 나 혼자의 의견이 아니라 엄마와 합의된 거다. 요양병원이 어디 한두 푼 들어가는 줄 아냐? 딸도 자식이니 돌아가실 때까지 니가 모셔라."

너무나 당당했다. 조금치의 망설임도 없었다. 그러니까 말을 요약하면 요양병원에 들어가는 병원비를 아들한테 부담시킬 수 없으니 딸한테 부담시키든가 직접 간병하라는 것이었다. 뻔뻔하기가 하늘을 찔렀다. 물론 그녀는 당연히 거절했다. 또 한 케이스가 있다.

그녀는 프랑스 유학까지 다녀온 유학파에다 박사 출신이다. 그녀의 이야기는 정말이지 눈물겨워 들을 수 없을 정도로 참혹했다. 50대의 나이에도 미모인 그녀의 일생은 오로지 딸이라는 이유로 가족으로부터 폭행과 살해 위협까지 받았다. 그것도 친부로부터.

가족을 팽개치고 도박과 술로 소일하던 아버지는 자식들의 교육은 나 몰라라 방치했다. 집안 살림을 통째로 들어먹은 그는 하나밖에 없는 아들조차 국졸로 마치게 했다. 그 주제에 아들에 대한 집착이 강했던 그는 딸이라는 이유로 그녀의 중학교 진학을 극구 반대했다.

그러나 딸은 학구열이 강했다. 어린 나이에 아르바이트를 하면서 고등학교를 마쳤는데 엄마가 대성통곡하며 반대했다고 한다. 아들도 못 보낸 중학교를 딸이 들어갔다고. 그런데 딸은 대학 가는 게 소원이라 남몰래 아르바이트를 해서 학비를 모았고 가족에게 알렸다.

그러자 아버지는 아들도 못 간 대학을 딸인 니가 어떻게 가겠다고 하나며 칼을 들고 나섰다. 딸이 놀라 도망치자 칼을 들고 온 동네를 쑤시며 돌아다녔다. 딸을 만나면 칼로 찔러 죽이겠다고 호언장담했다. 동네 아주머니가 숨겨 주어 간신히 죽임을 면한 그녀는 입학시험장에서 이번에는 막내 삼촌에게 붙잡혀 개처럼 끌려나갔다.

집안의 큰형님으로부터 조카의 대학 입학을 저지하라는 명을 받은 막내 삼촌은 조카를 3시간 동안 죽을 정도로 때려 기절시켰다. 그 미친 악마는 기절해 있는 조카를 성폭행하고 입막음을 위함이었는지 짜장면을 사주었다고 한다. 그 후에도 가정폭력은 끊임없이 이어졌다.

이러다 맞아 죽지 그녀가 생각해 낸 건 결혼이었다. 결혼하면 더 이상 쫓아와서 때리지 못하겠지. 그런데 홀어머니 외아들인 남편은 신혼여행 첫날부터 외도를 했다. 첫사랑인 유부녀와 함께. 그리고 그녀는 신혼에 들어가자마자 시어머니로부터 엄청난 폭력에 시달렸다.

그러니까 상담심리학자의 말이 맞았다. 결혼 전에 가정폭력에 시달린 여자는 결혼 이후에도 폭력에 시달릴 가능성이 70퍼센트다. 통계에 나온 사실이다. 시모의 감시 속에 어쩌다 딸 하나를 낳은 그녀는 매일 시모와 남편으로부터 얻어 듣는 소리가 있었다.

너만 없어지면 돼. 너만 없어지면.

그녀는 남편에게 말했다. 학비가 싼 대학이 있는데 프랑스 파리로 유학을 떠나게 해달라. 이미 유부녀와 불륜관계에 있던 남편은 흔쾌히 승낙했다. 시모에게 딸을 맡기고 떠나는 건 불안했지만 학구열이 높았던 그녀는 꿈에도 그리던 유학길에 올랐다.

그리고 딸을 프랑스로 불러들여 행복한 유학생활을 마친 뒤 귀국하여 대학 강사생활을 했다. 언제가 TV 조선에도 출연한 바 있는 그녀는 나이보다 젊고 아름다웠고 당당하고 씩씩했다. 전혀 불행과 관계없는 얼굴 같아 보였다. 희귀한 불치병을 앓는 그녀는 과거와 관계없이 평범한 삶을 살아가고 있다.

오직 신앙심 하나로 불치병과 싸워가며 딸과 함께 행복하다고 말한다. 그녀와 과거는 전혀 무관한 듯 보인다. 아름답고 환한 표정은 너무나 아이러니하다. 그녀의 이야기를 듣던 TV 조선 대담자가 충격과 눈물로 대신할 뿐이다. 어떤 힘이 그녀를 과거로부터 자유하게 했을까.

그 사이트를 빠져나오는데 또 다른 동영상이 연결되었다. 이번에는 50대로 보이는 여자 전도사의 간증이 이어지고 있었다. 그녀의 인생은 파란만장(波瀾萬丈) 그 자체였다. 그러나 역전 드라마도 그런 역전 드라마가 없어 보였다. 가난과 학대로 점철된 그녀의 삶은 오직 신앙의 힘으로 일궈낸 기적의 연속이었다.

폭삭 주저앉을 것만 같은 움막집에서 살던 그녀의 어머니는 매파에게 속아 자식 딸린 남자에게 후처로 시집갔다. 외항선을 타는 남편은 의처병이 도져 걸핏하면 아내를 매질했다. 뼈가 부러지고 기절해 며칠 동안 사경을 헤매기도 여러번 나중에는 기다시피 고향으로 도망쳐 버렸다.

한밤중에 딸을 버리고 도망치자 딸은 졸지에 고아가 되었다. 초등학교 3학년이 그녀의 학력 전부였다. 어머니가 내쫓기자 그녀는 고아로 떠돌다가 남의 집 식모살이를 갔는데 주인 여자가 얼마나 때리고 굶겼는지 이웃집 여자가 먹을 것을 주어 겨우 연명했다고 한다.

그나마 내쫓겨 거지가 된 그녀는 또래의 아이들에게 돌멩이 세례를 받았다. 그러다 12살 어린 나이에 17살이나 많은 배다른 오빠에게 성폭행을 당했고 17살에 2차로 또 성폭행을 당했다. 상심한 그녀는 자살하기 위해 바닷물에 뛰어들었다. 그러나 죽음도 그녀를 받아주지 않았다.

거지로 떠돌던 어느 날 누군가 그녀에게 어머니의 소재를 가르쳐 주었다. 읍내에서 20리 길을 걸어 산속 움막집에 기거하는 어머니를 찾아간 그녀에게 다가온 건 극심한 굶주림과 멸시였다. 값싼 노동력으로 목숨을 이어가던 그녀는 초등학교 3학년 학력에 매일 책을 빌려 읽으며 지식을 쌓았다.

그리고 매일 새벽마다 산길 20리를 달려 읍내에 있는 교회에 출석했다. 운동 과다에다 썩은 음식으로 배를 채우던 그녀에게 질병이 찾아왔지만 신앙으로 극복했다. 오직 신앙의 힘으로 굶주림과 멸시 과거의 상처도 이기고 낳을 때 길이 열리고 있었다.

신앙과 헌신, 봉사와 열성으로 교도소 사역을 이어가던 중 생각지도 않은 시련이 다가왔다. 바로 아버지의 형상을 닮은 남자가 남편 행세를 하며 집안으로 들어온 것이다. 그는 아버지의 모습 위에 전처 자식 아들 2명에다 술과 도박 폭행까지 추가하고 있었다.

아내가 번 돈을 도박으로 날리고 폭행과 속임수 기만으로 아내를 끝없는 절망으로 추락시켰다. 거기에다 거짓 회개 야비함으로 아내를 2중 3중으로 괴롭혔다. 하지만 그가 데려온 아들들은 오히려 그녀를 따르며 신앙에 합류했다. 그 와중에도 그녀는 초등학교 3학년이라는 학력으로 학원을 운영해 또 다른 기적을 탄생시켰다.

남편은 돈만 떨어지면 찾아와 타락의 극치를 보여 주었다. 그러던 어느 날 그는 또다시 악마의 모습으로 집에 찾아왔는데 새벽에 자신을 위해 기도하고 있는 아내를 발견했다. 애끓는 기도 소리에 그는 그 자리에서 무너지고 말았다. 거짓과 협잡하고 악의 구렁텅이에서 아내와 신을 조롱하던 그에게 양심의 불이 떨어진 것이다.

그는 철저히 무너졌고 자신을 신(神) 앞에 거꾸러뜨렸다. 악의 화신이었던 자신을 회개하며 개과천선의 모습을 보이기 시작했다. 그가 보인 첫 번째 변화는 신학교 등록이었다. 전도사인 아내를 따라 신학교에 입학해 자신도 전도사가 된 것이다. 뿐만 아니라 두 아들도 신학교에 들어가 전도사가 되어 한 집안에 전도사만 4명이라고 했다. 그녀는 외국까지 드나들며 간증사역을 이어가고 있는데 과거의 고통이 그녀와 전혀 무관한 듯 보였다. 밝고 당당하고 에너지가 넘쳤기 때문이다.

그건 분명 사람의 노력이나 의지가 아닌 영적 에너지 두나미스였다. 끔찍한 과거의 고통을 술회하면서도 여전히 당당했다. 죽음보다 가혹한 시련을 이겨내게 한 힘은 어떤 능력을 지녔기에 저토록 파워가 넘치는 걸까. 언젠가 방송에 출연했던 그녀는 이렇게 말했다.

"저희 집에는 아들 둘까지 포함해 전도사가 모두 네 명입니다. 매일 가정예배를 드리는데 설교는 주로 남편이 합니다. 설교 내용은 매일 똑같습니다. 올바른 신앙생활을 하려면 혈기를 죽여야 한다. 속사람이 새로워져야 한다. 그러면 저는 속으로 웃습니다."

그 말에 좌중에 폭소가 터졌다. 악마의 탈을 벗고 새사람으로 거듭난 그는 인간성을 상실한 쓰레기 같은 자신을 버리지 않고 받아준 신의 은총에 대해 눈물 흘리며 감사했다. 전자의 그 여목회자와 고난의 차이는 있었지만 어쨌든 과거의 고통은 그들의 적수가 되지 못했다.

많은 사람들이 과거에 끌려 다니며 살아간다. 겉으로는 아니라고 말하지만 무의식에 조종당하며 알게 모르게 지배를 당한다. 경중의 차이이겠지만 신앙인이라고 해서 다 과거를 이길 수는 없으리라. 하지만 힘들었던 만큼, 과거는 현재를 이겨낼 수 있는 저력이 된다.

쉽게 고난에 무너지고 극단적인 선택으로 삶을 마감하려는 이들에게 용기와 도전의식을 준다. 어둠을 빛으로 밝히며 희망의 메시지를 던져준다. 그래서 역경을 이겨낸 실화는 교훈이 되어 언제나 기회라는 가능성을 열어준다.

그렇다면 나는 어떠한가.

나의 유전자 속에는 가난과 상처라는 단어가 끊임없이 무의식을 조종하고 있다. 분노가 솟을 때마다 감정 조절이 안 돼 후회가 봇물처럼 밀려온다. 자존감은 땅 끝까지 추락하고 자괴감으로 정신이 어수선하다. 무엇인가가 나를 결박하고 있다는 불길한 느낌을 받는다.

자유가 송두리째 결박당한 채 상처가 비난이 되풀이되고 있다. 원인을 분석하면 언제나 한가지다. 사랑받지 못하고 비난과 정죄에 노출되며 살아왔던 어린 시절의 기억이다. 이제 와 어쩔 수 없는 기억을 놓고 매일 사투를 벌인다. 한계상황의 그물에 갇혀 허둥대는 꼴이라니.

시간이 가면 나아지려나 싶었는데 그건 속임수였다.

상처는 세월이 흐른다고 해결될 문제가 아니었다. 무의식 속에 살아 언제나 시한폭탄 노릇을 했다. 돈에 관한 문제도 여전히 숙제였다. 생각이 고정관념에 갇혀 넓혀지지 않았다. 부정적 사고 속에 이익이냐 손해냐를 놓고 늘 마음이 조급하다.

조급해지면 판단력이 흐려지고 실수가 잇따른다. 후회와 자책도 꼬리표처럼 잇따른다. 평정심을 잃고 또다시 불안이 반복된다. 감정의 수레바퀴 속에 갇히는 현상이 연속되는 것이다.

행복이란 무엇일까. 인정받고 사랑받는 건 어떤 기분일까. 나에게도 사랑이라는 행운이 찾아와 줄까. 언제쯤 내 마음의 빗장이 풀릴까. 사람을 대할 때면 또다시 상처받을까 봐 멸시당할까 항상 초긴장했다. 칼같이 마음을 무장하고 경계하다 보니 항상 불안하고 초조했다.

나는 생각했다. 무엇이 내 마음을 지키는가. 당연히 돈이었다. 그런데 그것보다 더 중요한 사실이 있다는 걸 깨달았다.

마음의 평안이었다. 그건 돈을 주고도 못 살 보석과 같은 것이었다. 어느 날 깨달았다. 과거는 과거일 뿐 끌려 다니다 보면 미래는 없다. 누구나 상처를 겪는데 누구는 상처를 극복하고 앞으로 나가는데 누구는 과거에 묶여 세월을 낭비하고 산다면 그보다 더 어리석은 일이 어디 있겠는가.

어차피 한번 살다 가는 인생 즐겁게 재미있게 폭넓게 좋은 일도 하며 살자. 긍정적인 사고로 마음의 전환을 이루자. 힘들겠지만 돈에 집착에서도 벗어나자. 더 이상 돈을 무서워 말자. 돈으로부터 자유해지자.

어느 날 나는 홀로 여행길에 올랐다. 세상에 태어나 처음으로 혼자 떠나는 여행이었다. 돈 한 푼이 아까워서 정신적인 사치라 생각되어 단 한 번도 마음 놓고 여행을 떠나 본 적이 없었다. 얼마 전에 개통했다는 경강선 열차를 타고 처음으로 바다 여행을 하면서 속에서 떠받치는 울음소리를 들었다.

옆에 앉은 여자가 휴지를 건네주며 눈치를 살폈다. 여행은 알 수 없는 흥분과 설렘에서 시작되었다. 자연의 풍광이 마음을 힐링하면서 기분이 명료해졌다. 창밖으로 도심과 농촌 들판과 수목이 우렁찬 삼림이 휙휙 지나갔다. 북한강을 지날 때면 마음속에서 환호성이 들렸다.

잔잔한 평화가 안정된 마음과 함께 모든 시름이 다 사라지는 것 같
았다. 생소한 느낌이었지만 그건 기쁨이었다. 아! 이래서 사람들이
여행을 떠나는가 싶었다. 마음이 넓어지면서 여유가 생겼다. 넉넉한
마음이 용서라는 단어를 생각나게 했다. 열차가 강릉에 닿았을 때는
호기심과 흥분으로 가슴이 뛰었다.

근처에서 간단하게 식사를 한 뒤 바닷가로 향했다. 시내버스 대신
택시를 이용했다. 택시는 주택가를 한참 돌더니 한적한 곳에 정차했
다. 안목항 커피 거리였다. 소나무 숲과 함께 바다 갯내음이 엄청난
파도와 함께 밀려오고 있었다. 처음 보는 바다를 향해 환호성을 지르
며 눈물이 흘렀다.

푹푹 빠지는 모래사장을 걸으며 주변을 걷고 있는 연인들의 모습에
자꾸 마음이 끌렸다. 그들이 나누는 대화가 속삭임이 부럽고 신기했
다. 바다는 파도 소리와 함께 엄청난 힐링을 선사하고 있었다. 곁을
지나는 여자가 연인에게 말했다.

"바다를 왜 바다라고 하는지 알아?"

"글쎄."

"바다는 모든 걸 다 받아준대, 그래서 바다라고 하는 거래."

그러니까 다른 사람의 마음도 받아주고 배려하라는 뜻이라고 여자
는 말한다. 바다는 파도물결과 함께 끊임없이 몰려 왔다 쓸려갔다.
곳곳에서 즐거운 함성이 들려왔다. 바다는 힐링을 선물하고 있었다.
마음을 부드럽게 만지며 자연을 즐기라고 속삭이고 있었다.

그때였다. 어디선가 기타 소리와 함께 노랫소리가 들려왔다. 부드
러운 음률에 따라 발걸음을 옮겼다. 모래사장 끝나는 곳에 소나무 밭

근처 바위에 앉아 젊은 남녀가 노래를 부르고 있었다. 가사가 의미심장했다.

〈주님과 같이 내 마음 만지는 분은 없네

오랜 세월 찾아 난 알았네 주밖에 없네

주 자비 강같이 흐르고 주 손길 날 치유하네

고통 받는 자녀 안으시니 주밖에 없네〉

노래하는 남녀 주위로 사람들이 몰려들고 있었다. 아름다운 한 쌍의 음률은 부드럽게 지친 마음을 힐링하고 있었다. 곡이 끝나자 우레와 같은 박수가 터져 나왔다. 그들은 또 다른 곡을 연주하고 계속 힐링을 선사했다. 파도소리는 노랫소리와 함께 낭만적인 분위기를 연출하고 사람들 입가에 미소가 번져났다.

그런데 아까부터 누군가 계속 나를 쳐다보고 있는 느낌이 들었다. 뒤에서 옆에서 흘깃거리며 다가올까 말까 망설이는 눈치였다. 그들은 젊은 남녀였고 망설이는 걸로 보아 느낌이 썩 좋지 않았다. 그렇다고 내가 먼저 그들을 확인하고 싶지 않았다. 나는 대인기피증이 심했고 지금 누리는 평화를 유지하고 싶었다.

바람이 갯내음과 함께 목덜미를 훑고 지나갔다. 커피 향기가 바람에 함께 실려와 후각을 자극했다. 그런데 아까부터 나를 지켜보고 있던 그들이 결심한 듯 내게 다가오고 있었다. 먼저 여자가 내 소매를 붙잡고 말했다.

"저기 승희씨 아니에요?"

눈이 번쩍 떠지면서 상대를 바라보는데 기절할 듯이 놀라고 말았다. 오빠와 올케가 수년간의 세월을 뚫고 나를 바라보고 있었다. 바람에 머리칼을 날리며 올케는 젊고 몸매도 날씬하고 예뻤다. 나도 받지 못한 부모 사랑을 시부모로부터 받으면서 여유롭고 당당한 모습이었다. 곁에 서 있는 남자는 여동생에게는 냉혈한이면서 아내에게는 그윽한 사랑을 눈빛으로 전하고 있었다. 한순간에 여유롭던 마음이 사라지면서 어색했다.

피붙이로 살가운 정을 느껴본 적이 한 번도 없는 터라 어색하고 내재된 상처가 속에서 꿈틀거렸다. 저것들은 내가 고생한 덕으로 여유롭고 한갓지게 살고 있구나. 내가 죽을힘을 다해 모아놓은 돈으로 결혼식을 치른 그들이었다. 덕분에 나는 거지같이 피해의식에 시달렸다.

돈을 내놓지 말았어야 했는데 나중에 후회하고 미칠 것 같았다. 왜 내 전 재산을 내놓고 말았는지 두고두고 후회했다. 그렇다고 가족들의 태도가 전혀 달라진 건 없었는데. 오빠 내외를 바라보는데 당장 내 눈에서 불이 튀었다. 그냥 지나갈 것이지 아는 체를 할 게 뭐람.

어색한 분위기에 당장 자리를 뜨고 싶었지만 올케가 친절한 척하면서 자꾸 말을 시키는 바람에 그대로 있었다. 도망치고 싶은데 이상하게 발걸음이 떨어지지 않았다.

"아가씨, 잘 지내고 계시죠? 그래도 부모님께 가끔씩 안부전화도 드리고 그러세요. 어머님 걱정하세요."

그때 내 입에서 실소가 터지면서 막말이 나왔다.

"누가 내 걱정을 해요? 살다 별 희한한 소릴 다 들어보겠네."

"네?"

올케가 놀란 토끼눈으로 쳐다보는데 오빠가 안절부절못했다. 망할 자식이 제 여편네 눈치 보는데 속에서 천불이 올랐다. 생각 같아선 니 결혼식 때 들어간 내 돈 내놓으라고 하고 싶은데 사람들도 많아서 간신히 참았다. 하나뿐인 여동생은 정신분열 되기 직전인데 저것들은 여유롭게 바다 여행이나 즐긴다 생각하니 피해의식으로 피가 거꾸로 솟는 것 같았다.

어떤 말을 해야 저것들한테 가장 가슴 때리고 내 속이 시원할까. 올케의 얼굴은 가진 자의 넉넉함으로 여유로운 미소가 번지고 있었다. 부모 사랑받고 자라 성격이 모나지 않고 온화하고 긍정적이었다. 나와는 여러모로 반대적 성격이었다. 그러면 뭘 하나 시부모 생활비 한 푼 안 보낼 텐데. 그러나 그건 나의 오산이었다.

"승희야, 너 요새 만나는 사람 있나?"

이건 또 무슨 시츄에이션? 지가 언제부터 내게 관심 있었다고? 한마디 쏘아붙이려는데 올케의 목에 십자가 목걸이가 보였다. 속에서 반감(反感)이 불같이 솟았다. 질투 시기심도 같이 부채질을 했다.

"참 살다 별 소릴 다 들어보겠네, 언제부터 내게 관심 있었다고 천사 같은 멘트를 하고 그러실까. 그럴 여유 있으면 엄마 생활비나 보내 드리시지 그러셔. 아마 굶어 죽지는 않았는지 모르지."

"생활비는 내가 꼬박꼬박 보내 드리고 있으니까 걱정 마라."

"거짓말 아냐? 진짜?"

그러자 올케가 나섰다.

"네, 아가씨 집 나가시고 나서 어머님께서 전화하셔서."

그럼 그렇지. 그런데 왜 이렇게 마음이 허하고 분한 걸까. 나 아니면 꼭 굶어 죽을 줄 알았는데. 뭔가 속았다는 생각이 든다. 말없이 돌아서려는데 전혀 예상 못한 말이 들려왔다. 바로 오빠의 입에서.

"승희, 너도 결혼해야지. 그동안 가족들 위해 일하느라 고생 많았다."

속에서 울컥 하면서도 말은 거칠게 나왔다. 내 가족들은 나를 비롯해서 공치사를 하거나 부드러운 말은 아예 할 줄도 모른다. 거칠게 비난하고 욕하고 험담부터 먼저 한다. 어쩌다 부드러운 말을 들으면 온몸이 근질거리며 어색하고 생소해 불편하다.

"언제부터 내 생각을 그렇게 했대? 해가 서쪽에서 뜨겠네."

"너도 이젠 사랑받고 사랑하며 살아야지."

"성인군자 같은 말 하고 자빠졌네, 지가 언제 내 생각해 주었다고."

그러나 마음속에선 눈물바다를 이루고 있었다.

"살다 보니 별 소리를 다 듣겠네, 아직도 나한테 빼앗을 게 있는 모양이지."

"부모님도 이젠 많이 늙으셨어. 이젠 그만 돌아가라."

"너나 돌아가. 너나 아들 노릇 제대로 해. 나한테 떠넘길 생각 말고."

모든 게 위선과 가식으로 보였다. 생전 들어보지도 못한 말을 듣고 있자니 어색하고 불편해서 미칠 지경이었다.

"언제 너하고 나하고 이런 대화 나눌 시간 있었냐?"

"공연히 착한 척하고 있네."

"아가씨 그동안 마음 고생 많이 한 거 다 알아요, 앞으론 좋은 일만 있을 거예요. 고진감래라고 고생 끝에 낙이 있다잖아요."

어쭈 제법인데. 그러나 그 말이 왠지 싫지 않았다. 고진감래라고. 그럴 수도 있겠지. 앞서 유튜브에서 본 그 여자들처럼.

"그런데 어떻게 날 알아볼 생각을 한 거야?"

목소리가 약간 누그러지면서 부드러워졌다.

"그럼 못 알아보냐? 하나밖에 없는 내 핏줄 여동생인데."

언젠가 내 머리를 쓰다듬으며 불쌍하다고 눈물 흘리던 모습이 생각 났다.

"미안하다. 오빠 노릇도 못하고 상처만 주어서."

"나 돈 없다니까."

나도 모르게 튀어나온 소리에 스스로도 깜짝 놀랐다.

"넌 돈이 다냐?"

"그럼 뭐가 단데?"

"이제라도 대학 가서 못 한 공부마저 해라. 내가 밀어줄게."

"웃기고 있네, 대학 갈 생각도 능력도 없지만 니 도움 받을 생각은 먼지만큼도 없어. 공연히 마음에도 없는 소리 하고 있네, 그렇게 안 심시켜 놓고 내 남은 돈 몽땅 빼앗아 가려는 거 누가 모를 줄 알고."

딸한테는 독사같이 굴면서 며느리한테 잘하라고 훈시를 하던 내 부 모의 모습이 떠올랐다. 딸 팔아 아들 구한 유튜브에서 들은 이야기가 생각났다. 지난날 가족한테 당했던 상처와 분노로 피해의식이 재생산 되고 있었다. 팔자에도 없는 여행 왔다가 저것들한테 덤터기 씌우는 건 아닌지 자꾸만 의심이 되었다.

평소에 온갖 악담과 착취만 당하고 살다가 살가운 소리를 들으니 어색도 하거니와 상황이 믿어지지 않았다. 드라마의 한 장면이 떠오 르면서 고도의 속임수 같다는 생각이 들었다. 표정도 말투도 다 연기 같았다.

그러면서도 이렇게 의심하는 나 자신이 너무 불쌍하다는 생각이 들 었다. 슬픔이 연민으로 가슴이 무너져 내리는 거 같았다. 그동안 살 아온 세월에 대한 원망과 설움이 통곡으로 터지는데, 바닷가를 산책 하던 사람들이 무슨 일인가 하여 가까이 와 구경하고 있었다.

성난 파도가 내 발끝을 간지럽히며 발목이 모래에 푹푹 빠지고 있었다. 그때 내 손에 무언가가 쥐어지고 있었다. 하얀 봉투였다. 안에 신용카드가 들어 있었다.

"누가 이런 거 달라고 그랬니?"

던지려고 하는데 오빠 부부가 저 멀리 걸어가고 있었다. 울음이 그치면서 궁금증이 일었다. 신용카드라? 잔금이 얼마나 남았을까? 정말 내가 써도 되는 걸까? 그런데 저 인간들이 혹시 미친 거 아닐까. 어떻게 나를 믿고 이걸 주었을까. 나는 카드를 두 손에 꼭 쥔 채 모래사장을 정신없이 뛰어갔다.

이건 분명 현실이 아니고 꿈속일 거야. 아니면 내 상상드라마의 한 장면이거나. 제발 꿈이라면 깨어나지나 말라.

돌아오는 경강선 열차는 쾌속으로 질주했다. 열차 안에 앉아 있는 동안 처음으로 안락함을 느꼈다. 마음의 여유가 이런 것이구나 실감했다. 가난과 불운에 응어리졌던 결박이 조금 느슨해진 것 같았다. 이젠 나 자신한테 좀 더 너그러워지도록 하자.

스마트폰에 문자음이 울렸다.

내게 상담세미나와 교회 출석을 권유했던 직장동료가 보낸 메시지였다. 내일 새 신자 초청 대잔치가 있는데 딱 한번만 와주면 안 되겠냐고 부탁하고 있었다. 지난번에 받은 도움도 있고 해서 딱 한번만 가주겠다고 답신을 보냈다. 그리고 나서 결심했다.

나 자신을 누구보다 소중하게 여기고 내 만족감을 추구하며 살자. 돈보다 더 귀한 가치를 추구하며 타인과의 소통을 위해서도 좀 더 노력하자. 스마트폰을 여니 소통에 관한 사이트도 여럿 있었다. 그들 역시 가정에서부터 많은 상처와 어둠이 있었다.

그러기에 동병상련의 심정으로 많은 사람들을 위로하며 공감대를 형성하고 있었다. 문화의 편리성은 홍수 같은 정보력을 제공하며 상상 외로 많은 도움을 주고 있다. 또 작으나마 악의 행태에 대해 공분하며 의를 나타내고 있다.

인터넷 망으로 소통하며 사회악을 고발하며 공분함으로 선한 영향력도 끼치고 있다. 물론 부정적인 측면도 있지만 긍정적인 측면도 무시할 수 없는 것이다. 그리고 보니 내 안에 쌓였던 부정적인 악감정이 많이 해소된 느낌이 들었다. 생각해 보니 나도 누군가의 도움을 받으며 살아왔다는 생각이 든다.

피해의식에 사로잡힌 내게 누군가 다가와 사랑의 언어를 들려준 것도 같다. 기억이 안 나서 그렇지 상담자 역할을 해주며 배려해 준 은인도 있었다.

직장 동료를 따라 교회 본당 안에 들어섰을 때 성구(聖句)가 써진 대형 현수막이 보였다.

〈너희는 이전 일을 기억하지 말며 옛날 일을 생각하지 말라, 보라 내가 새 일을 행하리니 이제 나타낼 것이라〉

설교 도중 목사가 힘주어 외쳤다.

그리스도께서도 고난과 수치와 가시밭길을 가셨는데 내가 못 갈 이유가 무엇인가. 내 죄를 속량하시기 위해 하늘 보좌를 버리고 이 땅에 성육신하셨는데 이보다 더 큰 희생이 어디 있겠는가. 그리스도께서 당하신 고난을 왜 피하려고만 하는가.

나는 설교 도중 자리에서 일어나 밖으로 나왔다. 가만히 교회 문밖을 나서는데 회사 동료가 지켜보고 있는 모습이 보였다. 집으로 돌아오자마자 유튜브를 열었다. 희대의 살인마 장하영이 입양한 땅 정인이를 끔찍하게 학대해 죽인 정황이 실시간대 별로 보도되고 있었다.

공분에 찬 시민들이 남부지검으로 몰려가 울부짖으며 사형을 외치고 있었다. 살인마 부부는 모자와 마스크로 얼굴을 뒤집어쓴 채 범행 사실을 계속 부인하고 있었다. 그러나 그들은 이미 사람들의 마음속에서 사형당한 죄인 리스트에 올라 있었다. 각계 전문가가 나서 그들의 죄상을 소상하게 보도하면서 취재 열기도 뜨거웠다.

공분된 분노가 의(義)를 나타내면서 사람들은 계속 사형을 외치고 있었다. 내 마음속에서도 분노가 통곡이 되어 그들과 합류하고 있었다. 겨울 하늘에 미세먼지가 날리며 슬픔이 고조되고 있었다.

(2024년 사상과 문학)

골목 지하방 부부

　동네 골목길 반 지하에 사는 장애인 부부가 있다.

　문턱에 발판을 놓아 전동 휠체어를 타고 출입하는데 문이 열리면 집안 내부구조가 환히 보인다. 방 두 개에 좁은 주방에는 그들 말고 도우미로 보이는 여자도 함께 지내는 것 같다. 그들은 둘 다 뇌성마비인데 한눈에 보아도 부부임을 알 수 있다.

　사지(四肢)를 마음대로 움직이지 못함으로 출입할 때는 반드시 도우미가 따라 붙는다. 30대로 보이는 남편은 머리를 올백으로 넘겨 말총머리로 묶고 잔뜩 멋을 부린 채 외출을 하는데 손에는 꼭 담배가 쥐어져 있다.

　도우미로 보이는 남자가 담배에 불을 붙여 손에 쥐어주면 입으로 빨아 당겨 연기를 내뿜는다. 휠체어에 앉아 있는 그는 손발은 물론 몸 움직이는 것조차 힘들어 보이는데 어떻게 부부생활을 하고 아이를 낳았을까. 아내는 20대 중반으로 보이는데 남편에 비해 몸이 조금은 자유로운 듯 보인다.

　전동차에 앉아 팔로 아기를 안고 몸을 가누는데 남편보다는 상태가 좋아 보인다. 창문 사이로 보이는 주방에는 중년여자가 서서 일하는데 얼굴이 천사표 같다. 주로 부엌살림과 아기를 돌봐주는데 가끔 얼굴이 바뀌는 걸로 보아 가족 같지는 않다.

열린 문 사이로 보이는 집안은 7평쯤 되는데 좁은 공간에 아이들의 학습 도구와 생활 집기 등 어질러진 모습이 보인다. 아침이면 장애인 남편은 어디론가 정기적으로 출근하는 눈치이다. 젊은 남자가 전동차 뒤에 달린 발판 위에 올라선 채 함께 출발하는데 새로 나온 신형 같다.

도우미로 보이는 남자는 휠체어 자동까지만 도와주는 것 같다. 그들은 골목길을 나와 대로변까지 함께 가는데 그 이후의 모습은 알 수가 없다. 어쨌든 남자는 매일 아침 출근하는 걸로 직업이 있는 것으로 보인다. 몸을 움직여 일을 하는 것이 불가능해 보이는데 혹시나 재활센터로 가는 것인지 그건 잘 모르겠다.

아내로 보이는 여자 장애인은 거의 바닥에 앉아 생활하는데 6살쯤 되어 보이는 여자 아이가 엄마라고 부르며 곁을 따라 다닌다. 그런데 얼마 전부터 가족이 한명 더 늘었다. 2-3개월쯤 되어 보이는 아기를 여자가 전동차에 태우고 골목길을 오고 가는 것이다.

도우미로 보이는 여자가 아기를 엄마 품에 놓아주면 여자는 전동차를 타고 골목길을 종횡하며 아기를 본다. 그런 광경을 여러번 목격했는데 볼 때마다 내 마음은 여간 착잡한 게 아니다. 측은지심(惻隱之心)은 아니고 그렇다고 상대를 하대하는 것도 아닌 묘한 감정이 든다.

정상적인 사람들도 자식을 안 낳겠다고 하고 비혼주의로 흐르는 세태에 자녀를 둘이나 키우다니 얼른 이해가 가지 않았다. 물론 장애인 수당과 여러 가지 혜택은 있을 것이지만 성치도 않은 몸으로 순전히 타인의 도움으로 생활이 안전할까 의문이 들었다.

대도시는 물론 지방 농촌 지역에서도 심지어 외국에서 데려온 신부들까지도 자식 낳기를 꺼려하는 세상이다. 아무리 특단의 조치를 내놓아도 출산율은 하향 추세다. 장애인 여자는 아기를 팔로 안고 전동차로 골목길을 오가며 행복한 표정을 짓는다. 아기는 살이 올라 포동포동 귀엽고 잘 웃는다.

더운 여름날이면 전동 휠체어는 밖에 세워둘 때가 많다. 집안이 좁기 때문이다. 도우미 여자는 저녁 무렵이면 퇴근하는 것 같다. 처음에는 부부의 어머니인 줄 알았다. 하지만 도우미 얼굴이 바뀌고 퇴근하는 걸로 보아 가족이 아닐 것이란 생각이 들었다.

장애인 부부가 사는 집 밖은 곧바로 골목길이고 오토바이와 행인들이 끊임없이 지나다닌다. 맞은편에는 거의 5층 높이에 달하는 커다란 은행나무가 있고 가을철이면 엄청난 낙엽이 골목을 가득 채운다. 그리고 그 집에서 30미터 가량 떨어진 우리가 사는 동네는 이제 막 재개발을 앞두고 있다.

올해는 눈이 많이 내려 동네 길이 빙판이 되었다. 쌓인 눈은 곧장 빙판으로 변하고 위험천만하기 짝이 없다. 그래서인지 요즘은 장애인 부부의 모습이 잘 보이지 않는다. 코로나 발생 이후 부부의 모습이 아예 사라진 듯하다. 예전에도 그 집에 장애인이 살다 간 걸로 보아 일부러 장애인용으로 지어진 건 아닐까라는 생각이 든다.

얼마 전 신문에 난 기사를 읽은 적이 있었다. 앞으로 재벌그룹에서는 대졸자 신입사원을 공채하지 않겠다는 기사였다. 대신 유경험자 위주로 뽑아 인력손실을 줄이고 인건비를 절감하겠다는 내용이었다. 각종 스펙을 쌓고도 취업이 되지 않아 니트족이라는 신종단어까지 생겼는데 정말이지 우려스런 상황이 닥친 것이다.

과학이 발달해 편리한 세상이 되어 갈수록 취업률은 하강곡선을 그려 왔다. 최근에는 인공지능 AI라는 기능까지 추가해 취업전선은 더 난망해졌다. 비혼족이 대세가 되더니 이제는 더 굳어질 전망이다. 얼마 전, 유튜브에서 전원일기라는 옛날 드라마를 시청한 일이 있었다.

일용엄니 김수미의 대사가 얼마나 기가 막히던지…….

"일단 결혼을 했으면 자식부터 낳고 보는 거여, 지 먹을 복은 다 타고 난다니께."

대를 이을 목적으로 아들은 당연히 필수로 통했다. 내가 결혼 적령기이던 40년 전만 해도 전원일기의 김수미와 똑같은 소리를 하던 어른들이 있었다. 여자에게 일방적으로 순종과 희생을 강요하던 시대였다. 남존여비 사상으로 딸은 아예 자식 취급도 받지 못하던, 그 시절 미혼자녀는 집안의 큰 걱정 짐이었다.

혼기를 넘긴 자녀가 있으면 집안의 수치로 여겨 바겐세일 하듯 서둘러 혼인을 해치웠다. 결혼 적령기를 넘긴 여자는 똥차라는 불명예를 안고 자기보다 한참 모자란 상대를 만나는 손해도 감수해야 했다. 여자는 손해 보는 걸 당연하게 여겼고 딸 가진 죄인이란 말로 친정부모는 막대한 혼수비용까지 감당해야 했다.

부모는 자식들을 모두 짝지어 주고 나면 모든 의무를 다 마친 걸로 알았다. 나의 친한 여고동창인 친구는 24살에 결혼했는데 이유가 너무나 황당했다. 친구는 키가 145센티였다. 웬만한 초등학생보다도 작았다. 결혼식장에서 본 그녀의 친정엄마도 키가 작아 유전 같았다. 결혼식은 비교적 큰 예식장에서 진행되었고 하객도 많았다.

그런데 식장에서 처음 본 신랑 인상이 너무 거칠었다. 얼굴 피부에 생채기도 보였고 하객으로 온 친구들도 불량기가 가득했다. 신랑의 직업을 물으니 용접공이라 했다. 어쩐지……. 인상이 그렇더라니. 신랑을 어떻게 만났느냐고 물으니 엄마의 성화에 맞선을 보았는데 나이 한 살이라도 어릴 때 좋다는 남자 있으면 무조건 시집가라고 해서 결정했단다.

키가 초등학생보다 더 작으니 누가 데려가겠냐고 해서 본인도 이것저것 따지지 않고 결정했단다. 기회 놓치면 영원히 시집 못갈까 봐서. 신랑 친구들은 하나같이 작업복 차림에다 말투도 거칠고 예의가 없었다. 신부를 보고는 초등학생같이 작다며 킥킥대고 웃었다.

친구 엄마는 그저 딸이 시집가는 게 다행스러워 안심하는 표정이었다. 친구는 식이 끝나자 커다란 여행용 가방을 들고 나타나더니 말했다.

"신혼여행은 부산으로 가기로 했어, 서울역에서 떠나는 열차를 탈 거야."

서로의 집안사정에 맞춰 결정한 거라고 했다. 그럼 서울역까지는 택시 타고 가느냐고 했더니 아니란다.

"한 푼이라도 아껴야지 서울역까지 전철 타고 갈 거야."

씩씩하고 당당한 모습에 놀라기도 했지만 다행이란 생각도 들었다. 조금 전만 해도 난 생각했었다. 용접공이 다 뭐야? 창피하게. 동창 친구들은 죄다 초대해 놓고 부끄럽지도 않나? 그러나 친구는 씩씩하게 신혼여행지로 출발했다. 난 비록 어렵고 힘들게 살았어도 눈이 높았다.

환경과 처지를 생각하라고 아무리 지청구를 주어도 듣지 않았다. 몸에 병이 들어 자주 자리에 앓아누워도 고집을 꺾지 못했다. 내가 친구였다면 나는 그런 상대를 결코 택하지 않았을 것이다. 또 다른 친구는 남편 직업이 재고 물건을 수집해 파는 상인이었다.

사업체가 따로 있는 게 아니고 동대문 시장에서 조그만 가게를 얻어 소매하는 것이었다. 총각 때부터 해오던 장사를 그는 나이 육십이 넘도록 해오고 있는데 생각보다 벌이가 좋은 모양이었다. 딸을 미술 공부시켜 유학 준비중이라고 한다.

친구는 친정 동생들이 장애인인데 그로 인해 어머니의 고초가 여간 아니었다고 한다. 그래서 친구는 마음 편한 상대를 택해 결혼했는데 남편이 하루도 빠지지 않고 술을 마신다고 한다. 그 정도면 중독증세인데도 친구는 아무렇지도 않게 말한다.

"위염 증세가 있긴 한데 약 먹으니까 괜찮아, 늙을수록 마누라 귀한 줄 아는지 요즘 나한테 꽤 잘한다."

친구는 해탈한 승려처럼 말하며 웃었다. 그녀는 마음도 부드럽고 웬만한 일에는 화도 내지 않는 너그러운 성품을 지녔다. 신앙심이 깊어 하루 종일 성당에 나가 기도와 봉사로 산다고 한다. 난 그녀의 성격이 부럽기도 했지만 이해가 안 가는 측면이 더 많았다.

직업이야 그렇다 치더라도 매일 술 마시는 남편이 좋다니? 전혀 이해가 가지 않았다. 나는 술은 마시기는커녕 냄새도 맡지 못한다. 더구나 술 마시고 주정을 부리거나 하는 꼴은 죽어도 못 보는 성격이다. 심약한 소리를 하거나 지식적인 측면에서 나보다 뒤떨어져도 절대로 참아내지 못한다.

무능력해서 아내에게 원조를 바라는 남자는 절대 사절이고 집안에 나쁜 유전자가 있어서도 안 된다. 이건 단연코 내 경험에서 나온 것이다. 불행을 감수하고 하는 결혼은 백퍼센트 실패한다. 그럴 바엔 아예 비혼이 낫다. 그래서 나는 요즘 젊은 층에서 번지는 비혼을 찬성하는 편이다.

　고리타분하게 저 먹을 복은 타고 난다는 옛날 할머니들의 말도 안
되는 궤변을 경멸한다. 친구는 내가 가장 힘들고 괴로웠을 때를 거론
하며 그때 내 모습이 당당하고 좋았다고 말했다. 난 순간적으로 눈물
이 났다. 그때 내 상황이 최악이었는데 당당하다니 그렇게 보고 말해
준 친구가 얼마나 고마웠는지 모른다.

　집안사정이 나빠질수록 난 더 피폐해졌고 피해의식은 배가됐다. 피
해의식의 전형적인 모습은 과거의 실수를 되풀이하지 않겠다는 것이
었다. 그러다 보니 난 더 까칠해졌고 말과 행동이 거칠어졌다. 속 좁
고 이기적인 속물로 변해 갔다. 내 의식에서 손해 본다는 건 상상도
할 수 없는 일이었다. 누군가 내게 말했다. 네 주제 꼴을 알라고.

　물론 나도 내 처지를 모르는 건 아니었다. 하지만 그렇게 내 처지
를 꼭 집어서 말한 그녀에게 난 수십 년도 넘게 저주의 화살을 퍼부
었다. 사람들이 내게 말하는 저주 섞인 악담을 나도 잘 알아들었다.
내가 비록 아둔하고 덜 떨어졌다 해도 옳고 그름을 구분 못할 만큼
어리석지는 않았다.

　그런데 내가 불행을 연속적으로 달고 태어났다 해도 더 이상 불행
해지란 법도 없지 않은가. 요는 내 처지를 비웃고 나를 끌어내리려는
악마의 입술들인 것이다. 내 집안은 대대로 알코올 중독 증세를 보였
다고 한다. 증조할아버지 때부터 친할아버지 외할아버지 내 아버지
내 오빠까지 모두 중독환자였다.

　집구석에 매일 술병이 날아다녔고 술주정으로 집안 살림이 남아나
는 것이 없었다. 선한 성품이라곤 찾아볼 수도 없었고 일가친척들도
술주정뱅이 아니면 무능력한 막노동꾼 공장 노동자가 대부분이었다.
두뇌 수준 또한 낮아 대부분 중졸이나 고졸이 최고 학력이었다.

없는 집구석에 자손들은 왜 자꾸 태어나는지 그것도 꼭 아들만 태어났다. 난 40년 만에 태어난 고명딸이었다. 어쩌다 막내로 태어났는데 덕분에 사랑을 많이 받았다. 집안친척만 모이면 내 자랑을 하느라 입이 닳았다. 아무리 버릇없게 굴어도 야단맞는 일이 없어 난 더욱 기세등등하게 못돼졌다.

그런 내가 초등학교에 입학했는데 공부 실력이 남보다 조금 우월한 편으로 나타났다. 중상위권이었는데 그건 집안내력에 비추어 기적과 같은 일이었다. 상급학교로 진학할수록 성적이 낮아지긴 했지만 난 집안의 희망이 되었다. 집안일은 물론 내 손에 물 한 방울 묻히지 않고 살았다.

술주정으로 집안 살림이 박살나고 날벼락이 떨어져도 내가 나타나면 일시에 멈추었다. 그보다 더 못된 버릇으로 기세를 꺾어 놓았기 때문이다. 오빠들도 내 말이라면 꼼짝 못하고 절절 맸다. 만일 내게 대들었다가는 아버지한테 맞아 죽기 때문이었다.

"막내 비위 맞춰주고 해달라고 하는 것 있으면 무조건 해줘라."

공부 좀 한다고 여왕처럼 행세해도 모두 참아주었다. 하지만 모두의 기대를 꺾고 대입시에 실패했다. 가족들의 실망은 이만저만이 아니었다. 재수하느냐를 놓고 고민할 때 처음으로 큰오빠가 말했다.

"재수하려면 돈도 많이 들어간다는데 그냥 후기대학이라도 가면 안될까."

이상하게 가족들이 모두 잠잠했다. 반대할 줄 알았는데 이상하다. 나는 가족들의 바람으로 후기대학에 입학원서를 썼고 합격했다. 집안에서는 난리가 났다. 평생소원을 풀었다며 죽어도 여한이 없다는 말까지 나왔다. 그리고 대학 입학하고 나서 얼마 안 돼 집안이 급격하

게 기울기 시작했다. 알코올 중독증세로 인한 간경변으로 아버지와
오빠들이 차츰 쓰러졌고 엄마도 충격으로 자리에 누웠다.

없는 살림에 병원비가 뭉텅이로 들어갔다. 나는 아르바이트를 시작
했고 그때부터 내 주변에 온갖 악마가 들끓기 시작했다. 나중에야 알
았다. 그것이 가진 자의 횡포이고 갑질이란 것을. 누군가 말했다고
한다. 눈물진 빵을 먹어보지 않은 사람은 인생을 말할 자격이 없다
고.

그렇다면 나는 말할 자격이 충분히 주어진 셈이다. 아버지는 병이
위중함에도 술병을 손에서 놓지 않았다. 알코올성 당뇨라고 했다. 혈
당이 500까지 치솟아 병원에선 더 이상 손 쓸 수 없다고 했다. 오빠
들도 마찬가지였다. 엄마는 자리에 누워서도 오로지 막내딸 걱정이었
다.

딸래미 대학 졸업하는 것 보고 죽어야 하는데 노래를 불렀다. 그러
더니 졸업을 앞두고는 느닷없이 사윗감을 데려오라고 했다. 이왕 대
학 졸업이란 소원은 풀게 되었으니 사위를 보아야겠다는 것이었다.
가족들은 모두 제 처지를 잊고 있었다. 그보다 이기심을 앞세워 내게
서 대리만족을 누리려 했다.

내게서 자기들이 이루지 못한 한풀이를 하려 했다. 가족들의 눈에
는 막내딸이 꽤나 괜찮은 존재였던 모양이다. 자기들 눈에 예쁘게 보
이니까 남들 눈에도 예쁘게 보이는 걸로 착각하고 있었다. 더구나 온
일가친척 다 통틀어 대졸 출신은 나 하나여서 더 그랬는지 모른다.

그런데 가족들의 바람대로 결혼이 성사된다 해도 무슨 돈으로 혼수
며 결혼식 비용을 대겠는가. 하나만 알고 둘은 모르는 어리석은 발상
이었다. 더구나 알코올 중독 집안 딸을 며느리로 선뜻 맞아줄 괜찮은

신랑감이 나설까도 의문이었다. 더구나 난 미모도 아니었고 성격도 말투도 거칠었다.

그런데 아버지의 주장이 걸작이었다.

"여자가 예뻐 보이면 아무것도 안 가지고 몸만 와달라고 하는 남자가 있을 것이구먼."

자신만만한 말투였다. 온 집안의 기대를 한 몸에 걸머지자 나는 순간적으로 멘붕에 빠진 기분이었다. 취업도 해야 하는데 집안에서는 쌀독 빈다고 난리인데 가족들 입맛에 맞는 사윗감을 데려오라니 정신을 차릴 수 없었다. 그래서 친한 친구에게 고민을 털어놓았더니 대답이 가관이었다.

"너희 가족들 차암 대단들 하시다. 아니 너가 미스코리아라도 된다고 착각들 하시나 본데 어이없다 참."

"어이없다니?"

어이없기는 나도 마찬가지였다. 친구라는 년이 아예 대놓고 막말을 해도 유분수지.

"아니 너도 생각해 봐, 결혼이 아이들 장난도 아니고 집안 대 집안 일인데 누가 너희 집안하고 선뜻 사돈을 맺으려 하겠니? 너희 집안 식구들 모두 알코올 중독자라며?"

언젠가 내가 홧김에 쏟아놓은 말을 용케도 기억해 내며 기죽이기로 작정한 것이다. 그런데 문제는 내 태도였다. 당연히 대거리를 하고 싸울 태세일 줄 알았는데 잠자코 수긍하는 것이었다. 그건 평소에 내가 생각한 지론(知論)과 맞아 떨어지는 것이었다.

내가 생각해도 그녀의 말이 전혀 틀리지 않았다. 내세울 것 하나 없는 집안형편에 나 빼놓고 모두 환자였다. 없는 살림은 이미 거덜난

지 오래였다. 당장 취직해서 가족들부터 먹여 살려야 했다. 그런데 앞뒤가 뒤바뀌어 결혼이라니? 가족들도 나도 모자라긴 마찬가지였다.

그렇다고 가족들이 나를 마지막 희망으로 여기는데 부담스러우니 결혼 이야기는 그만 집어치우라고 말할 자신도 없었다. 생각 같아선 하늘나라 티켓을 끊어 놓은 것이나 마찬가지인 가족들의 마음에 꼭 맞는 사윗감을 보이고 싶었다. 그게 솔직한 내 진심이었다.

평생 무지렁이같이 살다가 술마귀에 사로잡혀 제대로 된 대접도 못 받고 산 가족에게 한번쯤 대찬 웃음을 사윗감으로 소개해 보고 싶었다. 아무리 남들이 무시하고 천대해도 가족이었다. 그러나 아무리 사정이 그렇다 쳐도 호구지책이 먼저였다.

나는 취업을 서둘렀다. 당시만 해도 아날로그 시대라 자격증만 있으면 취업이 가능했다. 앞뒤 가릴 것 없이 무조건 취직했다. 국가 공공기관이었다. 급여는 많지 않아도 의료보험 제도가 생겨 가족들은 엄청난 혜택을 보았다. 아버지도 오빠들도 술을 끊고 치료에 전념했다.

이전에는 병원비가 너무 많이 들어 죽을 날만 기다렸다면 의료보험 혜택을 받아 치료방법이 다양해진 것이다. 술을 끊은 것만도 기적이었다. 식사요법도 하고 몸이 어느 정도 회복되자 본업을 찾아 돈벌이를 했다. 죽으란 법은 없는 모양이었다. 세상이 발달해 힘든 일은 안 하려는 경향이 짙자 오히려 일자리가 넓어진 셈이다.

오빠들은 나이 삼십이 넘어도 결혼하지 못했다. 낮은 학력에다 험한 인상 변변치 않은 직업이 원인이었다. 그러자 또 술을 입에 대기 시작했다. 당연히 당뇨병이 심화되기 시작했다. 합병증이 발생하자 이젠 자기 몸 돌보느라 나에 대한 관심도 뚝 떨어졌다.

병이 위중해도 술은 끊지 못하면서도 죽는 것은 무서운 모양이었다. 걱정해 주는 마누라도 없는데 술이나 마시지 뭐하겠어. 핑계는 좋았다. 술의 시종(侍從)이 되어 패악(悖惡)을 부리면서 짐승처럼 변해 갔다.

나중에 알고 보니 그것도 집안내력이라고 했다. 엄마는 오빠가 죽을까봐 안절부절못했고 아버지 또한 똑같은 증세를 나타내며 가족 모두가 환자로 변했다. 그런 가족을 보고 있자니 스트레스가 이만저만이 아니었다. 일평생 알코올 중독과 낮은 처지로 살아온 울분까지 겹쳐 눈물과 함께 더 술에 의존하는 것이었다. 집안내력이란 게 무서웠다.

한참을 꺼이꺼이 울고 나면 내게 와 가만히 말했다.

"그래도 우리 막내딸이 희망인기라. 우리 집안에서 유일하게 대학을 나왔잖냐. 어서 번듯한 사윗감 보고 나서 죽어야 할낀데."

참다못한 내가 소리쳤다.

"이런 술이나 처마시는 집구석에 누가 사위가 되려고 하겠어? 나라도 안 하겠다."

"아! 그래도 일단 서로가 마음에 들고 좋아지면 허물은 다 감춰지는 거다."

머리가 아둔한 가족은 고작 생각하는 게 그 수준이었다. 항상 낮은 처지에 살다 보니 그 이상의 수준에 맞추어 생각할 줄 몰랐다. 그저 서로 좋아하면 만사 오케이라는 식이었다.

따질 줄도 모르고 우물 안 개구리처럼 자기 생각만 했다. 그리고 나서 못 배운 한풀이를 한다는 게 고작 막내딸을 이용해 자기들 욕심 채우려는 것이었다. 아무리 설명해도 알아듣지 못했고 자기들 고집만 내세웠다. 나중에 안 사실인데 오빠들은 여자들을 만날 때마다 나를 단골메뉴처럼 써먹었다고 한다.

막내 여동생이 있는데 유명한 대학 나와서 공공기관에 다니고 있는 데 급여도 높고 곧 승진할 거라고. 유명한 대학이라니 말도 안 되는 소리였다. 승진할 거란 것도 새빨간 거짓말이었다. 그렇게 속여 가며 여자를 만나고 싶었을까. 한편으론 이해가 가면서도 가슴이 패이는 것처럼 아팠다.

무지한 가족들 때문에 죽어나는 건 나였다. 그들은 내가 얼마나 직 장에서 속 터지고 스트레스 받는지 전혀 알지 못했고 이야기해 봤자 이해도 못했다. 그저 시키는 일 잘하면 됐지 무슨 잔소리냐, 누가 우 리 딸한테 함부로 구냐 당장 데려와라 혼쭐을 내주겠다.

그러다 어느 날 정말 우리 집안에 큰일이 발생하고야 말았다. 내가 직장을 때려치우고 만 것이다. 처음에는 가족들에게 알리지도 못했 다. 하늘이 무너진 줄 알고 난리칠 게 뻔했다. 가족들의 자랑거리가 없어진 건 죽음이나 마찬가지일 터였다.

그들은 내가 직장에서 어떤 일이 벌어졌는지 왜 그만두게 되었는지 알 리도 없었고 알려고도 하지 않았다.

그저 자랑거리이자 돈줄이 떨어진 것에 대해서만 낙담하는 것이었 다. 속인다고 모를 일이 아니었다. 직장에 전화를 건 오빠가 나의 사 직 사실을 알게 되었고 가족은 초상 분위기로 돌변했다. 새로운 직장 을 구하면 된다는 말에도 듣지 않고 난리를 쳐댔다.

"직장 구하는 게 어디 그리 쉬운 일이냐."

그러더니 어디서 들었는지 한마디 덧붙였다.

"그려도 직장이 번듯해야 선자리도 괜찮은 데서 들어 온다던디."

"또 한 번만 그 말 해봐라, 나 시집 안 가고 평생토록 엄마 아빠 곁에 붙어 살 거다."

"이기 무슨 소리다냐, 직장이고 뭣이고 당장 사윗감부터 데려 오거라."

"없는 사윗감을 어디 가서 데려와? 듣기 싫다니까 왜 자꾸 그래?"

"그려 그럼 아무것도 안 따질 테니께 그저 너 좋다고 하면 되니께, 음 그러니께."

그 소리를 듣는데 속이 터지는 줄 알았다. 남자라곤 대학 때 만난 이민기가 전부였다. 그는 집안도 좋고 직장도 좋았지만 인품이 더 훌륭했다. 그는 여느 남자와 달리 아무리 여자가 유혹해도 함부로 마음을 주지 않았다. 행동거지가 바랐고 책임감이 강했다. 그래서 더 여자들한테 인기가 좋았다.

그런 그를 여자들이 가만둘 리가 없었다. 나중에 알고 보니 목회자 집안의 외동딸과 결혼했다고 한다. 그 소식에 가슴이 무너져 내린다고 한 여자가 한둘이 아니었다. 나는 그를 지켜보면서 남자에 대한 로망으로 삼았고 그와 비슷한 남자가 아니면 결코 결혼하지 않겠다고 결심했었다.

남자는 모름지기 그와 같아야 한다. 아니 비슷만 해도 괜찮다.

직장에서 내가 겪은 고초는 이루 말로 형용할 수 없었다. 여러 가지 문제가 있었지만 첫 번째는 내 불찰이 컸고 두 번째는 인간관계에 충돌이 많았다. 직원들이 건네는 농담 한마디도 나는 그냥 넘기지 못했고 사사건건 충돌했다. 더구나 직원 회식 때 벌어지는 남자 직원들의 추태는 참기 어려웠다.

막말로 은장도만 있어도 죽이고 싶은 살기를 느낄 정도였다. 겨우 자격증 하나 가지고 밀고 들어간 직장이었다. 그러나 나는 몇 년 채우지도 못하고 사직서를 쓰고 말았다. 다시 직장을 구하기란 생각보다 힘들었다. 이력서를 들고 뛰어다니는 사이 엄마의 병이 위중해졌다.

한밤중에 응급실에 실려 간 엄마는 자리보전하고 누워 일어날 줄 몰랐다. 엄마를 간호하던 아버지는 홧김에 술을 더 마셨다. 그리고 정해진 순서처럼 어느 날 중풍으로 쓰러졌다. 조금만 늦게 발견했더라면 하늘나라로 이사 갈 뻔했다. 대부분이 그렇듯이 알코올 중독의 끝판이 중풍이었다. 술중독인 일가친척들 대부분이 그랬다. 아니 그것은 어쩌면 유전인지도 몰랐다. 술중독이었던 내 증조부 조부 외조부도 모두 그랬으니까.

나의 재취업은 취소되었다. 당장 환자를 돌볼 사람이 필요했는데 나 이외 대안이 없었다. 생활비와 치료비가 뭉텅 뭉텅 들어가는데 사면초가였다. 그동안 모아놓은 결혼자금과 퇴직금이 모두 한순간에 날아갔다. 지방 건설업체에서 막노동하던 오빠가 서울로 옮기면서 돈 문제는 간신히 해결되었다.

하지만 오빠도 환자였다. 언제 저혈당 쇼크가 와 응급실에 실려갈지 모르는 위험한 상태였다. 위중한 상태에서도 엄마는 늘 사위 타령이었다. 눈 감기 전에 사위 얼굴 보는 게 소원이라고 했다. 왜 며느리는 보고 싶지 않으냐고 하자 누가 환자한테 시집 오겠냐 남의 집 딸 고생시킬 일 있냐며 오지랖을 떨었다.

그때부터 나는 자의반 타의반으로 맞선을 보러 다녔다. 집에서 중환자 돌보느라 정신이 반쯤 나간 나는 강박증에다 집중력이 떨어지고 분별력을 잃었는지 방금 들은 말도 잊어버리고 재차 묻는 등 이상증세를 나타냈다. 내가 선을 보는 목적은 딱 한가지였다.

엄마의 소원대로 사윗감을 보여드린 후 편히 눈감게 하는 것이었다. 그것이야 말로 내가 할 수 있는 최대의 효도(孝道)였다. 기왕이면 결혼식마저 보여주고 싶었지만 그러기엔 시간이 너무 촉박했다. 아버지 역시 사윗감 보기를 소원했지만 중풍으로 정신마저 흐릿해진 탓인지 채근하진 않았다.

우리 집 사정 아는 사람들은 모두 난처한 표정을 지으며 중매를 거부했다. 중매시장에 나를 내놓기에 너무 조건이 안 좋다는 것이었다. 설사 성사를 시켜봐야 거마비도 제대로 못 받을까봐 그런지 주저하는 기색이 역력했다. 그러면서 한다는 말이 아가씨가 인물이 좋은 편도 아니고 라며 비윗장을 거슬렸다.

나는 그때 세상에 태어나 처음 알았다. 내가 못생긴 여자 축에 속한다는 것을. 어릴 때부터 외동딸로 자라 한 번도 들어보지 못한 소리를 맞선시장에서 듣게 될 줄이야. 사실 결혼 따위 관심도 없었지만 호기심에 여러 번 맞선 자리에 나가 보긴 했다.

대학 다닐 때 미팅을 두고 하는 말이 있었다.

혹시나 했더니 역시나였구나.

남학생들은 하나같이 미모의 여자를 원하면서 집안도 따졌다. 돈 많고 권력 있는 집 외동딸이면 더 좋다고 했다. 재산까지 챙길 수 있으니까. 그 어린 시절에도 이성에 대한 관심이 미모와 재산으로 연결돼 있었다. 하물며 일평생을 함께 할 중대사인 결혼임에야 말할 필요가 있겠는가.

능력 있고 조건 좋은 남자들은 아예 맞선 상대로 들어오지도 않았고 어쩌다 들어오는 맞선자리가 하나같이 나보다 학력이 낮고 직업도

변변찮은 남자였다. 그 주제에 여자의 인물 따지고 집안 배경 따지는
데 기가 막혀 말이 나오지 않았다.

남자들은 아무리 못생기고 형편없어도 여자 인물을 최우선으로 따
졌고 제가 가진 조건은 안중에도 없었다. 주제 파악도 못하는 것들이
여자 하나 잘 만나서 팔자를 고쳐 보겠다고 발악을 했다. 하나같이
이기적이고 아전인수(我田引水) 격이었다.

그런 면에서 볼 때 나는 상품가치가 떨어지는 부류였다. 못나면 못
날수록 형편무인 지경인 남자도 내 앞에선 당당하게 자신의 포부를
밝혔다. 미모와 집안 내력이었다. 나는 속으로 말했다. 이 멍청한 자
식아, 우리 집안은 대대로 술중독에다 노름하는 사람도 있었지만 너
처럼 형편없진 않았다.

너처럼 여자 등에 업고 사기 쳐 먹으려는 인간은 없었다. 이 한심
한 놈아, 예쁘고 집안 좋고 성격 좋은 여자가 너 같은 놈 만나서 결
혼해 줄 것 같으냐 너야말로 정신 차려라. 키가 너무 작아 군대도 못
다녀온 남자는 여자 미모를 너무 따지다가 나이 사십이 되도록 결혼
을 못 했다고 한다.

그는 키 크고 예쁜 여자 아니면 결혼 안 한다고 버티다가 사십이
되었는데 정작 본인은 직장생활에 적응을 못해 자주 옮기는 바람에
현재는 무직이라고 했다. 그러면서 한다는 말이 반드시 맞벌이를 해
야 한다고 요구했다. 그러면서 한다는 말이 걸작이었다.

내가 자기를 마음에 들어 하면 다시 만나 줄 용의가 있다고 했다.

살다 살다 별 미친놈을 다 만나보는구나. 조건이 나쁜 남자들일수
록 여자에게 거는 기대가 상당했다. 제 주제꼴은 모르고 어찌나 조건
을 내다는지 기가 막혔다. 못 생기고 무능하고 인간성이 못될수록 그

도가 심했다. 한번은 초등학교 동창이 주선하는 맞선현장에 나갔는데 남자의 눈빛이 이상했다.

눈이 썩은 동태처럼 개개풀린 데다 말도 어눌하고 이치에 맞지 않는 말만 횡설수설 하며 느물거리며 내 아래 위를 열심히 훑어보는 것이었다. 직업이 무엇이냐고 물었더니 건물 짓는 현장에서 유리창 끼우는 일을 한다고 했다. 그러면서 하는 말이 이제까지 만난 여자 중에서 내가 가장 마음에 든다고 했다.

여기 또 또라이가 있구나. 그런데 느닷없이 이민기가 생각났다. 누군 복도 많지. 제대로 된 남자 만나 가정 꾸리고 사니 인생 살맛나겠다. 나이가 삼십 고개를 넘어가자 더 악조건의 남자들이 나타났는데 그때는 엄마의 생명이 정말 위태위태했다.

그 질 떨어진 남자는 지능지수가 70에도 못 미치는 것 같았다. 매일 집으로 전화를 걸어 만나자고 졸랐다. 그것도 옆에서 누군가 시켜서 한 것이었다. 제대로 된 판단력도 없고 표현력도 없어 정신지체 장애인 같다는 생각이 들 정도였다. 허름한 작업복을 입고서 눈빛은 초점을 잃은 채 엉뚱한 말만 계속 주워댔다.

중매를 한 동창은 여자를 사귀어 본 경험이 없어 그런 거라며 오히려 편을 들었다. 그녀 역시 제정신이 아니었다. 남편과 이혼 도장을 아직 찍지도 않았는데 재혼할 남자와 매일같이 열애 중이었다. 내가 분명 싫다는 의사를 밝혔는데도 중간에 무슨 농간을 부렸는지 상견례 하자는 제의가 들어왔다.

나중에 알고 보니 그 남자는 건물 층에 매달려 유리창 끼우는 작업을 하다가 떨어져 뇌를 다친 적이 있다고 했다. 막노동으로 굳어진 손마디가 굵고 정신 줄이 늘어진 그는 집안의 4대 독자라 했다. 그래서 여자 측에서 눈치 채기 전 서둘러 혼사를 결정하려는 속셈이었다.

나는 그 다음날 친구에게 전화를 걸어 온갖 욕설을 더 퍼부었다. 너도 저런 놈하고 똑같은 사위를 보거라. 그런데 안타깝게도 그녀에게는 딸이 없었고 아들만 하나 있었다. 친구는 협의 이혼했고 이혼하자마자 재혼했다. 그녀의 전남편도 이혼하자마자 새 아내를 얻어 집에 들어와 살게 했다.

성사가 안 될수록 이상하게 오기가 생겼다. 운명 같은 만남을 기대하면서 엄마의 소원을 들어주고 싶었다. 평생 가족들의 술주정 받아주느라 속을 끓일 대로 끓여 한번도 맘 편히 살아보지 못한 불쌍한 내 엄마였다. 그 엄마의 소원을 외면하고 싶지 않았다. 엄마의 웃는 모습을 꼭 보고 싶었다.

그때 집안 친척으로부터 맞선제의가 들어왔다. 6남매의 장남에다 강남에서 자영업을 한다고 했다. 그러니까 그 말은 곧 장사를 한다는 뜻이었다. 내가 가장 싫어하는 직업이 장사였다. 사람들과 부대끼며 하는 장사는 내 적성과 맞지 않았다. 그럴 것 같으면 차라리 혼자 사는 편이 낫다고 생각했다.

그런데 친척이 엄마를 부추겨 억지로 맞선현장에 나간 게 화근이었다. 남자는 눈이 꼭 독사같이 생긴 제 엄마와 나왔는데 아무리 봐도 마마보이 같았다. 제 엄마와 귀엣말을 주고받으며 내 눈치를 보는데 영 기분이 상했다. 키가 작고 말라서 바람이 불면 곧 날아갈 것 같았다.

군대는 다녀왔냐고 물으니 역시나 못 갔다고 했다. 이유는 체중 미달이었다. 어림짐작으로 50킬로도 안 나가는 왜소한 체격이었다. 눈빛은 순하고 착한 척하느라 말도 고분고분했다. 그는 잠시 머뭇거리더니 대학은 서울에서 나왔느냐고 물었다. 그렇다고 했더니 시어머니 자리가 입술이 삐뚤어졌다.

그는 이전에 만나던 남자들과는 달리 예의도 차릴 줄 알았고 호감을 나타내며 정중하게 대했다. 헤어질 때는 택시도 잡아주며 택시비까지 건넸다. 전화번호를 묻기에 알려 주었더니 기뻐하며 활짝 웃었다.

"저는 사람이 가진 조건보다 마음이 먼저라고 생각합니다. 가정 화목하고 선하고 의로운 마음으로 살면 하늘은 저절로 도와주는 법이지요. 제가 성심껏 손님들을 대했더니 남들 흉내 내며 살 정도는 됩니다."

자세히 보니 왜소한 체격 말고는 인상도 선하고 순해 보였다. 친척의 말을 빌리자면 결혼하면 아파트를 사서 분가할 계획이라고 했다. 다만 흠이 있다면 나이가 많고 체격이 왜소해서 그렇지 그 정도면 인물도 나쁜 편은 아니라고 했다. 엄마는 처음에는 6남매의 장남에다 학력이 낮아 싫다고 했지만 둘이만 좋다면 괜찮다고 한발 물러섰다.

그런데 만나는 횟수가 늘수록 말이 자꾸만 틀려졌다. 시어머니 자리가 농간을 부리는 것 같았다. 집안도 형편없는 것 같은데 모아놓은 돈은 있느냐고 넌지시 묻더라고 했다. 그러면서 하는 말이 6남매의 맏며느리로 시부모의 봉양과 노후를 책임지라는 것이었다.

거기에다 집안 살림에다 맞벌이까지 요구했다. 집안의 봉제사는 물론이고 처음부터 시집살이시키며 데리고 살겠다고 했다. 거기에 한술 더 떠 5명이나 되는 시동생들 뒷바라지까지 요구했다.

그 말에 엄마는 뒤로 넘어갔다. 안 된다고 결사반대했다. 그러자 그쪽에서 없던 일로 하자고 연락이 왔다. 제가 먼저 선수를 친 것이

다. 나 역시 황당하기는 마찬가지였다. 몇 번 만난 것 가지고 저쪽에
서 김칫국물 마시면서 엄청난 제의를 해오니 기가 막혀 말이 안 나왔
다.

순한 성격 빼놓고는 마음에 드는 구석이 한군데도 없었다. 그는 여
자와 맞선을 보고 나서 매번 퇴짜를 맞았다고 했다. 너무 체격이 왜
소하다 보니 또 6남매의 장남이란 소리만 들어도 여자들은 고개를 흔
들었다. 그런데 인상도 어수룩해 보이는 내가 몇 번 만나주니 이게
웬 횡재인가 싶은 모양이었다.

아마도 내가 자기를 엄청 마음에 들어 하는 걸로 착각한 것이다.
다른 여자들은 단번에 퇴짜를 놓고 돌아섰는데 이번 여자는 몇 번이
나 만나주는 걸 보니 나한테 폭 빠진 모양이구나. 그는 시어머니 자
리와 북 치고 장구 치면서 모든 결론을 내렸다. 나중에 들으니까 그
들은 혼수 목록까지 마련했었다고 한다.

그런데 우리 쪽에서 거절하자 제 쪽에서 먼저 없었던 일로 하자고
선수를 친 것이다. 그렇게 해서 다 끝났다고 생각했는데 느닷없이 남
자에게 연락이 왔다. 더 이상 만날 일 없다고 거절하자 마지막으로
만나서 할 말이 있다고 했다. 싫다고 했더니 나올 때까지 집 근처에
서 기다리겠다고 했다.

무슨 영문인지 몰라 집에서 입던 옷 그대로 나갔는데 표정이 이상
했다. 순하던 표정은 어디로 가고 얼굴이 굳어 있었다. 대뜸 한다는
말이 기가 막혔다.

왜 자기 말을 안 믿어 주냐는 것이었다. 그게 도대체 무슨 말이냐
고 했더니 자기는 한 번도 시집살이 요구한 적이 없다는 것이었다.
그래서 내가 언제 결혼하겠다고 약속했냐고 하니까 놀란 눈빛으로 말

했다.

"그럼 결혼할 생각도 없이 나를 여섯 번이나 만난 겁니까?"

"언제 나한테 그쪽이 결혼 의사를 비친 적 있나요? 느닷없이 나한테 시부모랑 함께 살 용의가 있냐고 물었잖아요. 그래서 내가 싫다고 한 거고."

그는 약간 풀이 꺾인 자세로 물었다.

"제가 가진 조건이 마음에 안 든다 그거죠?"

당연한 소리를 그는 또 물었다.

"왜요? 내가 당신들이 마음 놓고 이용해 먹을만큼 호구로 보이나요?"

"어떻게 그런 말을."

"그리고 다 끝난 일을 가지고 이제 와서 어쩔 셈인데요."

나도 내 성질 그대로 막 나갔다.

"그러니까……."

그는 약간 울먹거리는 투로 말했다.

"저도 제 조건이 안 좋다는 건 잘 알아요, 장남이라는 조건도 그렇고 부모님도 모셔야 하고 그렇지만……'

제 처지는 제대로 알고 있네. 내가 왜 너처럼 형편없이 못난 인간을 만났는지 후회막급이다. 나보다 학력도 낮은 놈이 어디서.

"그렇지만 말입니다. 이것저것 따지지 말고 그냥 저 하나만 바라보고 사랑해 주면 안 됩니까?"

하! 세상에 이렇게 기막힐 데가. 나는 그 자리에서 일어나 밖으로 나왔다. 며칠 후 그의 어머니에게 전화가 왔다. 아들이 상심해 누워 있는데 원하는 대로 다 해 줄 테니 결혼만 해달라고 했다. 친척도 나서서 독려했다. 둘 다 똑같은 사기꾼 같았다.

이런 내 처지를 보고 친구가 말했다.

"결혼은 집안 대 집안이다. 여자가 아무리 괜찮아도 집안이 형편없으면 좋은 데로 시집가긴 그른 거다. 인물이나 잘났으면 모를까."

마지막 말이 내 속을 뒤집었다. 나쁜년.

한번은 직장에 함께 근무했던 옛 동료가 주선한 맞선 자리에 나간 적이 있었다. 남자는 여성 의류를 만들어 일본에 수출하는 일을 하고 있었다. 키가 작고 뚱뚱해 걸을 때마다 굴러가는 것 같았다. 눈빛이 매섭고 성질이 못 돼 보였다. 하지만 그 방면에 경력도 많고 수완도 좋아 보였다.

마음에 안 들어 자리에서 일어서려고 하는데 제가 먼저 일어서며 말했다.

"공장이 이 근처에 있는데 잠깐 구경하고 가실래요?"

싫다고 뿌리치려는데 표정이 너무 진지해 거절을 못했다. 택시를 타고 갔는데 공장이 수유리 쪽에 있었다. 규모가 상당히 컸다. 그는 마음에 드는 옷이 있으면 고르라고 했다. 싫다고 거절했더니 낯빛이 변했다. 그는 나에게는 묻지도 않고 이왕 만났으니 저녁 식사나 하고 가라며 앞장서 나갔다.

이마저 거절 못하고 또 따라나섰다. 택시를 탔는데 도봉산 자락 중간쯤에 있는 한정식집이었는데 태어나서 그런 규모가 큰 음식점은 처음이었다. 가격을 보니 입이 딱 벌어졌다. 상다리가 부러질 만큼 차렸는데 너무 부담이 돼 음식이 넘어가지 않았다. 적당히 핑계 대고 돌아서야 했는데 식사 대접까지 받다니 도리가 아니었다.

집에 갈 때 택시를 잡아주는데 얼마나 부담스러운지 숨이 막힐 지경이었다. 그 남자와는 이후 두 번 더 만났다. 동료에 말에 의하면 내가 너무나 마음에 든다고 했다. 혹시 마음에 안 들더라도 딱 두 번만 더 만나 달라고 했다. 그런데 만나자마자 술이 마시고 싶다고 하더니 첫사랑 이야기를 했다.

교회에서 만난 자매인데 교통사고로 죽었다고 한다. 세 번째 만나던 날도 그 이야기를 또 했다. 생긴 것과 관계없이 나름대로 로맨스는 있었구나 생각하는데 갑자기 욕설을 했다. 지인(知人)의 부인이 바람을 피웠는데 자기 같으면 죽이고 만다고 했다.

눈빛이 독이 올라 새파랬다. 상처와 분노와 적개심으로 가득 차 있었다. 어이가 없고 슬펐다. 내가 만만해 보였던 것일까. 그는 또 죽은 첫사랑 이야기를 했다. 꼴에 가지가지 하는구나. 그 이후 전화가 수없이 많이 왔지만 만나주지 않았다. 그가 전화할 때마다 모욕감과 수치감으로 어지럼증이 일었다.

"제가 연락할 때까지 전화하지 마세요, 저한테도 생각할 시간을 주세요. 또다시 전화하면 제 입에서 어떤 소리가 나올지 장담 못합니다. 무슨 뜻인지 아시죠?"

남자는 상심한 목소리로 전화를 끊었다. 더 심한 막말을 하고 싶었지만 참았다. 그를 생각할 때마다 치욕스런 느낌으로 구역질이 날 것만 같았다. 모멸감으로 자존감이 한없이 추락하면서 감정이 타락하는 것 같았다. 그러면서 생각했다. 내가 진정으로 원하는 것이 무엇인가. 나 자신도 헷갈렸다.

나도 계산적이어서 상대를 놓고 감정놀음에 빠진 기분이었다. 단지 내 엄마의 소원을 위해 그런 만남을 갖는 것조차 설득력을 점점 잃어갔다. 불안이 파도처럼 마음을 엄습하면서 그때마다 이민기가 생각났다. 혹시나 그가 이혼하지 않았을까 엉뚱한 바람이 슬며시 찾아왔다.

어느 날 오빠가 결혼하겠다며 여자를 집으로 데려왔다. 환자가 무슨 결혼? 의아했지만 반가웠다. 살다 보니 이런 일도 있구나 싶었다. 가족 모두 좋아했다. 여자는 나보다 세 살 어렸고 착하고 순해 보였다. 어린 시절 부모님을 잃고 남동생과 생활했는데 동생은 해외 근무 중이라 했다.

결혼이 안 된 이유는 조실부모해서 아무도 가족으로 받아주려 하지 않았다고 했다. 그녀는 오빠의 중독 증세나 병에 대해서는 모르는 것 같았다. 하지만 우리 가족이 너무 환대하니까 그저 웃기만 했다. 가족들은 혹시나 그녀가 눈치 챌까 서둘러 결혼을 진행했다. 그와 동시에 나의 재취업도 결정되었다.

지방에 있는 공공기관이었다. 전에 근무하던 직장과 업무도 동일했고 경력도 인정받았다. 가족들은 경사가 겹쳤다며 행복해 했다. 난생 처음이었다. 나는 비로소 가족들의 한풀이 대상에서 놓임 받았다. 결혼한 지 일 년 후 조카가 태어났고 나는 근무지에서 가까운 대학에 대학원 입학원서를 냈다.

지방에 있는 일반 대학원이라 그런지 쉽게 합격 통지서가 날아왔다. 입학금과 교재비로 엄청난 비용이 지출되었지만 개의치 않았다. 뒤늦게 찾아온 향학열을 멈출 수 없었다. 가족들은 대학원이란 단어에 의아심을 나타냈다.

그것은 뭘 하는 것이다냐. 대핵교보다 더 높은 핵교다냐?

하며 신기해했다. 그리고 동네방네 다니며 자랑을 했다. 쉽게 꺼질 것 같은 생명줄에 다시 기운이 움트고 있었다. 가족들은 항상 그랬었다. 금세 숨이 끊어질 것 같다가도 다시 살아나고 응급실에 실려 가 마지막이라는 소리를 들었음에도 얼마 안 가 회생했다.

대학원 진학 사실이 알려지자 가족들은 더 이상 사위 타령을 하지 않았다. 그 대신 세상에서 출세하라며 엉뚱한 제의를 했다. 그것만 해도 다행이었다. 나는 지난날의 모든 치욕스런 기억을 잊고 직장과 학업에만 전념했다. 학위를 받고 직장을 옮기면서 두 번 다시 맞선을 보지 않았다.

지난날 나 자신을 속이면서 누볐던 맞선현장에서 심각한 오류를 발견했기 때문이었다. 내가 진정으로 추구했던 가치는 무엇이었을까. 양심과 회유의 목소리 중 어느쪽에 더 기울었을까. 결과는 교만과 피해의식만 가중됐다. 어느 날인가부터 내 안에서 회개와 자성의 목소리가 들리기 시작했다.

속에서 북받치는 울음소리가 들려왔다. 양심(良心)의 소리였다. 거짓과 모순된 감정이 사라지면서 점차 평안이 찾아왔다.

언젠가 읽었던 글 내용이 떠오른다.

진정한 회개는 말과 결심이 아닌 남을 용서하려는 몸부림이고 시험은 싸움과의 극복이 아닌 신의 뜻과 관련된 문제이다.

마지막 박사 논문이 통과되던 날 이상한 소식이 들려왔다. 외국에 주재원으로 근무하던 이민기가 이혼했다는 소식이었다. 그에게는 두 딸이 있었는데 아직 고등학생으로 유학 중이라 했다. 이혼 사유는 성격 차이라고도 했고 부부 중 어느 한쪽의 부정(不貞)이라고도 했다. 그들의 이혼 소식은 모두에게 충격으로 다가왔다.

그들의 이미지는 항상 정직과 의로움이었기 때문이었다. 그건 그가 내게 했던 말이기도 했다. 그를 향한 신뢰가 무너질 줄 알았는데 내 안에서 이상한 기운이 감지됐다. 어떤 기대감이 나도 모르게 슬며시 웃음이 나왔다.

오랜만에 집에 가기 위해 동네 길목길에 들어섰는데 이삿짐 차가 보였다. 살고 있던 장애인 부부가 이사 가느라 짐을 옮기고 있었다. 이삿짐이 단출했다. 마지막으로 휠체어 전동차 두 대가 차량에 옮겨지면서 골목길을 빠져나가고 있었다.

그날 밤 올케가 내게 말했다.

"그 장애인 부부가 이혼했대요, 아이들을 누가 키우느냐를 놓고 한참 동안 실랑이했는데 어떻게 됐는지 모르겠네요."

다음날 골목길을 지나는데 새로운 이삿짐이 그들이 살던 반 지하 방으로 옮겨지고 있었다. 이번에도 휠체어 전동차가 두 대 보였다. 장애인 부부였다. (2024년 창조문학)

코로나 19 그 이후

갑자기 불길한 예감이 드는 순간, 문자메시지를 알리는 신호음이 들렸다. 핸드폰을 여는데 가슴 속에서 쿵 소리가 났다. 드디어 올 것이 오고야 말았구나.

안녕하십니까?

○○구 보건소입니다. ○○구 XX 기업체에서 코로나 확진자 동선이 확인되어 검사 대상자에게 보내는 안내 문자입니다. 문자를 받으신 분은 가까운 보건소에서 검사를 받으신 후 검사결과 확인 시까지 자택 대기하여 주시기 바랍니다. 이 문자를 확인하신 보건소에서는 PUI3으로 검사를 진행하여 주시기 바랍니다.

우연이 아니었다. 내가 근무하는 직장은 코로나 최악 환경이었다. 출입구에 코로나에 대한 방역수칙과 체온계가 있었지만 지켜지지 않았다. 인터넷과 매스컴에서 연일 코로나에 대한 위험성과 경고가 난무했지만 전혀 듣지 않는 무리가 있었다.

바로 내가 근무하는 곳이었다. 수십 명의 여자들이 근무하는 열악한 환경임에도 특수 경기 탓인지 방역수칙은 그림의 떡이었다. 관리팀에서는 마스크와 손 씻기를 강조했지만 귀찮다는 이유로 지켜지지 않았다. 말 몇 마디하고 나면 마스크가 입안으로 말려 들어가는 바람에 썼다가도 금세 벗고 말았다.

또한 여자들이 얼마나 수다를 떠는지 침방울이 튀는 건 보통이었다. 순간순간 밀려드는 공포는 가슴을 옥죄었다. 확진자 수가 나날이 늘어난다는 뉴스 보도에도 정직원 외에 알바생들은 아예 외계인처럼 행동했다. 코로나가 무섭지 않느냐 마스크를 써라 아무리 말해도 듣지 않았다.

뿐만 아니라 내게 하는 말이 그렇게 코로나가 무서우면 출근하지 말고 집에 있으라고 했다. 어이가 없어 말문이 막혔다. 특수기간이라 일당도 높게 책정됐다. 알바생들은 마치 돈에 환장한 사람들 같았다. 빠지지 않고 나오면 인센티브를 준다는 말에 야근도 불사했다.

어떻게 하루도 빠지지 않고 저녁 9시까지 근무하는지 무쇠 체력이었다. 여자들이 마스크도 쓰지 않고 돌아다니는 바람에 같은 건물에 근무하는 사람들로부터 거센 항의가 들어오기 시작했다. 신고하겠다는 협박도 여러 번 들어왔다고 한다.

하지만 확진자가 발생한 것도 아니고 특별 관리 대상도 아니어서 그럭저럭 넘어갔다. 그러던 차에 드디어 사단이 나고 만 것이다. 이건 결코 우연이 아닌 인재(人災)였다. 아무리 나 혼자 방역수칙을 잘 지켜도 소용없는 일이었다. 온종일 마스크 쓰고 손을 하루에도 수십 번씩 씻어도 단 몇 사람만 수칙을 어기면 코로나는 득달같이 달려드는 전염병이었다.

안 그래도 권고사직을 받고 언제 그만 두나 고심 중이었는데 그예 사건이 터지고 말았다. 진즉 그만 두었더라면 마음이나 편할 것을. 이제 코로나라는 감옥에 갇히고 만 것이다. 따지고 보면 다 돈이 원수였다. 입사 당시부터 임시직이라 언제 잘릴지 모르는 불안한 상태였지만 워낙 재취업이 힘든 상태가 차일피일 미룬 게 화근이었다.

확진자랑 같이 근무했다 해서 다 검사 대상자가 되는 건 아니었다. 밀착 근무했던 사람들만 대상자가 되어 거주지가 있는 보건소에 가서 검사를 받는 것이었다. 그런데 하필이면 그 확진자가 바로 내 옆에서 근무하던 알바생이었다. 그날따라 이상했던 건 그녀가 얼굴이 벌겋게 달아오르고 물을 계속 들이켜면서 이마에 손을 갖다 대는 것이었다.

출근할 때 체온 측정했느냐고 물었더니 그럼요, 하면서 말을 얼버무렸다. 그리고 이상한 건 평소와 달리 목소리가 약간 쉰 상태였다. 그럼에도 그녀는 열심히 근무했고 별다른 이상 없이 정시에 퇴근했다. 그리고 다음날 아무 말도 없이 결근했다.

계속 전화를 하는데도 받지 않았다. 느낌이 이상했다. 다음날도 역시 무단결근이었다. 이번에는 화가 나기 시작했다. 아무 말도 없이 이틀이나 결근하다니, 그녀를 아는 다른 알바생에게 연락을 취해보라고 해놓고 사무실로 돌아왔다.

내가 그동안 그녀 옆자리에 앉았던 건 그녀가 업무 초년생이라 특별한 지도가 필요해서였다. 컴퓨터에 열심히 타이핑하고 있는데 알바생이 다가와 물었다.

"계속 전화 안 받는데요. 혹시 코로나? 그때 보니까 자꾸 기침하는 것 같던데."

"설마."

"어제 전화는 해보셨어요?"

"했는데 안 받더라고요. 아니 이틀이나 무단결근하고 전화도 안 받고 도대체 어쩌자는 거야? 바쁜 거 뻔히 알면서."

이튿날 오전이었다. 갑자기 상부에서 지시사항이 떨어졌다. 회사 내에 확진자가 발생했으니 모두 업무 중단하고 퇴근하라는 것이었다.

그리고 내일 출근할 알바생들에게도 모두 문자를 보내 대기하라는 지시가 떨어졌다. 금세 회사 분위기가 초상집으로 변했다. 모두 입을 손으로 막으며 우왕좌왕 했다. 곧 보건소에서 역학조사 나온다고 했다.

확진자 이름을 물으니 비밀사항이라 말할 수 없다고 했다. 하지만 직원들이 나를 쳐다보는 눈초리가 이상했다. 내가 묻는 말에도 답변을 피하고 더러운 물건 피하듯 멀리 달아났다.

"혹시 확진자 이름을 확인할 수 있을까요?"

그때였다. 관리팀에서 호출이 왔다.

"정영혜씨. 화요일에 이옥란씨 옆에서 근무했죠?"

"네 그날 처음 온 사람이라 컴퓨터 사용법 알려 주느라고요."

"그 사람이 확진자로 밝혀졌어요. 정영혜씨는 내일 대기하고 있다가 보건소에서 문자 오면 거주지에 있는 보건소에 가서 코로나 검사 받으세요. 이튿날이면 결과 나온다고 하니까 곧바로 연락 주고요."

직원들의 눈초리는 이미 사납게 변해 있었다. 얼마 전 관공서에 근무하는 친구에게 들은 이야기다.

"같은 건물에 근무하는 남자직원이 코로나에 걸렸는데 가족까지 모두 확진자로 밝혀졌대요. 관공서 건물 모두 방역하고 함께 근무했던 사람들은 물론 그동안 출입했던 민원인들도 모두 코로나 검사 받았는데 그걸로 끝난 게 아니었대요."

"그래서 직원들 사이에서도 확진자가 나왔나요?"

"여러 명 나왔나 봐요. 음성으로 나온 나머지 사람들도 모두 자가 격리 상태에 들어가고 완전 지옥 분위기였대요. 한 사람 때문에 피해자가 속출한 거죠."

"그럼 처음에 확진된 사람은 치료받고 복귀했나요?"

"복귀하면 뭘 해요? 사람들 분위기가 얼마나 싸늘한지 완전 죄인 취급당하고 나중에 권고사직 말까지 나왔대요. 전염병이 그렇게 무서운 줄 몰랐어요. 멀쩡한 직장도 떨려나게 만드는."

그와 비슷한 이야기를 몇 번인가 들은 기억이 난다. 그 공포스런 상황이 곧 내게도 들이닥칠 것 같은 위기감에 강박증 증세마저 일었다. 물을 마시다 사레가 들려도 매운 음식을 먹고 나서 잔기침만 해도 옆 사람의 눈초리가 사나워졌다. 뿐만 아니라 목이 아프거나 설사 증세만 있어도 코로나가 아닌가 의심이 생겼다.

더구나 내가 처한 상황은 코로나 최악이었다. 알바생들은 천하무적 같았다. 코로나가 전혀 무섭지 않은 모양이었다. 아예 마스크도 쓰지 않고 활보했고 근무 중이거나 휴식시간에도 끊임없이 수다를 떨었다. 점심시간 때는 사무실 근처에 있는 뷔페집에 가서 양껏 식사하는데 이때도 노마스크였다. 항상 바람 앞에 촛불처럼 불안의 연속이었다.

그런데 방역수칙도 철저히 잘 지키고 성실하게 근무한 내가 가장 큰 피해자가 된 것이다. 죄명은 확진자 옆에서 근무한 것이었다. 직원들은 나를 죄인 취급하며 얼굴도 마주치지 않으려 했고 아예 모르쇠로 일관했다. 내가 코로나 확진자도 아니었고 오히려 피해자가 아닌가. 그런데 왜 내가 기피대상이 되어야 하고 죄인 취급을 당해야 하는가.

억울하고 분통 터질 노릇이었다. 그렇지 않아도 보건소 근처를 지날 때마다 마음이 불안했었다. 보건소 앞에 임시로 설치된 검사소에서 불길한 예감을 느꼈기 때문이다. 그동안 인터넷에 떠돌았던 코로나에 관한 무수한 정보가 한꺼번에 떠올랐다. 그중에서도 완치 후의 후유증에 대한 공포 후기가 가장 먼저 떠올랐다.

극심한 피로감에다 탈모와 혈당의 수치 증가, 후각과 미각의 상실 폐의 일부분이 망가지는 현상과 숨찬 증상 등. 그러고 보니 요 며칠 사이로 가슴이 답답하고 목이 따끔거린 것도 같았다. 콧물도 줄줄 새고.

인터넷에서 검색해 보았더니 그리 염려할 바는 아닌 것 같아 일단 안도했다. 하지만 잠복기간 중 무증상도 있다고 하지 않은가. 더구나 나는 확진자 바로 옆에 앉아 근무했었고. 당시 나는 마스크를 쓰고 있었지만 그녀는 수차례의 권고에도 마스크를 쓰지 않았다.

세상에 이처럼 억울한 일이 또 있을까. 진즉 그만 두었더라면 이런 흉측한 일은 안 겪어도 됐을 것을. 남편에게는 무어라고 말해야 하나. 만약 내가 확진자로 밝혀지면 남편도 똑같이 검사를 받아야 할 텐데. 눈앞이 캄캄하고 절망스러워 숨조차 쉬어지지 않았다.

어쨌든 주사위는 던져졌고 다음날 아침 일찍 보건소로 출발했다. 얼마나 긴장했는지 아침밥도 넘어가지 않았다. 당뇨나 고혈압 증세가 있다면 문제가 달라지겠만 기저질환이 없으니까 양성으로 나와도 빠르게 완치가 되겠지. 항상 가능성과 불가능성은 반반이다.

어둠과 빛이 반반인 그런 상태로 보건소 입구에 도착했다. 건물 밖에 설치된 검사소는 방역복으로 완전 무장한 사람들이 기구를 들고 오가고 있었다. 봉사요원으로 보이는 사람들이 A4용지를 내밀며 물었다.

"검사받으러 오신 건가요? 자발적 검사인지 아니면 문자 받고 오신 건지요?"

나는 핸드폰을 꺼내 문자메시지를 보여 주었다.

"아! 저희도 연락 받았어요. XX 기업체에서 확진자 발생했다고요. 우선 손에 소독제 바르시고요 일회용 장갑 끼세요. 그리고 장갑에도 소독제 바르시고요, 내용 다 기록하셨으면 저기 대기 줄에 가 앉아 계세요. 직원이 호명하면 들어가셔서 검사 받으시면 됩니다."

임시 간이 의자에 앉았는데 바람이 찼다. 노상이라 가림막도 없어 바람이 사방에서 몰아쳤다. 검사실은 3군데인데 두 군데만 사용하는 것 같았다. 검사를 기다리는 사람들은 모두 표정이 착잡했다. 주로 젊은 층이 많았는데 그 이유를 알 것도 같았다. 분별없이 모여서 뛰어 놀았거나 노 마스크였을 것이다.

지나가는 봉사요원에게 알면서도 일부러 물었다.

"오늘 검사하면 결과는 언제 나오나요?"

봉사요원이 벽면에 있는 포스터를 가리키며 말했다.

"오늘 검사하신 분들은 내일 오전 문자로 통보가 갑니다."

드디어 검사실로 들어섰다. 좁은 공간에 의자 하나가 가림막 사이로 난 구멍에 기다란 비닐장갑이 두 개 있었다. 그 사이로 검사한 표본을 주고받는 것이었다. 검사를 하기도 전에 내가 물었다.

"전 현재 아무런 증상도 없는데 그래도 양성으로 나올 수 있나요?"

"무증상이어도 양성으로 나올 수 있습니다. 자 콧속으로 깊숙이 이 면봉이 들어가는데 따끔할 수 있습니다. 아파도 참으셔야 합니다."

아팠다. 따끔거리는 정도가 아니라 깊숙한 통증이 느껴졌다. 다음은 입안으로 긴 나무막대 같은 걸 집어넣는데 숨이 콱 막히면서 구역질이 연달아 났다.

"입을 더 크게 벌리세요, 아니면 다시 해야 해요."

숨이 턱턱 막히면서 눈물이 찔끔 났다. 코로나라는 세균이 얼마나 세기에 이렇게 힘들게 검사를 해야 하나 정말 지독한 놈이구나. 그러니 수많은 사람들을 죽이지. 검사를 마치자 작은 봉지를 주며 말했다.

"나가다 오른쪽으로 가시면 수집함이 있는데 거기다 놓고 가시고요. 집에 갈 때 대중교통 이용하지 마시고 반드시 걸어가세요."

갑자기 의심이 났다. 아무리 방역을 잘한다 해도 이 좁은 공간에 수많은 사람들이 검사를 받는데 공기 중에 코로나 세균이 퍼져 있지 않을까. 만일 나 이전에 들어와 검사 받은 사람이 확진자라면 그가 내뱉은 공기가 내 입안으로 침투할 수도 있지 않을까.

의심을 하려니 한도 끝도 없을 것 같았다. 건네받은 내용물을 수집함에 넣고 돌아서자 봉사요원이 다가와 또 말했다.

"내일 검사결과 나올 때까지 집밖 출입 삼가주시고요. 지금 집에 가실 때 대중교통 이용하시면 안 됩니다. 걸어가세요. 가시면서 가게에 들르거나 아는 사람을 만나 이야기를 하셔도 안 됩니다."

목소리가 단호했다.

"집이 여기서 가까워요. 얼마 안 걸려요."

안심하라고 말하고는 보건소 밖으로 나왔다. 주변에 있는 건물과 나무가 이전과 달리 무시무시해 보였다. 보건소 근처 시장을 지나는데 어디선가 복음성가가 들려왔다.

〈날 구원하신 주 감사. 모든 것 주심 감사. 지난 추억 인해 감사. 주 내 곁에 계시네. 향기론 봄날 감사. 외로운 가을 날 감사. 사라진 눈물도 감사. 나의 영혼 평안해〉

가사 내용에 눈물이 났다. 그동안 누적된 불평불만을 남편에게 쏟아 부으며 분풀이한 기억이 났다. 초등학교 동창으로 만나 가정을 꾸리면서 내 삶의 무게를 배가시켰던 남편에게 원수라는 표현까지 써가며 울분을 토로했었다. 시부모는 완전 봉건적 사고에 틀이 박힌 꼴통 보수였다.

한 동네에 살며 집안끼리도 잘 알고 지내는 사이인데도 내게 끊임없는 희생을 강요했다. 남편에 대한 나의 태도를 트집 잡으며 폭풍 잔소리와 함께 장시간 훈계를 늘어놓기도 했다. 자기 아들이 능력 없어 며느리 고생하는 건 생각도 않고 시부모로 대우만 요구했다.

우유부단한 성격의 남편은 그런 부모에게 그저 효자 노릇 하기에 바빴다. 내게도 무리한 요구를 했는데 그때마다 내 입에서 거친 언사가 나왔다. 내가 왜 너 같은 거 만나서 이 고생이냐. 지금이라도 늦지 않았으니 이쯤에서 제 갈 길로 가자. 그러면 남편이 말이 걸작이었다.

"우리 집안에 이혼은 없다."

"너 좋아하는 여자 만나 가라는데 그것도 싫으냐."

"난 초등학교 때부터 여자라곤 너밖에 모르는데 나보고 어딜 가서 누굴 만나라는 거냐? 절대 그럴 수 없다."

그건 남편이 심심하면 써먹는 단골 메뉴였다. 그러면서 하는 말이 시골 농사로 고생한 시부모를 서울로 불러올려 함께 모시고 사는 게 어떻겠냐고 운을 떼는 것이었다.

"날 보고 그 폭풍 잔소리 듣고 살라고? 너 혼자 모셔. 난 너 아니고도 얼마든지 혼자 살아갈 준비 돼 있고 딸도 니 집안에서 알아서 거두든지."

시부모가 늘 트집 잡는 것 중의 하나가 남편에 대한 내 말투였다. 아무리 한동네에서 함께 자란 초등학교 동창생이어도 그렇지 어떻게 남편에게 그렇게 막말을 하느냐는 것이었다. 당신 아들이 며느리한테 막말하는 건 전혀 거스르지 않고 며느리만 나무라는 것이었다. 그때마다 난 모든 화풀이를 남편에게 했다. 만일 검사 결과가 양성으로 나오면 그래서 남편도 검사 결과 양성으로 나오면 시부모는 나에게 온갖 악담을 하고 분해 쓰러질 것이다.

딸이 집을 떠나 기숙사에 있는 게 천만다행이었다. 시장에 들러 반찬거리와 일용품도 사야 했지만 어쩔 수 없이 서둘러 집으로 돌아왔다. 집에 오자마자 한 것은 소독수를 온몸에 분사하는 것이었다. 설거지가 산더미처럼 밀려 있었지만 방구석에 널브러졌다.

간신히 일어나 설거지하고 컴퓨터에 앉아 게임 삼매경에 빠졌다. 그러다 나도 모르게 컴퓨터 자판을 손바닥으로 쾅 내리치고는 자리에서 일어났다. 분노가 가슴 속에서 불길같이 올라왔다.

다음 순간 내 입에서 출처도 알 수 없는 엄청난 욕설이 쏟아지기 시작했다. 대상도 모호한 끔찍한 분노의 말이었다. 결혼 이후 시댁과 친정의 생활비를 버느라 잠시도 쉴 틈 없이 일했는데 내 손은 언제나 빈손이었다. 일 년에 고작 쌀 몇 말 보내주면서 온갖 생색을 다 내는 시부모나 툭하면 병원비 일체를 부담하라는 친정도 똑같았다.

아들 없는 집에서는 사위가 아들 노릇해야 한다며 남편도 어지간히 압박을 당하는 모양이었다. 그 일로 부부싸움이 빈번히 일어났는데 그럴수록 내 언사는 거칠어졌다. 내가 불평이라도 할라치면 친정부모 입에서 나오는 말이 있었다.

"하나밖에 없는 딸년 논 팔고 밭 팔아 대학 공부시켜놨더니 다 소용없다. 그러게 누가 그런 놈한테 시집가랬냐? 조건 좋은 면장 아들한테 갔으면 좀 좋아 덕분에 의사 사위 보고 저도 고생 않고 살지."

그놈의 의사 사위 타령은 끝도 없이 이어졌다. 면장 아들이 서울에 있는 의대를 나와 전문의 됐다고 동네잔치 벌어진 일이 있었다. 그때 면장이 아들 자랑하면서 내 친정 부모에게 말했다고 한다. 우리 동네에서 대학 나온 처녀애는 영혜밖에 없으니 둘을 짝지어 주면 어떻겠냐고.

당사자의 의견과 전혀 상관없이 부모들끼리 북 치고 장구 치고 다 한 모양이었다. 떡 줄 사람은 생각도 않는데. 면장 아들은 얼굴도 형편없이 못생겼지만 성질머리는 더 고약해서 좋아하는 여자가 없었다. 공부 잘하고 돈 많이 벌면 뭣하나 성질이 고약해서 마음 고생할 게 뻔한데.

그래서 남편이 더 빨리 결혼을 서둘렀는지 모르겠다. 서울에 있는 중소기업체에 다니다가 고향에 온 남편이 소문을 들었던 것이다. 친정에서는 단연코 반대였다. 의사 사위 보려고 꿈에 부풀어 있는데 겨우 미래도 불투명한 중소기업 다니는 사윗감이 눈에 들어올 리 없었다.

그러나 면장 아들 민재의 대시도 만만치 않았다. 서울서 공부하면서 막돼먹은 여자애들 많이 보았다며 어릴 때부터 봐온 고향 처녀가 낫다는 계산에서 나온 발상이었다. 돈만 보고 달려드는 요즘 기집애들 싸가지 없다면서. 하긴 내가 저를 만나 데이트를 한 적이 있나 사귀길 했나.

고등학교 다닐 때 읍내에서 밥 몇 번 먹은 것과 서울서 대학 다닐 때 내가 다니는 대학이 궁금하다며 몇 번 찾아온 것 외에는 서로를 알 기회도 전혀 없었다. 다만 같은 고향 출신이라는 것 외에는 별다른 친밀감도 없었다. 나중에 알고 보니까 그는 나를 찾아오면서 끊임없이 다른 여자들과의 만남을 이어오고 있었다.

못생긴 주제에 진실이라곤 전혀 없는, 그의 집안에서는 내 집안에 운을 떼놓고는 끊임없이 다른 선 자리를 알아보고 있었다고 한다. 그런데 선을 보자마자 퇴짜를 맞았단다. 고약한 인상에다 말을 함부로 내뱉고는 퇴짜 맞자마자 하는 말이 사실은 고향에 좋아하는 처녀가 있다나.

그게 바로 나라는 것이었다. 뱀같이 교활한 놈. 지가 언제 나를 만나 프러포즈를 하거나 했나. 그런데도 친정부모는 그가 아쉬워 결혼식 전날까지 남편을 타박했다. 그런데 그와 코로나 19와 무슨 상관이 있다고 갑자기 생각이 나는 것인가. 그가 의사라서?

아니면 남편이 미워서. 남편이 다니던 중소기업이 부도 맞아 실업자 신세를 일 년 넘게 진 적이 있었다. 남편은 무슨 안 좋은 일이 생길 때마다 남 탓을 했다. 자기는 전혀 잘못한 게 없고 전부 다른 사람 탓으로 돌렸다. 그러다 마지막으로 하는 말이 여편네가 남편을 개무시하니까 될 일도 안 된다는 것이었다.

그래서 나도 막말로 대했다. 그러면 너 좋아하는 년 찾아가면 될 거 아니야?

안 붙잡을 테니까 빨랑 짐 싸들고 나가. 이혼서류는 항상 준비돼 있으니까. 그 말에 삐져서 한 달 동안 말을 안 하고 지낸 적도 있었다. 화가 난 나는 친정에 전화했다.

"엄마 저거 어디 먼 데다 갖다 버려."

그러자 친정부모 하는 말이 시부모가 얼마 전에 해외여행 다녀와서는 동네방네 다니며 자랑을 하는데 눈꼴사나워 못 보겠다고 했다. 무슨 돈이 있어 해외여행을 해? 잘난 니 서방이 여행 경비 모두 대주었

단다. 최고급 옷으로 치장하고 읍내에서 집까지 택시 대절해서 들어
오는데 온 동네가 떠들썩했다고 한다.

"나한테는 돈 없다고 계속 죽는 소리하던데."

"그게 그놈이 다 쇼한 거여. 제 마누라 등골 빼먹는 놈."

기름에 불을 끼얹는 격이었다. 얼마 전 이혼한 친구의 말이 생각났
다. 평소에 남편이 생활비를 안 주려고 갖은 꾀를 부리더니 급기야
이혼 카드를 꺼내 들었다고 한다. 그러니까 위자료 안 주려고 미리
빼돌린 것이었다. 재산을 어떤 방식으로 은닉해 놓았는지 통장 잔고
마저 텅텅 비어 있었다고 했다.

"혹시 바람난 그 여자 앞으로 명의 이전 해놓은 거 아닐까?"

그제야 친구는 그럴지도 모른다며 뒤늦은 탄식을 했다. 친구는 변
호사를 사서 소송을 걸고 싶었지만 그 비용마저 없어 맨몸으로 쫓겨
났다. 평상시 짠순이로 소문난 그녀는 어린 시절의 가난이 한이 맺혀
단돈 천원도 못 쓰고 친구들을 만나도 매번 얻어먹기만 하고 밥 한번
살 줄 몰랐다.

집안 살림에 비누 한 장 휴지 한 장 사 쓰는데도 전전긍긍했고 특
별한 모임이 있기 전까지는 얼굴에 화장 한번 할 줄 몰랐다. 옷도 구
제품만 사 입으면서 자식들 교육비로는 돈을 뭉텅뭉텅 썼다. 친구들
과 만나면 남은 음식까지 싹싹 비우면서 몰래 싸가지고 가 눈총을 받
았다.

그래서 친구들 모임에서 그녀를 제외하자는 말이 나올 정도였다.
그녀의 남편은 시장에서 건어물을 도매하는 상인이었는데 아내가 매
장에 나오는 것을 극구 말렸다고 한다. 집안에서 살림만 신경 쓰라고
했는데 그것이 다 연막이었다. 바람난 여자는 같은 시장에서 장사하

는 과수댁이었는데 친구보다 나이도 젊고 날씬하고 수완 좋은 전형적
인 장사꾼이었다.

　그 여자의 말솜씨에 속아 전 재산을 빼돌리고는 무일푼인 아내를
그대로 거리로 내쫓은 것이다. 이혼할 당시 양육비 조로 매달 보내주
기로 한 약속도 지키지 않았고 새 여자한테 붙잡혀 꼼짝 못하고 시종
노릇만 한다고 했다. 그녀는 할 수 없이 보험 세일즈로 나섰는데 비
상시를 대비해 보험을 들어두라고 꼬드기는 바람에 결국 들고 말았
다.

　친구들 모두 적선하는 마음으로 보험을 들어주었다. 맞벌이하는 친
구들은 더 철저하게 돈 관리를 하고 있었는데 나에게 수시로 조언을
했다. 일찌감치 딴 주머니 차 두어라. 그게 니 신상에 좋다. 그거야
돈에 여유가 있을 때 말이지 그런데 들을 때마다 은근히 부아가 치밀
었다.

　그런데 나중에 생각해 보니 그때 들어둔 보험이 얼마나 든든한지
몰랐다. 여자들은 남편보다 돈을 더 의지하고 사랑한다. 하나같이 다
그렇다. 그래서 제일 부러운 여자가 죽은 남편의 연금을 꼬박꼬박 타
먹는 과부였다. 하지만 그것도 다 몸 건강할 때의 일이다.

　안 그래도 직장에서 위태로운데 코로나라는 역병에 잡히게 됐으니
탈출구가 없어 보였다. 갑자기 가슴뼈에 통증이 느껴졌다. 속이 답답
한가 싶더니 이번에는 목이 간질간질했다. 확진자 바로 옆자리에 근
무했으니 양성일 가능성이 높다고 하더니 그예 증상이 나타나는 모양
이었다.

　그때였다. 현관문에서 딸깍하고 문 따는 소리가 들렸다. 남편이었
다. 들어오자마자 밥부터 달라고 한다. 저렇게 눈치가 없으니 나한테

욕을 먹고 살지.

"나 내일 코로나 검사받으러 가는 거 알지?"

"응 알지."

"그러니까 알아서 밥 챙겨 먹어."

"코로나가 왜 당신한테 달라붙기라도 했대?"

남편이 내게 바짝 다가오더니 이죽거리며 말했다. 생각 같아선 한 대 쥐어박고 싶은 심정인데 몸이 갑자기 뒤로 빠지더니 내 입에서 큰 소리가 났다.

"미쳤어! 가까이 오지 마, 나 코로나에 감염됐을지도 몰라, 내 옆에 앉았던 여자가 확진자였단 말이야."

"뭐야? 그게 정말 사실이야? 장난 아니었어?"

"장난으로 말할 게 따로 있지 그런 걸 장난으로 말하는 사람이 어 니 있나?"

나는 또다시 뒤로 한걸음 물러서며 말했다. 남편도 동시에 뒤로 한 걸음 뒤로 물러섰다.

"당뇨나 기저 질환 없으면 빨리 완치될 수 있다던데."

그는 혼잣말을 하더니 갑자기 내 얼굴에 자기 얼굴을 바짝 갖다 대 더니 말했다.

"얼굴 멀쩡한 거 보니까 아닌 것 같은데. 옆에 있었다고 코로나에 걸리라는 법 있나? 당신 마스크 썼어? 안 썼어?"

"그야 당연히 썼지."

"오케바리. 그러면 당신은 확진자 아닐 가능성이 더 커. 두고 봐, 내 말이 맞을 테니."

"그런데 아까부터 가슴이 답답하고 이쪽 부근이 계속 아팠단 말야.

목도 아프고."

"그건 신경성이야, 넌 학교 다닐 때부터 항상 그랬잖아. 체육시간만 되면 배 아프다고 난리치고. 유행병 돌면 똑같은 증상 나타나서 병원에 실려 가고."

용케도 기억해 냈다. 나 자신도 잊고 있었던 사실을.

"초등학교 다닐 때도 누가 기분 나쁜 소리 한마디만 했다 하면 주저앉아 울고 불고 난리쳐서 내가 대신 가서 때려주곤 했었잖아, 기억 안 나?"

나도 몰래 슬며시 웃음이 나왔다.

"그래서 내가 너 때문에 우리 엄마한테 얼마나 혼났는지 알아? 쓸데없이 기집애 일에 끼어들어 쌈박질이나 하고 다닌다고."

"정말?"

"그래서 내가 그랬지, 나 이 담에 커서 영혜랑 결혼할 거라고. 그래서 또 두들겨 맞았어. 머리에 피도 안 마른 놈이 장가들 생각부터 한다고."

처음 듣는 이야기였다. 갑자기 초등학교 어린 시절로 돌아간 기분이었다. 동화책을 읽는 듯 가슴에 잔잔한 포문이 일었다.

밤새 엎치락뒤치락 하다 겨우 잠이 들었다. 꿈에 감옥에 갇혔는데 천 길 낭떠러지가 보이는 아무 위험한 곳이었다. 사방을 둘러보는데 출입구가 안 보였다. 언제가 들었던 단어가 생각났다. 무간 지옥.

거실로 나오니 남편은 이미 출근하고 없었다. TV를 켰다. 밤새 코로나 확진가 배로 늘어나 있었다. 이대로 나가다간 병실이 동나는 건 시간문제라 했다. 그래서 차후수단으로 생활치료소를 마련해 운영해야 한다는 결정이 났다고 했다. 바로 그 순간이었다.

문자메시지에 진동이 울렸다. 터치하는 순간 글자가 눈에 확 들어
왔다.

코로나 검사 결과 음성입니다.

감사합니다. 감사합니다. 하나님 예수님 감사합니다.

눈물이 날만큼 감사가 터져 나왔다. 정확하게 오분 후 관리팀장한
테 전화가 왔다.

"정영혜씨 검사 결과 나왔나요?"

"네, 음성이랍니다."

"다행입니다."

전화가 뚝 끊겼다. 일언반구 더 이상 말이 없었다. 그걸로 다 끝난
것인 줄 알았다. 음성이란 결과가 나왔으니 일단 안심하고 볼일이었
다. 그런데 다음 순간 또 전화벨이 울렸다. 자신을 내 담당 공무원이
라고 밝힌 남자는 자가 격리 대상이라며 앱을 설치하라고 말했다.

내가 말뜻을 잘 못 알아듣자 핸드폰을 스피커폰으로 돌리라고 했
다. 핸드폰 바꾼 지 얼마 되지 않아 잘 모르겠다고 하자 화면을 보면
스피커라는 글자를 터치하라고 했다. 그가 시키는 대로 앱을 설치하
는데 과학의 힘에 대해 저절로 감탄이 됐다.

통화를 끝마칠 무렵 물었다.

"그러니까 이걸로 동선을 감시한다는 건데 갖고 나가지 않으면 모
르는 것 아닌가요?"

"그래도 최소한의 감시장치를 해놔야 저희로서도 안심이 되죠, 다
시 한 번 말씀 드리지만 앞으로 12일 동안 집밖으로 한 발짝도 나가
시면 절대 안 됩니다."

만약 어겼다가는 수백만 원의 벌금과 징역형이 기다리고 있다고 겁

박을 했다.

"그리고 집안에 계실 때도 꼭 마스크 사용하시고요, 가족들과 식사도 따로 하시고 수건이나 컵도 구분해야 합니다. 그리고 격리기간이 끝나기 전날 다시 한 번 보건소에 들르셔서 재검사 받으셔야 합니다. 그때 음성 결과가 나오면 격리에서 해제되시고 지원금 10만원 입금해 드립니다. 통장번호 문자로 보내 주시고요 그럼 잘 부탁드립니다."

그 순간 나는 그가 한 말에 갇혀 버렸다. 난데없이 감옥살이가 시작된 것이다. 세상에 격리기간 중에는 마켓이나 아무 데도 못 가고 문밖 출입을 금하라니 갑자기 교도소에 있는 수형자들이 생각났다.

갇혀진 자들을 생각하라는 문구도 생각났다. 바깥세상과 연을 끊고 독방에서 생활하는 전직 대통령도 생각났다. 물론 신분상에 특징을 고려한 조치이겠지만 어찌 사람을 독방에다 몇 년씩이나 가둔단 말인가. 하다못해 흉악범도 독방 신세는 안 지는데.

꼼짝없이 집안에서 마스크를 쓰고 생활하는데 감옥살이가 따로 없었다.

고양이가 집 밖으로 나가도 찾지 못하고 소리 질러 불러야만 했다. 하루 종일 하는 일이 유튜브를 보거나 드라마에 빠지는 것이었다. 남편과 잠자리는 물론 식사도 따로 했고 딸에게는 이 모든 사실을 함구했다.

직장에서는 일단 퇴직 처리하는 걸로 결론이 났다. 이미 예상하고 있던 터라 상심이 크진 않았다. 재취업도 당분간 미루기로 했다. 이미 동종 업계에 소문이 다 퍼져 당분간 취업은 어려웠다. 격리기간 중에도 마음이 불안하거나 별다른 의심 증상은 없었다.

하루 이틀 정도는 갇혀 지내는 느낌에 힘들었지만 시간이 지나자 그런대로 견딜 만했다. 격리기간이 끝나기 전날 다시 한 번 검사를 받는데 그날 하루 외출이 허락되었다. 검사를 받으러 가고 오는 동안 누구를 만나거나 슈퍼나 가게에 들러서도 안 되었다.

그런데 다음날 당연히 음성이라는 문자가 올 줄 알았는데 오후가 되도록 아무런 연락이 없었다. 보건소로 전화했더니 코로나에 대한 멘트만 들리고 이내 종료되었다. 혹시 담당자들이 착오가 생겨서 연락이 없는 줄로만 알았다. 그래서 중대본 본부에 전화해 문의했더니 직접 물어보라며 전화번호를 가르쳐 주었다. 그때까지만 해도 음성이라고 확신했었다.

그런데 담당자 말이 충격적이었다. 검사결과가 미결정이라고 했다. 미결정이 무슨 뜻이냐고 했더니 음성인지 양성인지 아직 결정이 나지 않은 상태라 했다. 다시 검사받을 필요는 없고 의사의 판단이 양성으로 나오면 당장 입원해야 한다고 했다.

나는 아무런 증상도 없는데 무슨 말이냐고 했더니 결정되면 연락해 주겠다고 하고는 전화를 끊었다. 인터넷을 검색해 미결정을 클릭했더니 코로나 세균이 침투했는데 아주 미미한 수준이라 양성이라고 진단하기 어려워 재검사를 받아야 한다고 했다.

1시간 쯤 지났는데 보건소 여직원에게서 전화가 왔다. 미결정이라는 설명을 하면서 재검사를 받으라고 했다. 그때부터 머릿속에서 온갖 시나리오 영상이 펼쳐지기 시작했다. 인터넷 검색 결과 미결정으로 난 경우 대부분 양성으로 판명이 났다. 코로나 치료 방법을 클릭했더니 음압 병동과 치료 기간 후유증 등 그 여파가 엄청났다.

일단 양성으로 판명이 나면 음압 병동에서 적어도 2-3주 동안 혼자 지내는데 따로 치료 방법이 없고 저항력을 키워서 세균을 이기는 것이라 했다. 그러다 통증이 생기면 진통제를 주고 고열이 나면 해열제를 주는데 기저질환이 있는 사람들은 이를 견디지 못하면 사망에 이른다고 했다.

그동안 인터넷에서 수없이 읽었던 내용이었지만 피부에 와 닿는 순간이었다. 병동에서 가장 힘든 건 혼자 지내야 하는 것이라고 했다. 2-3주 치료 받는 동안 외부 출입도 못하고 혼자 침대에서 지내는데 음압기 돌아가는 소리가 가장 거슬린다 했다. 혼자 할 수 있는 게 스마트폰 보는 것인데 그조차 뇌에 부담을 주어 치료가 더디다고 했다.

그 정도면 완전 감옥소 수준이었다. 죽음과 통증에 대한 공포도 공포려니와 설사 완치된다 해도 탈모와 후각 미각 상실 피로감 등이 수개월 동안 이어진다니 정말 무서운 병이었다. 3차 재검사를 위해 보건소 검사소에 들렀다. 통풍을 위해 밖에 설치된 검사소는 두 칸으로 나뉘어져 있는데 살벌하게 추웠다.

한 사람이 검사하고 나오자 방역복으로 완전 무장한 사람이 소독하기 위해 들어갔다. 다음 내 이름이 불려 들어갔다. 검사 요원에게 미결정이 무슨 뜻이냐고 재차 물었다. 긍정적인 답변을 듣고 싶어서였다.

"방금 들어온 사람도 미결정이 뭐냐고 물었는데요, 미결정은 한마디로 음성이 아니란 뜻이에요. 그래서 양성인지 아닌지 확실하게 하기 위해서 재차 검사를 하는 거예요."

그러니까 그 말은 양성일 가능성이 더 많다는 뜻이었다. 더 정확하게 검사하기 위해서였을까. 검사하는데 이전보다 더 심하게 통증이 느껴졌다. 양성으로 나온다면 어떻게 이 상황을 받아들여야 할까? 입원하게 된다면 어떤 대책을 세워야 할까. 운이 없었다고 말하기에는 내가 일했던 상황이 너무 열악했다. 그렇지 않아도 코로나가 발생하지 않을까 얼마나 전전긍긍했던가.

그동안 집안에만 갇혀 있다 바깥 풍경을 대하니 바람도 시원하고 삶이라는 단어가 새롭게 느껴졌다.

"가실 때 집까지 걸어가셔야 해요, 누구를 만나서도 안 되고 아무 데도 들리거나 물건을 사도 안 됩니다. 가정에서도 검사 결과 나올 때까지 항상 마스크 쓰고 생활하시고요."

돌아서는 내게 보건소 직원이 재차 말했다. 1차 2차 검사 때 했던 똑같은 말이었다. 그야말로 만감이 교차했다. 삶과 죽음이라는 단어가 코앞에 다가와 있었다. 가슴이 텅 빈 것처럼 허무가 몰려왔다. 애통이 몰려오면서 너도 모르게 딸에게 전화를 걸었다.

"엄마, 나 지금 수업 중이야 집에 무슨 일 있어?"

딸은 귀찮은 기색이 역력했다. 부모 품을 떠나 독립할 나이다. 딸은 제 앞가림은 잘하는 편이었지만 제멋대로에다 이기적이었다. 제 발등에 불 떨어지지 않은 이상 언제나 천하태평이었다. 시어머니를 꼭 빼닮았다. 나는 말없이 전화를 끊었다.

보건소를 나와 횡단보도 앞에 서 있을 때였다. 바로 앞에 있던 벤츠 승용차 창문이 열리더니 내게 말을 걸어 왔다. 험한 인상에 배가 튀어나온 중년 남자였다. 그가 안경을 내리더니 말했다.

"영혜야, 나 민재야, 너 이 동네 사니?"

가슴이 덜컥했다. 하필 이 순간에 이 인간을 만나다니! 제 딴엔 반가워 어쩔 줄 모르는 기색이었다.

"너 이 시간에 병원에서 환자 안 보고 어딜 가는 거니? 짤렸니?"

"짤리긴 내가 누군데? 그런데 너 살 좀 찐 것 같다."

그가 내 허리를 쳐다보더니 말했다. 눈길이 허리에서 가슴으로 점점 올라가고 있었다. 입가가 꿈틀거리는데 주먹으로 한 대 치고 싶은 걸 간신히 눌러 참았다. 표정이 먹잇감을 노리는 한 마리의 표범 같았다.

"너 점심 먹었냐? 안 먹었음 점심이나 같이 할까?"

그가 자동차에 올라타라고 손짓을 했다.

"됐수다. 운전이나 똑바로 하셔, 신호 바뀌었어."

그는 기분이 나쁜지 엑셀을 팍 밟더니 차선을 변경했다. 하필이면 이런 순간에 저 자식을 만나게 뭐람. 때마침 점심시간이라 그런지 차량이 밀리고 있었다. 휴진인지 녀석이 점심을 거하게 먹기 위해 가는 중인 것 같았다. 민재는 뼈 관절 종합병원 전문의로 근무하고 있었는데 수입이 높은 편이라고 했다.

환자 대부분이 뼈를 다쳐 오는 중환자가 많았는데 그들이 통증을 호소할 때마다 민재가 짜증을 내는 바람에 의료진들이 애를 먹는다고 했다. 진료가 끝나면 곧바로 룸살롱으로 직행해 술독에 빠져 귀가하는데 아내가 잔소리라도 할라치면 그대로 주먹을 날린다고 했다. 그의 아내도 보통내기는 넘어 이혼하겠다고 나섰는데 민재가 잘못을 빌기는커녕 오히려 적반하장으로 나왔다고 한다.

결국 둘은 이혼 조정 신청을 했고 서로 한 치도 뒤로 물러나지 않으면서 기간이 점점 길어지고 있었다. 나쁜 짓은 저 혼자 다 한 놈이 오히려 큰소리 치고 배 째란 식으로 나오니까 변호사들도 기가 막혀 혀를 내둘렀다고 한다. 그 소식을 전하면서 내 친정 부모는 뜻 모를 안도의 한숨을 내쉬었다.

저런 흉악한 놈이 옛날에 내게 프러포즈 비슷한 걸 했다고 생각하

니 소름이 끼쳤다. 한참을 걸어 집에 도착했는데 갑자기 입가가 허전
했다. 손을 입에 댔는데 노 마스크였다. 민재와 이야기할 때 땅에 떨
어졌던 모양이다. 현관문을 열고 들어섰는데 핸드폰에서 요란하게 벨
소리가 났다.

시어머니가 다급하게 외치고 있었다.

"애야, 니의 아버지가 니의 아버지가……."

"무슨 일이세요? 어머니."

"글씨 그 코로난가 뭣인가."

"네? 무슨 말씀이세요? 코로나가 어쨌다는 건가요?"

"지난번에 외국여행인가 갔다 왔는디 그 몹쓸 놈의 병이 따라 왔다
는구만."

"아니 또요?"

"또라니? 이기 무슨 소리다냐 또라니?"

"아니 외국여행 다녀오신 지 얼마나 됐다고 그새 또 다녀오신 거예
요?"

"아, 그러니께 거 코로난가 뭣인가 하는 것 땜시 파격적으로다 그
러니께 거의 공짜 가격으로 싼 가격으로 보내준다고 혀서 갔다 왔지
우리가 무슨 돈으로 갔것냐."

"그래서 코로나 검사는 받으신 거예요, 양성으로 확진되신 건가요?"

"그것이 그러니께 병원선 아니라고는 하지만 앞으로 격리기간을 봐
서, 그란디 증상이 꼭 그렇다니께 열도 나고 기침도 나고 목도 간질
간질하고."

"누가요? 어머니가요? 아님 아버님이요?"

"둘 다 그렇다니께, 나도 좀 이상헌 것 같어야."

그러고서 잠시 말이 없었다. 입속에서 저도 방금 코로나 검사받고 오는 중이었어요, 소리가 뱅뱅 돌았다. 지레 겁먹고 위로받고 싶어서 전화한 게 틀림없었다. 머리가 어지러워 세상이 빙빙 도는 느낌인데 수화기 저쪽에서 울음소리가 들려왔다.

"아이쿠 둘 다 걸려버렸어야."

"네에? 아직 확진 판정된 거 아니잖아요."

"증상이 꼭 맞다니께 틀림없는 것 같어."

속에서 천불이 났다. 남편이 너무 원망스러웠다. 온 세상이 코로나로 몸살을 하고 있는 마당에 자기 부모님을 해외여행 보내 드리다니 이런 덜 떨어진 인간이 어디 있단 말인가. 제 마누라한테는 돈 한푼 놓고도 벌벌 떠는 인간이 어디서 그런 배짱이 나서 해외여행을 보내 드렸을까. 나도 못 다녀온 해외여행을.

친정 엄마가 툭하면 사위를 놓고 하는 말이 생각났다.

"저 혼자 효자 노릇하느라 제 마누라 등골 빠지는 줄 모르는 한심한 놈."

속에서 부글부글 끓는데 다음 말이 더 기가 막혔다.

"얘, 아가 근디 너 돈 좀 모아 놓은 것 있냐?"

"네에 돈이라뇨?"

뜬금없이 돈이라니? 갈수록 태산이었다. 도대체 이 인간이 제 부모한테 무슨 소릴 했기에.

"돈이라뇨? 무슨 일로다."

"아! 병원에서 치료받으려면 돈이 어디 한두 푼 들겠냐. 그러니께 니가 융통 좀 해줘야 쓰겠다."

"어머니."

나도 모르게 소리가 빽 터져 나왔다.

"아니 야가 귀청이 멀었냐? 갑자기 소리를 지른다냐?"

마음을 간신히 진정시키고 나서 말했다.

"코로나 치료할 때 들어가는 병원비 정부에서 전부 부담하는 거 모르세요? 그리고 아직 확진 난 거 아니잖아요?"

"그렇냐? 난 처음 듣는 소린데."

무슨 핑계를 대고 돈을 뜯어낼까 궁리하던 차였는데 며느리에게 발각이 났으니 한풀 꺾인 목소리였다. 그러나 다음 순간 이번에는 시어머니가 소리를 꽥 질렀다.

"그런디 너는 시부모헌티 승질을 부리고 난리냐, 시어미가 걱정이 되어서 한 소리 갖고 위로는 못 해줄망정 소리를 다 지르고 난리냐? 니의 친정부모가 같았어도 그렇겠냐?"

이건 또 무슨 시추에이션? 폭발 직전까지 성질이 솟구쳤다. 걱정이라니? 친정부모 같았더라니? 당신 며느리가 지금 어떤 상태인지도 모르고 말을 내쏟는 시어머니에게 나도 모르게 폭발하듯 말이 터져 나왔다.

"저요, 방금 어디 갔다 온 줄 아세요? 보건소 가서 코로나 검사 받고 왔다구요, 미결정이래요."

"미결정이라니? 그것이 무슨 소리다냐?"

"양성인지도 모른대요, 양성으로 판명나면 내일 당장 입원해서 치료받아야 한다구요. 아범이 직장 그만두고 나서 재취업한 지 이제 겨우 두 달째인데 그동안 제가 얼마나 힘겨웠는지 아세요? 그런데 이젠 코로나까지."

"이기 도대체 뭔 소리다냐? 코로나가 워떻고 애 아범이 실업자였다니?"

전화가 끊겼다. 곧이어 전화가 올 줄 알았는데 이상했다. 그런데 생각해 보니 이상했다. 그렇다면 시부모는 지금까지 자기 아들 사정을 모르고 있었단 말인가. 취업과 실직 재취업 실직을 반복하면서 반백수로 살아온 당신 아들의 신세를 여태 모르고 있었단 말인가.

평소 큰소리치는 걸 좋아하는 남편이 제 부모를 감쪽같이 속이고 있었던 모양이다. 그러다가 취직한 기념으로 해외여행이라는 보너스를 제 부모에게 선물한 것이다. 모처럼 동네방네 다니며 자랑하라고. 코로나 여파로 여행업계가 줄도산을 이루며 파격세일에 들어간 것을 기회로 삼은 것이다.

홧김에 술을 잔뜩 마시고 잠들었던 모양이다. 눈을 떠보니 남편이 어디론가 전화를 걸고 있었다. 누군가를 향해 잔뜩 책망하고 있었다.

"그러니께 돈이 필요하면 나한테 말하면 될 것을, 공연히 긁어 부스럼만 만들었잖아요. 사실은 집사람도 코로나 검사받고 제정신 아니라고요. 왜긴 왜에요? 다니던 직장에서 확진자 나와서죠, 그리고 저 사람 직장 잘렸어요."

그러자 저쪽에서 화급한 목소리가 들렸다

"뭐여?"

"그러니 돈 이야기 좀 작작하세요, 저 사람 스트레스 받아 죽는다고요, 지금까지 누구 덕으로 산 줄도 모르고."

그런데 다음 순간 기가 막힌 소리가 흘러 나왔다.

"뭐예요? 그럼 검사결과도 안 나왔는데 전화해서 그 난리를 친 거예요? 결과를 놓고 말씀을 하셔야지 어떻게 증상만 가지고 확진 받은 것처럼 그러셨어요? 내가 참, 뭐라고요? 아니 그런데 이 와중에 민재 이혼한 이야기는 왜 하시는 건데요?"

　민재가 드디어 이혼을 한 모양이다. 뭔가 싸한 느낌이 가슴 속을 훑고 지나갔다. 시부모는 자신이 불리하다 싶으면 항상 말꼬리를 다른 데로 돌리는 습성이 있었다. 그들의 대화를 엿듣느라 코로나에 대한 근심이 잠시 사라지는 느낌이었다. 그들은 무언가 계속 티격태격하는 것 같더니 전화를 끊었다.

　그런데 잠시 후 이번에는 내 핸드폰에서 문자메시지를 알리는 신호음이 들렸다. 손을 뻗어 집으려는 순간 나보다 다 앞선 손길이 있었다. 그의 입에서 외마디 소리가 터져 나왔다.

　"만세! 만세! 당신 음성이래. 이제 살았다 살았어."

　"뭐라구 진짜야? 이상하다 미결정은 양성일 확률이 더 많다고 하던데."

　"그거 다 당신이 헛소문 들은 거야, 내 말이 맞았잖아 당신 초등학교 다닐 때부터 신경성 유명했었잖아, 조금 마음에 안 들면 울고 불고 난리 치고."

　"시끄러, 그게 언제 적 이야긴데 또 하는 거냐?"

　"살만한 모양이군, 또 큰소리 나는 걸 보니."

　"그런데 민재 이혼했다며?"

　"그거 당신 어떻게 아는데?"

　"좀 전에 통화하는 거 다 들었어."

　"그래?"

　"그 민재 녀석 나한테 온갖 거짓말치고 다닐 때부터 알아봤어."

　"뭐라고 구라쳤는데?"

　"그건 알 것 없고 그 부모에 그 자식이더라고, 난 너밖에 없다고 하고서는 이 여자 저 여자 집적대고 다니고, 얼마 전에는……."

"얼마 전에는? 언제 민재 녀석 만난 적 있어?"

눈이 호기심과 질투로 이글이글 타올랐다.

"응 어제."

"뭐 어제?"

"어제 내가 보건소에서 검사받고 나오는데."

"만났구나. 둘이서 어디서 만나서 무슨 이야길 했는데?"

"응, 만난 게 아니고 내가 어제 검사받고 나와서 길 건너려고 횡단보도 앞에 서 있는데 민재가 벤츠 타고 운전 중이었나 봐, 차창 문을 내리더니 이렇게."

나는 고개를 앞으로 쭉 내밀며 말했다.

"나보고 점심이나 같이 하재."

"그래서?"

"그래서라니? 내가 코로나 걸릴지도 모를 상황에서 그 녀석하고 밥 먹게 생겼냐? 배는 남산만큼 나와 가지고 얼굴은 무슨 흉악범같이 생긴 놈이 날 아래 아래로 훑어보면서 말하는데 소름이 쫙 끼치더라니까. 꼭 뱀같이 생긴 주제에 나한테."

"너한테 뭐?"

"뭐라니? 그 다음 이야기를 해봐."

"돈만 많으면 뭘해? 재수 없게 생긴 놈이 인간성마저 못돼 처먹었으니 이혼을 당하지 당해도 싸지."

"그런데 어떻게 자세히 알고 있는 건데?"

"지난번에 니가 말했잖아, 술 먹고 들어와서, 이 바보야 너는 니가 말해 놓고도 기억도 안 나냐, 너도 잘해 나한테 이혼 당하고 싶지 않으면 초등학교 동창이고 뭐고 없는 줄 알아."

말이 험악해지고 있었다.

"또 본 버릇 나온다."

일주일이 지났다. 내게 권고사직을 요구했던 직장상사로부터 전화가 걸려왔다. 다시 복귀하라는 명령이었다. 하지만 나는 망설였다. 코로나로 인한 공포가 아직 채 사라지지 않았는데 복귀라니? 그동안 수차례 권고사직을 권유하던 곳이 아니었던가. 자존심이 상해서라도 다시 가고 싶지 않았다.

가만히 생각해 보니 코로나 확진자가 발생하다 보니 새로 입사하기로 한 직원이 포기하고 달아난 모양이었다. 내가 망설이는 눈치를 보이자 상사는 가부간 결정해서 연락을 달라고 하고는 전화를 끊었다. 이틀 후 나는 힘없는 모습으로 상사에게 문자메시지를 보냈다.

다음 주 월요일부터 출근 가능합니다.

집을 나와 청량리 역사로 향했다. 잠시나마 머리를 식힐 겸 여행을 떠나고 싶었다. 전철 역사를 빠져나와 역 광장을 걷는데 코로나 임시 검사소가 보였다. 매운 겨울바람이 역 광장을 휘몰아치는데 노상에 설치된 검사소에서 사람들이 긴 줄을 선 채 검사를 받고 있었다. 검사소 앞에 현수막이 보였다.

〈증상이 없어도 전 국민 무기명으로 코로나 검사 가능합니다〉

노상에 방역복으로 완전 무장한 의료진들이 손에 기구를 들고 오가고 있었다. 임시로 설치된 검사소 밖에서 고개를 내밀어 검사받는 사람들을 보자 가슴이 철렁했다. 저들은 한번 받는 검사를 나는 3번이나 받았기 때문이다. 내가 음성으로 나옴에 따라 남편은 평상시처럼 출근했고 나 역시 한시름 놓고 있었다. 매운 삭풍에도 사람들은 검사를 받기 위해 인내심을 발휘하고 있었다.

착잡한 표정 위로 냉기가 얼어붙었다. 그때였다. 시장 쪽에서 연기가 뭉게구름처럼 솟아오르고 있었다. 사이렌 소리와 함께 소방차와 구급대가 속속 도착하고 있었다. 검은 연기는 몰려든 구경꾼들과 상관없이 계속 하늘을 삼킬 듯이 맹렬한 기세로 타올랐다.

그때였다. 갑자기 내 발걸음이 연기 나는 쪽을 향해 빠른 속도로 달려가고 있었다. 시장 뒤쪽에 남편이 근무하는 회사가 있었다. 불은 이웃 건물에도 옮겨 붙어 맹렬한 기세로 타오르고 있었다. 주머니에서 핸드폰 울림이 계속 있었지만 알지 못한 채 난 계속 달려갔다.

구경꾼들 속에 누군가 내게 손짓하는 사람이 보였다. 남편이었다. 그제야 난 핸드폰 울림을 감지할 수 있었다. 내가 걱정할까봐 남편이 계속 문자메시지와 전화 통화를 시도하고 있었던 것이다. 잠시 후, 시커멓게 타오르던 건물은 소방관들의 작전으로 진화(鎭火)되었다.

구경꾼들은 삼삼오오 흩어졌고 어느새 사라졌는지 남편의 모습도 보이지 않았다. 그때였다. 갑자기 생각난 듯 나는 역사(驛舍)를 향해 죽을힘을 다해 뛰어가기 시작했다. 계단을 오르고 뛰어 내리면서 숨이 턱까지 차올라 간신히 열차에 탑승했다. 열차가 막 출발하고 있었다. 하마터면 열차를 놓칠 뻔했다. 안도의 한숨을 내쉬는데 남편에게서 문자메시지가 왔다.

그 안에는 생전 들어보지도 못한 낯 뜨거운 고백이 들어 있었다. 너무나 어색하고 민망한 기분이 들어 핸드폰을 얼른 닫았다.

열차가 서울 하늘을 등지고 서서히 경기도로 진입하고 있었다. 이전에는 서울만 벗어나도 해방감이 들었었는데 이상하게 여행할 기분이 싹 가시고 말았다. 나는 여정(旅程)을 돌이켜 중간에 하차해 도로

서울로 돌아왔다. 출근 준비로 할 일이 태산처럼 쌓여 있었다.

빨리 코로나가 지나가 주었으면 그래서 이 지긋지긋한 코로나 공포로부터 벗어났으면 가슴속으로 수없이 되뇌었다. 도로를 지날 때마다 코로나 무료 검사 현수막이 눈앞에 다가왔다 사라졌다. 서서히 봄기운이 몰려오고 있었다. 갑자기 목안이 간질간질하면서 기침이 터져나왔다.

이번에는 황사바람이 몰려오고 있었다. (2023년 순수 문학)

홍대 앞에서

홍대 앞거리는 럭셔리하고 아티스틱하다.

빌딩 한가운데를 차지한 남자 배우의 전신광고판에 사람들은 정신을 빼앗긴 채 걸어간다. 남자 배우는 특유의 시니컬한 표정으로 행인들을 향해 눈빛을 쏘아대고 있다. 건물마다 쏘아대는 전광판으로 거리는 이미 불야성을 이루고 있다. 상가마다 광풍 같은 음악으로 행인들을 호객하고 있다.

S자로 휘어진 거리는 버스킹 공연으로 온종일 법썩인다.

10대 후반쯤으로 보이는 남자애가 특유의 골반춤으로 여성 관객에게 다가가 윙크를 날리고 있다. 요동치듯 하체를 흔들어대며 한참 여심을 공략하는 중이다. 그의 몸동작 하나하나에 열정과 기교가 흐르고 있다.

와! 함성이 터진다. 그때 관중석에 있던 외국인 남자가 갑자기 무대로 뛰어들면서 분위기는 절정에 오른다.

외국인 남자는 유럽 계통으로 보이는 서양 남자다. 그는 춤판에 뛰어들자마자 요란한 골반춤으로 관객들을 흥분의 도가니로 몰아넣고 있다. 요란한 춤사위와 노골적으로 섹스를 상징하는 노랫말 가사로 홍대 앞 거리는 연일 뜨겁게 달아오르고 있다. 관객의 절반 이상은 외국인들이다.

러시아인과 동남아에서 온 히잡을 쓴 여자들, 그들은 유학생이 분명해 보인다. 일본어를 구사하는 젊은 남녀와 아프리카 계통의 흑인과 유럽에서 건너온 건장한 체격의 남자들도 눈에 띈다. 외국인 관광객을 위한 안내소도 보인다. 이제 홍대 앞은 관광명소로도 이름을 떨칠 모양이다.

거리는 그들을 위한 듯 외국 음식점들로 즐비하고 창가마다 외국인들의 웃음소리가 넘친다. 영어 중국어 일어 등 중동권에 속한 옷차림을 한 사람들이 바퀴 달린 커다란 트렁크를 끌면서 골목골목을 누비고 있다. 상권 또한 그들을 중심으로 형성되어 있는 듯 보인다.

그래서인지 2호선 홍대 앞 전철역은 항상 만원이다. 길가까지 늘어선 행렬은 짜증나고 불안하기도 하다. 예측 못할 불길한 움직임이 영화의 한 장면처럼 연상되기도 한다. 이태원에서 발생했던 불상사가 이곳이라고 비껴갈 수 있을까. 도로는 거의 매 시간마다 앰뷸런스 사이렌 소리가 들려온다.

버스킹 공연이 이루어지는 거리 뒤편은 지저분하기 짝이 없다. 담배꽁초와 토사물과 취객들의 고함소리로 구토가 나올 지경이다. 그곳을 중심으로 형성된 의류타운 너머로 시립 도서관이 보인다. 거기서 언덕배기를 넘으면 그 유명한 홍익대학교가 위용을 뽐내며 다가서고 있다.

서울대와 맞먹는 미술대학 하나로 유명세를 떨친 홍익대학교는 미술학도들의 로망이 되어 이젠 국제적인 관광명소로도 자리 잡게 되었다. 갑자기 여고 동창 정란이 생각난다.

그녀는 군사정권 시절 대통령과 정치를 같이했던 할머니와 육군 장군 계급장을 단 아버지와 미모의 엄마를 둔 외동딸이었다. 위로 오빠가 있었는데 고려대에 다니고 있었고 남동생은 장난꾼처럼 보이지만 영특하고 재주 많은 아이로 따르는 여자애가 부지기수로 많았다.

그녀의 집안은 부와 명성을 겸비하고 있었는데 딸의 미술공부를 위해 집안에 따로 아틀리에를 마련해 줄 정도였다. 선생님들은 그녀만 보면 항상 웃었다. 그녀의 집안 내력을 알고 귀에 거슬리는 말은 한마디로 안 했다. 제자들을 편애하기로 유명한 담임 선생님도 그녀를 보면 항상 서울대를 외쳤다.

공부도 잘하겠다, 그림 그리는 솜씨 좋겠다, 얼마든지 서울대는 따놓은 당상이라 했다. 가족 모두 그녀의 대입시를 위해 총력 후원했다. 특히 그녀의 할머니가 손녀를 위한 배려를 아끼지 않았는데 오빠마저도 여동생에게 절절매며 비위를 맞춘다는 것이었다.

모두가 그녀의 서울대 합격을 의심하지 않았다. 그런데 어찌된 일일까. 그토록 기다리던 합격 소식은 들려오지 않았다. 나중에 알고 보니 그녀는 홍익대 수석으로 합격을 한 거다. 가족들은 재수를 권했지만 그녀는 화가로 성공하기 위해 일부러 홍대를 지원한 것이었다.

그녀는 졸업하면 프랑스로 날아가 학업을 다 마친 뒤 교수로 봉직할 계획이었다. 그녀는 집안 배경 못지않게 외모 또한 수려했다. 잘먹어서 윤기가 반지르르 흐르는 피부와 날렵한 몸매는 엄마를 닮은 듯했다. 그때 나는 내 처지와 전혀 상반된 그녀를 보면서 차이(差異)라는 단어에 집중했고 절망했다.

그녀가 자랑삼아 하는 이야기는 늘 가족 사랑이었다. 대입시를 앞둔 고3이라는 이유로 가족들은 모두 그녀를 여왕 대하듯 했다.

"대학은 인생의 전부다. 대입시에 목숨을 걸어라."

담임 선생님은 입만 열면 말했었다. 성적이 떨어지면 난리가 났다.

우리 반이 학년 전체에서 항상 일등을 하는데도 닦달을 멈추지 않았다. 그렇게 난리를 쳐대고 들볶아댔는데도 정작 대학에 입학한 아이들은 15명도 안 됐다. 그것도 전문대까지 다 합쳐서 그랬다.

대학에 떨어진 아이들은 담임선생님께 전화도 하지 않았다. 내가 대신해서 전화해 소식을 알렸다. 누구누구는 떨어지고 나 혼자만 합격했노라고.

담임 선생님은 알았다고 하면서도 여간 실망한 기색이 아니었다. 당시 전교에서 수위를 달리던 반장 아이는 서강대 영문과에 합격했고 전교 1등 하던 경현이는 서울대 입학했는데 과는 확실치 않았다. 그녀는 천재라고 미리 소문이 나 있었기에 서울대 합격은 당연한 거였지만 어렵게 붙었다는 소문이었다. 나 역시 간신히 턱걸이로 대학에 합격했다.

원하는 과는 실력이 모자라 아예 지원조차 못했고 이차 대학에 원서를 내 간신히 합격했다. 재수는 꿈도 못 꿀 처지였기에 무조건 합격부터 하고 보자였다. 그런데 문제는 그 이후에 발생했다. 전공이 내 적성과 전혀 맞지 않는 것이었다. 가난한 집안 형편 때문에 재수라는 단어는 입에 올리지도 못했다.

만일 그랬다간 기다렸다는 듯이 대학 때려치우고 당장 공장이라도 들어가라 할 판이었다. 전전긍긍하던 나는 교회 오빠인 민영기에게 말했다.

"적성이 전혀 안 맞고요, 졸업이나 하려나 모르겠어요."

눈치 없는 그가 말했다.

"차라리 재수하지 그러니?"

"그게 어디 맘대로 돼야 말이죠. 자신도 없고요."

"그러게 내가 말하는 대로 했어야지. 너 거기 졸업하면 취업할 자신 있니?"

"취직이오? 난 그런 거 싫은데. 사실은 간호학과나 약대 가고 싶었지만 실력이 모자라서."

"재수하면 갈 수 있어, 똑같은 거 두 번 하는데 왜 안 되겠어."

나는 속으로 절망했다. 그런데 그는 한술 더 떠 명문여대를 지목하는 것이었다.

"요즘은 여자도 배워야 해. 그냥 집안에 주저앉아 살림만 하던 시대는 지났어. 여자도 자기 주체로서의 삶을 살아야 나중에 후회 안 해."

난 왜 그에게 그토록 매달렸을까. 그가 떠나버릴 걸 알면서도 끝까지 집착했을까. 내가 가족들의 반대에도 기를 쓰고 대학을 고집했던 것도 다 그 때문이었다. 그가 대학 진학을 독려하고 전공과목까지 지목하며 관심 가져 주었기 때문이다. 나는 그것을 사랑이라고 믿었고 행복해 했다.

나쁜 머리 쥐어짜고 공부에 열중했고 집안이야 어떻게 되든 말든 내 미래에만 집착했다. 담임 선생님 말씀처럼 대학이 인생을 결정해 준다고 믿었고 그 끝에는 그가 있었다. 그러나 내 소원은 정작 다른 데 있었다. 어릴 때부터 나는 그림 공부가 하고 싶었다.

무엇이든 보기만 하면 그림을 그려대는 통에 내 노트는 빈 공간이 없을 정도였다. 그림물감 하나 사는 것도 눈치가 보여 말 못하고 주저주저하는 형편에 미대는 꿈도 꾸지 못했다. 그래서 생각해 낸 것이 간호사나 약사가 되는 것이었는데 실력이 따라주지 않는 것이었다.

만일 간호사나 약사가 되었다면 본격적으로 그림 공부를 해서 대학원은 반드시 미대를 갈 작정이었다. 언젠가 그런 내 속마음을 털어놓았을 때 그가 말했다.

"그림 그리겠다고?"

"네, 전 화가가 되는 게 꿈이에요."

"난 별로 찬성하고 싶지 않은데."

"왜요?"

"우리 집안이 그림하고 철천지원수거든."

난 어안이 벙벙했다. 그림과 철천지원수라니?

"집안 어른이 젊었을 때 그림 그린다고 재산 다 털어먹고 덕분에 우리 아버지도 가고 싶은 학교도 못 가고 고생 고생."

그는 거기서 말을 멈추었다. 나 역시 그 순간 그림에 대한 생각은 싹 거두었다. 그가 싫어하는 미술을 굳이 고집할 이유가 없었다. 어찌하든 대학만 무사히 졸업하고 그의 인생에 나를 합류시키고 싶었다. 성격이 외골수인 나는 한번 꽂히면 다시는 헤어나지 못하는 청맹구리였다.

아! 그런데 이 홍대 앞거리를 걷자마자 내 안의 잠재해 있던 세포가 눈을 뜨는 것 같다. 화려한 색상과 선에 대한 감각이 어릴 적 꿈꾸었던 화가에 대한 동경심이 불을 지피듯 살아나는 것만 같다. 그리고 홍대에 진학한 홍정란, 그녀에 대한 생각도 아지랑이처럼 일어났다.

예술은 천재적인 재능에 의해서만 가능하다.

음악가에겐 절대적인 음감(音感)이, 화가에겐 색감(色感)이 글쟁이에겐 영감(靈感)이 필수적으로 따라 주어야 한다. 거기에 끊임없는 고행과 같은 연습으로 예술은 진행되고 완성되는 것이다. 언젠가 읽

었던 문장이 떠오른다. 하지만 이제 와 그림을 그린다는 건 불가능할
지 모른다.

이미 오랜 세월 동안 손이 굳어 생각처럼 움직여지지 않기 때문이
다. 세월이 40년 가까이 흘렀는데도 생각은 바로 어제처럼 생생하게
뇌리를 잠식한다. 젊었을 때는 그렇게도 안 보이던 미래가 인생 육십
을 살고 나니 일장춘몽이란 생각이 든다.

험악한 인심에 치이고 상처와 굴곡진 인생을 살다 보니 남은 건 극
도의 이기심뿐이더란 혹자의 말이 생각난다. 상처와 배반 피해의식과
실패에 대한 두려움으로 후회와 아픔만 남는다. 특히나 피해의식은
한번도 내 생각을 거쳐 가지 않은 적이 없었다.

피해의식은 과거에 대한 뼈저린 경험에서부터 시작된다. 편견과 고
정관념 선입견으로 교만으로 뿌리 내리게 하는 씨앗이 된다. 한동안
심리학과 상담학 공부에 열공한 적이 있었다. 전문 자격증까지 땄지
만 전문가로 나서진 않았다. 내 안의 쓴뿌리를 교정하고 좀더 강해지
고 싶었을 뿐이다.

하지만 사람들을 대할 때마다 진정성보다는 이중성을 띠는 것 같아
스스로 아연해지곤 했었다. 그리고 나는 뜻 없는 결혼을 통해 나의
정체성과 미래를 위한 도약을 시도했지만 철저하게 실패했다. 처음부
터 결혼은 나와 맞지 않았다. 사랑이라니? 사랑은커녕 난 상대에 대
한 배려나 감싸주려는 최소의 긍휼함조차 없었다.

결혼을 섣부르게 결정한 게 가장 큰 화근이었다. 그건 그도 마찬가
지였다. 나보다 학력 낮고 지성도 변변치 않은 그에게 나의 미래를
맡긴다는 게 처음부터 잘못된 결정이라는 걸 알았지만 어쩔 수 없이
가족들이 밀어붙이는 바람에 진행된 결혼이었다.

될 대로 되란 식으로 오직 재산 하나 보고 가족들이 막무가내로 밀어붙였다. 많이 배우면 뭐하냐? 돈이 최고다. 돈 없어 봐라. 개뿔도 아니다. 머리에 먹물 들었다고 일할 생각도 않고 백수로 놀고 먹는 놈들이 얼마나 많냐? 차라리 있는 재산 까먹으며 사는 게 백번 낫다.

어쩌면 가족들은 처음부터 결론을 내리고 나서 오로지 사윗감이 가진 재산을 노린 것인지도 모른다. 그가 내 집안에 들어서자마자 재산 목록을 양파 껍질 까듯 까발렸기 때문이다. 아버지와 오빠는 사람을 시켜 재산 목록 리스트를 확인했고 번갯불에 콩 튀듯 결혼을 몰아붙였다.

"대학 좀 안 나왔음 어떠냐? 그 대신 엄청난 재산이 있지 않냐? 평생 벌어 봐라. 그 많은 재산 모을 수 있나? 니가 인물이 있냐? 성질이 좋냐? 따지고 보면 너도 내세울 거 없잖니, 겨우 대학 나온 거 말고는."

아버지의 말에 곁에서 듣고 있던 오빠가 토를 달았다.

"쟤가 성질이 보통 성질이어야 말이죠. 그래도 저 좋다고 매달리는 남자 있을 때 얼른 시집보내야지, 고집 부려봐야 별 수 있나요?"

"너도 이제 돈 걱정 않고 편히 살아야지. 시집가서 아들만 낳아 봐라, 시부모도 너를 떠받들어 모실 거다."

정말이지 돈 고생이라면 치가 떨렸다. 자랄 때 가장 많이 듣던 소리가 돈 없다였다. 오빠는 고졸이었다. 겨우 상업 고등학교를 나와 취직했는데 벌이가 영 시원찮았다. 그래서 늘 한다는 말이 맞벌이할 아내감을 원하는 것이었다. 인물도 시원찮은 것이 눈은 높고 이기심으로 똘똘 뭉쳐 웃기지도 않았다. 그때 나도 모르게 생각지도 않은 말이 뛰어나왔다.

"그래, 나도 이 돈 때문에 빌빌대는 이 집구석이 싫어서 재산 좀 있는 집으로 시집가려고 억지로 대학 공부했다. 왜?"

"아! 그러니까 니 소원대로 됐으니 시집가라 그거여, 아무 것도 필요 없이 니 한 몸만 와주면 된다고 하지 않냐? 그려야 우리 집안도 좀 필 것 아니냐?"

도대체 내 결혼과 집안이 무슨 상관이 있다고? 남편이 전혀 마음에 들지 않았고 날 좋아한다고 하지만 느낌도 없었다. 그 역시 어떤 계산적인 의도가 있었을 것이다. 그런데 내가 정작 망설이는 데 딴 이유가 있었다.

그 민영기에 대한 미련이 아직도 가슴속에 진하게 남아 있었다. 그는 예전에 내게 말했듯이 능력 있고 재능 많은 여자를 원했다. 그래서 후배 여자들과 짬찍듯 교제를 하다가 드디어 고등학교 미술교사와 결혼식을 올렸다. 여자는 능력 외에 미모도 겸비하고 있었다.

집안도 짱짱하단 소문이었다. 그의 결혼 소식을 듣고 많은 여자들이 식음을 전폐했고 낙심했다. 물론 그중에 나도 포함돼 있었다. 슬프기도 했지만 이상한 분노가 가슴속을 충동질했다. 나는 대학 졸업할 때 겨우 자격증 하나 취득했지만 취직할 엄두도 내지 못했다.

사회 생활하는 게 두려웠고 그저 편히 살고 싶었다. 그래도 용돈 벌이를 해야 했기에 닥치는 대로 알바를 하다 남편을 만났다. 그가 나를 선택한 이유는 한 가지였다. 다른 여자들은 오직 재산 하나만을 노리고 자기에게 접근하는데 나는 그렇지 않다는 것이었다. 순진무구 자체라는 것이었다.

그건 그의 대단한 착각이었다. 난 그에게 처음부터 관심도 없었기에 재산도 보지 않았던 것이다. 그런데 한 가지 더 추가된 게 있었다.

자기는 공부를 못해 대학도 여러 번 떨어졌는데 결혼만큼은 꼭 대학 나온 여자와 하고 싶었다고 한다. 그 역시 가진 재산 말고는 학벌도 인물도 없는 처지였다. 그렇다고 인격이 고매하거나 원만한 성격도 아니었다. 어찌 보면 나보다 더 치밀하고 계산적이었다.

손해 볼 만큼 어수룩하거나 관용적이지도 않았다. 어쨌든 나는 집안 식구가 시키는 대로 돈 보고 시집을 갔다. 신혼 초부터 사방팔방에서 불협화음이 터졌다. 둘 다 조금도 양보함이 없었다. 서로에 대한 애정이 없으니 열정도 없었고 참고 기다려 줄 여유도 없었다.

더 기가 막힌 건 그가 술만 취하면 첫사랑 여자 이야기를 꺼내는 것이었다. 잘나지도 못한 추레한 외모에 꼴에 사내랍시고 순정을 다 바쳐 사랑한 연인이 있었다니 기가 찰 노릇이었었지만 난 묻지도 따지지도 않았다. 최소한의 질투심도 없었다. 어느 날 그가 물었다.

"도대체 넌 날 뭘 보고 결혼한 것이냐?"

"그러는 당신은?"

그는 심호흡을 하고 나더니 말했다.

"우리 엄마 아빠가 너랑 결혼 안 하면 재산 한 푼도 안 넘겨준대서 할 수 없이 했다."

처음 듣는 기함할 소리였다. 그래서였구나. 그러니까 처음부터 내게 마음이 없었다는 말이다. 나는 그의 눈을 똑바로 응시하며 말했다.

"내게 원하는 게 뭔데? 내가 이혼해 주면 그 첫사랑인가 하는 여자한테 달려갈 테냐?"

말하고 나서 속으로 외쳤다. 저런 등신 같은 놈.

"너도 내가 좋아서 결혼한 거 아니잖아, 내가 모를 줄 알았나?"

"그런데 잘 알고 있으면서 왜 나랑 했냐?"

"아까 말했잖아, 우리 집에서 등 떠밀어서 했다고."

"나도 마찬가지거든."

"그럼 잘됐네. 이쯤에서 찢어져서 서로 제 갈 길 가면 되겠네."

그는 너무도 간단하게 이혼을 선언했다. 그로서 이혼의 모든 책임은 그가 지는 걸로 했다. 나는 처음에 그가 나를 좋아하는 걸로 착각했었는데 전혀 아니라는 사실에 이상하게 실망과 분노가 치밀었다. 착각은 북한에서도 자유라더라. 언젠가 들은 말이 생각나 쓰게 웃었다.

나도 돌아서는 그에게 칼처럼 말했다.

"나도 처음부터 당신이 마음에 없었거든 사실 내 마음은."

거기서 멈추었다. 그 뒤의 말은 생략했다. 헤어지는 마당에 더이상 상처 주는 말은 하지 말자. 나 역시 내 첫사랑인 민영기를 단 한순간도 잊어 본 적이 없어 피장파장이라 생각했다.

그는 이혼하는 과정에 처음으로 내게 아량을 베풀었다. 이혼의 모든 책임은 자신에게 있으며 위자료는 섭섭지 않게 지불하겠다고 말했다. 그리고 우린 서로 깔끔하게 헤어져 이혼남 이혼녀가 되었다.

시댁에서는 난리가 났지만 그나마 딸린 애가 없어 다행이란 식으로 말하고 마무리되었다. 어쩌면 그들은 이런 결과를 미리 예측하고 있었는지 모른다. 친정에서도 섭섭해 하는 눈치였지만 모든 게 자기 잘못이라는 사위의 말에 더 이상 어쩌지도 못하고 오히려 내 눈치만 봤다.

그런데 이혼하고 한 달도 안 돼 그의 죽음 소식이 들려왔다. 자살이었다. 캄캄한 어둠 같은 절벽이 나를 향해 득달같이 덤벼드는 것 같았다. 그 모든 게 짜인 각본 같다는 생각이 들 때 이번에는 내 미래에 대해 조언했던 첫사랑 민영기에 대한 죽음 소식이 들려왔다.

사랑하는 아내와 미래를 향한 힘찬 발걸음을 내딛던 그때 췌장암이란 날벼락이 떨어진 것이었다. 이미 4기가 지나 있어 의사는 시한부 판정을 내렸다. 그들 사이에 자녀는 없었다고 한다. 의사는 그에게 3개월이란 시한부를 내렸지만 그는 이후 3년간 더 생존하며 아내와의 아름다운 이별을 장식했다고 했다. 둘은 끝까지 행복했고 사랑했다.

그들은 내세에도 행복하리라 다짐했다고 한다. 그런데 내 마음은 또다시 분노로 이글이글 타오르는 것이었다. 그들의 행복이 부러웠고 은근 저주스러웠다. 이율배반적인 아픔과 고통이 오랜 세월 동안 나를 지배하고 지나갔다. 그동안 나는 나의 정체성을 찾기 위해 부단히도 노력했다.

수많은 세월의 격랑 속에 나는 여러 직업을 전전했고 사업에 뛰어들었다 사기에 휘말리기도 했고 우연찮은 기회로 목돈을 벌기도 했다. 인생은 새옹지마란 말이 맞는 듯했다. 그러다 어느 날 이혼녀라는 딱지가 내 뒤통수를 때린 적도 있었고 어느 날 길을 걸어가다 전남편과 흡사한 남자를 만나 기절할 뻔한 적도 있었다.

중년인 40-50대 때는 외국여행을 하느라 국내를 떠난 적도 부지기수로 많았고 한때는 캠핑에 미쳐서 거금을 날린 적도 있었다. 생각해보니 캠핑은 나의 어릴 적부터 로망이 아니었던가 싶다. 예전에는 캠핑족이나 트레킹 하는 사람들을 전혀 이해하지 못했었다.

왜 편한 집 놔두고 험한 곳에 가서 자며 사서 고생을 하는 걸까. 무슨 큰 성취감을 누리겠다고 돈을 주고 사서 고생을 하는 걸까. 그러다 어느 날 캠핑 동영상을 보면서 생각이 바뀌었다. 캠핑은 솔로

캠핑이 대부분으로 그들은 오롯이 혼자만의 자유를 누리고 있었다.

힘든 일상에서 벗어나 한갓진 자연 풍광 속에서 오롯이 자신만을 위한 힐링과 기쁨을 누리며 재충전을 하고 있었다. 생각해 보니 나도 어릴 때부터 혼자 돌아다니는 걸 좋아했다. 낯선 골목 낯선 동네에 가면 이상하게 희열에 들떴었다. 주변 풍경을 마음속으로 스케치하며 미래에 대한 상상화를 그렸다.

그때마다 마음속에서 쾌감이 일었는데 나중에 생각해 보니 그건 낭만심리였다. 인생 고비 고비마다 난관 아닌 적이 없었지만 마음속에 강한 힘이 나에게 용기를 주며 명령했다.

곧 일어나 걸어라.

홍대 앞거리를 걷다 길모퉁이 난 사잇길로 접어들었다. 계단을 따라 올라서니 시립 도서관이었다. 각종 강좌를 알리는 현수막과 함께 시화전 발표회가 있었다. 늘 푸른 학교. 70-80대 할머니들이 뒤늦게 한글을 깨우치고 시를 써서 발표한 것이었다.

액자 안에는 삐뚤삐뚤 한글 필체가 감동어린 글귀와 함께 지난 세월을 말해주고 있었다. 나름 문법도 갖추고 진한 감동과 함께 눈시울을 적셨다. 깊은 산골에 태어나 가난 때문에 어린 동생을 돌보느라 배움의 시기를 놓친 할머니들의 아픔이 문장에 서러움으로 박혀 있었다.

나의 어린 시절

나는 어려서부터 공부가 하고 싶었지만
가정 형편이 어려워 초등학교 1학년이 전부였다.

왜 그랬나 생각해 보니 내 동생이
또 학교에 가야 했기에 그랬던 것 같다.
그래서 나는 1학년으로 마무리를 하고
동생이 입학을 하고 나는 엄마를 도와야만 했다.
그래서 나는 늘 공부만 생각하면 가슴이 퍽퍽하고
서글픈 생각이 들곤 했다.
하지만 지금은 너무 행복하다.
참 좋은 선생님을 만나서 한 자 한 자 배워 가는 중이다.
그래서 나는 늘 꽃길만
걸을 거라 생각합니다.

지금 나는 봄날이다.

늦은 공부를 시작하면서
나의 봄날은 시작되었다.
내 마음은 청춘이요
언제나 소녀의 마음으로 살고 있다.
세월아 천천히 가거라
이 아름다운 날들을 오래 오래 간직하면서
나의 봄날을 지키고 싶구나!

그때 갑자기 은혜라는 단어가 생각났다. 그리고 한 번도 생각해 보
지 않은 축복이란 단어도 생각났다. 후회와 연민, 모순된 감정과 함

께 오직 나 자신에게만 집착해 살아온 이기심도 생각났다. 그러면서 인생의 진정한 의미는 무엇일까 생뚱맞은 느낌도 들었다.

도서관에 처박혀 자신의 미래에 도전하는 젊은이들의 패기와 용기에 경탄이 났다. 난 왜 저들처럼 개척정신이 없었을까. 그저 인생을 편하게만 살려고 하고 타인의 감정은 도외시한 채 살았을까. 내 인생 궤도에 어떤 그림이 그려졌던 걸까?

내가 그린 그림은 과연 어떤 모양과 색채로 채워졌던 걸까. 척박한 산골 벽지에 태어나 초등학교도 못 마치고 까막눈 신세로 살아온 할머니들의 고통에 대해 잠시 생각해 보았다. 그래 전후 세대라 못 먹고 못살던 시대라 그럴 수도 있겠다 싶었다.

어린 시절, 월남 파병과 새마을 운동이 한창이던 시절 그때도 얼마나 곤궁한 시절이었던가. 그래도 의무교육은 마치지 않았던가. 하긴 나의 청소년 시절만 해도 흔하지 않지만 대학은커녕 중 고교에 진학 못하는 경우도 있었다. 여고 2학년 때 동네 동사무소에서 주민등록증을 만드는데 내 또래의 남자 아이들이 보였었다.

그들은 학생 신분도 아니었고 공장에 다니는 노동자였다. 당시는 내 또래들 중에 평화시장이나 봉제공장에서 살인적인 임금을 받으며 일하는 축들도 많았다. 난 가난하고 병들어도 학교에 다닐 수 있었던 건 그나마 천운이었다. 오빠도 못 간 대학을 가족들의 반대에도 기를 써서 진학한 것도 따지고 보면 행운이고 축복이었다.

비록 사랑해서 한 결혼은 아니었지만 이혼과 함께 위자료로 거금을 쥘 수 있었던 것도 그랬다. 그런데 왜 그는 이혼한 지 한 달 만에 자살했을까. 첫사랑인 여자와도 잘못됐던 걸까. 그러게 처음부터 밑그림을 잘 그렸어야지. 누가 처음부터 마음에도 없는 결혼을 하래?

나는 마치 남의 일처럼 나 자신과 동시에 전 남편에게 힐문하고 있었다. 멍청하게 말도 안 되는 결혼 조건을 내세우더라니. 무작정 돈만 보고 등 떠민 가족이나 돈 고생이나 면해 보겠다고 결혼이란 굴레에 뛰어든 나나 발상은 똑같았다. 시작이 잘못되면 결과는 뻔하다.

가족들이 재혼 이야기를 꺼낼 때마다 나는 전 남편을 들먹이며 다시는 입 밖으로 내지도 말라고 했다.

"왜? 이번에도 한몫 잡아 보겠다 그거야?"

그러는 사이 오빠는 운 좋게 미용실 하는 여자를 만나 결혼했고 여동생과 남동생은 각각 지방에서 자리를 잡아 기세 좋게 살고 있었다. 명절 때 말고는 얼굴 구경도 못하는데 만날 때마다 돈 자랑에 열을 올렸다. 거기에다 자식 자랑은 얼마나 해대는지 마치 자식 없는 너는 약이나 올라라 하는 투였다.

그래도 나는 조카들에게 용돈을 듬뿍듬뿍 주는 바람에 조카들 사이에 인기가 높았다. 어린 시절 돈 고생에 이골이 난 가족들이 노년에 이르러 신세가 펴지고 있었다. 그런데 우스운 건 조카들 공부는 겨우 중간치를 맴도는 것이었다. 아무리 고액 과외를 시켜봐야 소용없는 일이었다.

자식들 공부 못하는 게 유전인 줄 뻔히 알면서도 서로 상대 배우자만 탓했다. 옆에서 듣는 내가 민망할 정도였다. 그런데 왜 이리도 마음이 허전한 걸까?

마음속이 텅 빈 듯 무력감마저 든다. 난 이제껏 무엇을 위해 달려왔던가?

인생은 속도가 아닌 방향이다.

누군가 썼던 명문장이 생각난다. 다시 마음속 화두가 떠오른다. 난 그동안 무엇을 위해 애쓰고 힘쓰며 애면글면 다투며 살아왔던가. 의문부호가 여전히 가슴을 때리며 정체성에 대해 질문하고 있다. 난 도대체 누구인가? 그때였다. 내 발밑에 전단지가 보였다.

당신은 어디에서 와서 무엇 때문에 살며 어디로 가고 있습니까?

당신은 피조물입니다. 창조주의 독생자 그리스도 그분께 해답이 있습니다. 그 밑에는 인생의 의미와 참된 만족이란 부제의 글이 실려 있었다. 상투적인 종교적 언어는 호기심만 유발할 뿐 감흥은 주지 못했다. 거리는 광풍 같은 음악에 잠식돼 발걸음을 각각 흩어놓고 있었다.

눈길을 어디로 돌려도 외국인이 보였다. 과연 홍대 앞거리는 외국인들을 위한 명소답다. 관광명소 안내소로 발걸음을 들이미는 히잡 쓴 여자들이 보였다. 뒤이어 거친 말투를 내뱉는 중국인들이 커다란 트렁크를 끌면서 골목길로 사라지고 있었다.

그 뒤로 러시안으로 보이는 육중한 체격의 남자들이 험한 인상의 동남아 남자들과 함께 바쁘게 발걸음을 옮기고 있었다. 홍대 앞은 마치 외국인들을 위한 명소처럼 보인다. 어디선가 고기 굽는 냄새가 진동을 한다. 의류상가가 시작되는 골목 위로 둥근 달이 떴다.

많은 젊은이들이 핸드폰을 꺼내 연신 셔터를 눌렀다. 불을 환히 밝힌 노점상 어깨 위에도 달빛이 내리고 있었다. 발걸음을 옮겨 횡단보도 앞에 섰다. 신호등이 느리게 바뀐다. 청색 신호등에 따라 무작정 발걸음을 옮긴다. 무작정 들어선 길에는 예술성을 강조한 럭셔리한 건물이 줄을 댄 듯 서 있다.

문득 화려한 불빛에 이끌려 들어갔는데 건물 전체 한 동이 미용실이었다. 창밖으로 모과나무와 감나무가 보였다. 미용실은 철저하게 예약제로 운영되고 있었다. 가격을 보니 역시나 고가(高價)였다. 건물 바로 옆에 주차장이 있고 불빛이 밤무대를 연상케 했다.

깜짝 놀라 돌아서 나가는데 앳된 미용사가 말했다.

"머리 하러 오셨죠? 지금은 예약된 손님이 없어 가능해요, 이리 앉으세요."

하지만 나는 말보다 몸이 먼저 말했다.

"괜찮아요, 잘못 알고 들어왔네요."

이젠 그만 옛 의식에서 벗어날만한데 가격에 놀란 발걸음이 출입문을 급히 넘어서고 있었다. 이상했다. 수입이 늘어나도 가난에 대한 기억은 뇌리에서 쉽게 벗어나지 못했다. 비싸면 무조건 노우 싸면 반사적으로 지갑을 열면서 예스라고 외쳤다.

"재산 물려줄 자식도 없는데 웬만하면 쓰면서 살지 그래."

누군가 비꼬듯 말해도 심장이 먼저 두근거렸다. 그렇게 아까워하면서 어떻게 외국여행은 뻔질나게 다녔는지 스스로도 이해가 안 간다. 걸음을 다섯 발자국 옮겼을까. 이번에는 고색창연한 불빛에 마음이 설레면서 멈춰 섰다. 핸드 드립 커피를 파는 커피숍이었다.

창밖에 호수 같은 정원이 펼쳐져 있었다. 2층에서 커피를 마시며 담소를 나누는 연인들이 보였다. 발코니가 보이는 3층 건물은 옷가게였다. 옛날 말로 하면 의상실이었다. 생각보다 가격대가 낮았지만 의외로 손님들이 많이 붐비고 있었다. 1층은 옷가게이고 2층은 고가를 전문으로 파는 패션몰에 3층은 사무실이었다.

밝은 조명에 최근 유행하는 옷가지가 걸려 있는데 직원들은 계속 새로운 물건을 꺼내 옷걸이에 걸고 있었다. 옷가게 앞은 넓은 주차장으로 벤츠 승용차가 빼곡하게 정차돼 있었다. 어떤 유럽풍 3층 건물은 제과점으로 직원들이 건물 밖에까지 나와 안내하고 있었다.

작은 도넛츠 한 개에 3500원. 줄은 길게 늘어서 있었고 창밖을 보며 커피와 빵을 먹는 젊은 연인들은 여유롭고 한갓지게 보였다. 그들 얼굴마다 럭셔리란 단어가 보이는 듯했다. 홍대 맞은편인 이곳은 예술성이 완전 장악하고 있었다. 건물마다 고풍스럽거나 럭셔리한 흡사 외국에 온 듯한 느낌이었다.

예전에 내가 유럽으로 여행 갔을 때 보았던 건물이 그러했고 분위기도 그러했다. 참 살기 좋은 세상이다. 이곳에선 음식점 간판 이름도 모두 예술적 색채를 띠고 있다. 이곳에서는 예술이 아니고서는 존재가치가 없어 보인다. 럭셔리한 예술적 감흥이 젊음이란 대세와 함께 흐른다.

사회 평론. 기억 저장소. 다시 봄. 클럽 엠.

선(線)과 선(線)의 조화. 기하학적인 건물 형태는 하나의 종합 예술 세트장 같다. 내 안에도 예술혼이 깨어나는 것 같다. 어릴 적 공책에 그림을 그려대며 화가가 되고 싶다던. 그 꿈을 민영기 한마디에 포기하고 잊고 살았다. 내 인생 책임도 못 질 거면서 꿈마저 포기하게 하다니. 결국 다른 여자 만나 내세까지 함께 행복을 꿈꿀 거면서 왜 내게 하찮은 관심을 표시했던 걸까.

그런 걸 사랑이라고 믿고 싶어 하고 남편에게마저 정을 주지 않은 파렴치한 내 과거 모습이 떠올랐다. 좀 더 참고 기다려 주었더라면 결과가 달라졌을까. 싫어서 헤어지는 마당에 거금의 위자료를 주었던 건 혹시 미련 때문이 아니었을까. 아님 첫사랑을 못 잊고 결혼한 죄책감 때문에?

그래 서로에 대한 정이 조금이라도 남아 있었더라면 그렇게 쉽게 이혼 카드를 꺼내 들지는 않았을 거야. 그렇다고 자살할 게 뭐람. 누가 들으면 이혼에 대한 충격 때문이라고 생각하지 않겠나.

생각은 거기서 멈추었다. 30년 가까운 세월이 흐르고 나서 다시 생각한들 무엇 하겠는가. 이혼녀라는 불명예를 안고 살면서 한동안 정신과 약을 복용한 적도 있었다.

내가 생각해도 내 정신상태가 의심스러웠다. 내가 제대로 된 사고방식을 하고 있는지 정신 한구석이 무너져 내린 건 아닌지 세상만사가 다 귀찮았다. 어쩌면 나는 모태 솔로가 본업이었는지 모른다. 정신이 뒤죽박죽이었다. 그래도 삶을 포기할 순 없었다.

수없이 여행을 떠났다. 자연의 신비는 안정제 역할을 했다. 푸른 삼림이 맑은 강줄기가 마음을 부드럽게 위무해 주었다. 자연과 동화되는 느낌이 들면서 여행은 힐링을 선물해 주었다. 한동안 유튜브 방송을 진행한 적도 있었다. 여행 칼럼을 쓰면서 내가 작가가 아닌가 착각한 적도 여러 번 있었다.

희한한 건 단 한 번도 돈 걱정을 해보지 않았다는 사실이다. 돈이 풍족해서가 아니라 소비를 최소로 줄였기 때문이다. 어린 날 겪었던 가난에 대한 사무친 기억이 지출이 늘 때마다 겁이 덜컥 덜컥 났다. 그런데도 여행할 때는 돈을 뭉텅뭉텅 썼다. 해외여행 갈 때도 마찬가지였다.

스스로 생각해도 희한했다. 아무리 환경이 바뀌어도 마음은 늘 가난했다. 허무와 함께 늘 정서가 불안했다. 상가 골목을 빠져나와 걸음을 지하철역 쪽으로 옮기자 시위 대열이 보였다.

대학생으로 보이는 젊은이들이 전단지를 나눠주며 정권 퇴진을 외치고 있었다. 정의도 선도 아닌 이상한 구호가 남발하는 세상이다.

군중이 악을 선이라 주장하면 악도 선으로 탈바꿈하는 세상이다. 피해자를 욕보이고 가해자에게 인격 운운하며 신상을 보호해 주는 세상이다.

가장 웃기는 건 가해자가 피해자 코스프레 하며 억울함을 호소하는 것이다. 상대에게 모든 책임을 전가하며 피해자에게 두 번 세 번 죄를 뒤집어씌우는 것이다. 어리석은 군중이 악을 호도하여 선과 의를 깔아뭉개는 세상이다. 다수라는 이름으로.

만천하에 드러난 죄악상 앞에서도 오히려 거짓으로 치부하며 악을 정당화한다. 보편화 된 악에 침묵하고 동조하고 편승한다. 피아(彼我)를 구분 못한 내로남불 현상을 두고 서로 상대 탓으로 돌려댄다. 사람들은 군중심리에 떠밀려 자신이 의인인 양 전문가 행세를 한다.

나도 지난날 그 한 무리에 속했던 건 아니었을까. 의심 부호가 떠오른다. 그중에서 내로남불이라는 단어가 가슴속에 콱! 와 닿는다. 정의의 이름으로 권력자의 횡포를 고발한다는 시위대의 주장은 전혀 맞지 않았다. 사상과 이념에 있어서도 편협된 어불성설에 불과했다.

오도된 가치관으로 특정 세력을 비호하는 정당하지 못한 억지 주장이었다. 겉으로는 정의를 외치고 있지만 한쪽으로 편중된 발상으로 흐르고 있었다. 행인들은 옆눈으로 그들을 흘기며 무심하게 지나갔다. 자신의 이익과 직접 관계되지 않는 한 사람들은 무관심하거나 침묵한다.

요즘 젊은이들은 이념이나 정의보다 개인적 취향에 더 집착하고 이익을 앞세운다. 민심이 천심인 시대는 지나버렸다. 동심천국? 글쎄라고 고개를 갸웃하는 사람들도 많을 것이다. 요즘 청소년들의 죄악상을 보고도 그런 말이 나올까? 우스갯소리로 요즘 중학교 2학년생들이 얼마나 악에 대담하고 뻔뻔한지 당해낼 수가 없다고 한다.

오죽하면 북한에서 남침하고 싶어도 중2 아이들이 무서워서 망설이고 있다고 해 한바탕 웃은 적이 있다.

발걸음을 옮길 때마다 미진한 느낌이 후회라는 단어와 함께 발목을 잡아당기고 있다. 아! 그건 바로 어리석은 그리움에 대한 후회였다. 그 어리석은 그리움을 상쇄할만한 건 정체성을 향한 도전이었다. 거리마다 나부끼는 현수막과 광고판이 눈앞을 스치면서 가슴이 뛰었다.

그때였다. 대학 동문들의 미전을 알리는 현수막이 보였다. 화랑 입구에 대형 화환이 놓이고 유명하다는 화가들의 이름이 보였다. 늦은 시간임에도 화랑 안은 많은 사람들로 붐비고 있었다. 일반 관객들보다는 동료 화가들처럼 보였다. 전문적인 용어를 써가며 그림에 대한 설명도 곁들이고 있었다.

추상화보다는 구상이 더 많아 천천히 구경하는데 그중 가장 눈에 띄는 그림이 있었다. 선과 색상의 조화가 절묘한 수묵화였다, 그런데 그림 옆에 써진 작가 이름과 사진이 어딘지 낯익었다.

서민정.

서민정. 어디선가 많이 듣던 이름이었다. 누구였더라. 사진 속 얼굴도 젊었을 때 찍었는지 화사한 미인이었다. 여유로운 미소가 안정된 기쁨이 보였다. 생각이 날 듯 말 듯 그러다 아! 하고 빛처럼 환하게 떠올랐다. 남편에게 내세에까지 행복하자고 했다던 민영기의 아내였다. 세상에나! 나도 모르는 알 수 없는 탄식이 흘러 나왔다.

그녀의 사진 위로 과부 미망인이라는 단어가 떠올랐다. 본업이 고등학교 미술교사였으니 남편 사후에도 생활하는데 어려움이 없었으리라. 내게는 그림이 철천지원수처럼 말하더니 정작 결혼은 미술 전공한 여자와 했구나. 능력 있고 재능 많은 여자를 선호한 그가 내린 당연한 결과였다.

거기에다 외모까지 겸비했으니 그에겐 딱 안성맞춤인 셈이었다. 언제 찍은 사진일까. 그녀는 사진 속에서 여전히 미모를 자랑하고 있었다. 그녀는 여적 독신일까?

순간 궁금증이 화산처럼 타올랐다. 궁금증 속에 '설마'라는 단어와 '그러면 그렇지'라는 동의어가 자꾸만 떠올랐다. 그렇다고 누군가에게 대놓고 물어볼 수도 없는 노릇이었다. 대학 동문들의 미전 치고 소박했다. 그래도 명문 미대 출신 화가들인데 갤러리 치고 규모도 작은 편이었다.

선과 색상의 화려한 조화가 정신없이 관객들의 눈길을 끌고 있었다. 그림 제목마다 화가의 의지가 담겨 이해를 돕고 있었다. 정신없이 그림을 보는 동안 나는 어릴 적 꿈꾸었던 시절로 회귀하고 있었다. 그림 그릴 스케치북 살 돈을 탈 때마다 너희 학교는 매일 그림만 가르치냐는 핀잔을 들어야 했다.

색연필 그림물감이 한 달도 안 돼 동이 났다. 화가라는 직업을 알지도 못한 때였다. 그저 그림 그리는 게 좋았을 뿐이다. 그림 실력을 인정받아 사생대회 나갈 때마다 상을 휩쓸던 기억이 났다. 그동안 까맣게 잊고 지냈는데 하필이면 왜 지금 이 순간 생각이 나는 걸까.

서민정의 그림은 아늑한 시골풍경을 연상시키는 흔한 풍경화였다. 아마도 그녀 역시 같은 동문 출신으로 미전에 참여한 것 같았다. 꼭 꿈속 같은 그림 풍경도 어디선가 매우 낯이 익었다. 어디서 봤더라. 생각하는데 뒤에서 하는 말소리가 들렸다.

"서민정 선생은 요즘 잘 나가나 봐. 벌써 국전도 여러번 입상하고."

"그거야 다 남편 잘 둔 덕분 아닐까?"

"남편이 국전 심사위원이라는 소문 있던데."

가슴 속에서 쿵! 소리가 났다. 잘못 들은 건 아닐까? 그런데 이어 낮은 소리가 들려왔다.

"얘 저기 서민정 서방님 오신다."

시기와 비아냥이 섞인 말투였다. 나도 모르게 뒤로 고개를 홱 젖히고 쳐다보았다. 거기에는 과연 화가다운 품격이 엿보이는 초로의 남자가 동료로 보이는 사람들과 걸어오고 있었다. 그 옆에 중년으로 보이는 화사한 미인이 팔짱을 끼고 있었다. 중년 치고 앳돼 보이고 미인형이었다. 몸매도 날씬하고 지성미까지 겸비하고 있었다.

가슴 속에서 계속 쿵쿵거리는 소리가 들려왔다. 엑스타시도 이런 엑스타시는 없으리라, 꼭 혼절할 것만 같은데 남자의 팔짱을 끼고 있던 여자가 나를 바라보더니 자꾸만 고개를 갸웃거리는 것이었다. 나도 자꾸만 그녀에게 눈길이 갔다. 기억의 수렁 속에 드디어 실마리가 잡혔다. 그래 맞아!

그때였다. 여자가 나를 손으로 가리키며 큰소리로 말했다.

"어! 김신애, 김신애 맞지? 나 모르겠니? 우리 여고 동창이잖아. 나 홍정란이야."

그녀는 양팔을 벌려 나를 덥석 껴안았다. 아무리 생각해도 오버 액션이었다. 고등학교 다닐 때 친한 사이도 아니었는데 절친을 만난 것처럼 호들갑을 떨다니.

그러나 저러나 세월이 40년 흘렀는데 그녀는 어떻게 나를 알아보았을까. 생각할수록 신기했다.

사람들의 시선이 일시에 내게 집중됐다. 호기심과 궁금증이 모두 내 입을 향하고 있었다.

"홍정란? 그래 우리 고등학교 다닐 때 한반이었지. 홍대 미대 갔다
고 소문 들었었어."

나는 일부러 신난 듯 말했다.

"그래, 너도 대학 갔다는 소문 들었었어. 그런데 참 신기하지. 안
죽고 살아 있으니까 만나게 되네, 저기 내 그림도 있으니까 구경하고
다음에 시간 될 때 만나자, 내 명함줄께."

그녀는 남자의 팔짱을 스르르 풀면서 말했다. 나는 홍정란의 그림
을 구경하는 척하며 잠시 혼란에 빠졌다. 혹시 조금 전에 보았던 서
민정이라는 이름이 동명이인은 아닐까. 나야말로 오버센스한 건 아닐
까. 제발 민영기의 아내가 아니기를. 그러다 또 감정적 모순에 빠졌
다.

이제 와서 그게 나와 무슨 상관이라고.

그런데 방금 전 여고 동창 홍정란을 만난 건 정말 기적과 같다. 그
녀는 40년이란 세월을 뛰어넘고 어떻게 나를 알아보았을까 생각할수
록 신기한 일이었다. 난 그녀가 준 명함을 손에 꼭 쥐고서 화랑을 나
왔다.

동명이인도 있을 테니까. 나는 스스로 설득하며 홍대역 전철역을
향해 천천히 걸어갔다. 전동차가 한강 철교를 건너는 동안 난 계속
속으로 웃었다. 세상에 홍정란을 만나다니. 그녀는 아무래도 화가로
성공한 게 틀림없었다. 워낙 어릴 때부터 재능이 뛰어나고 뒷배가 좋
았으니까.

그녀를 만난 게 꼭 꿈을 꾼 것만 같다. 마치 드라마의 한 장면을
연출한 것만 같다. 그리고 좀 허황하기까지 하다. 난 전동차 안에서

네이버 검색을 했다. 서민정 서양화가. 당장 뜰 줄 알았는데 내가 찾는 문장은 그 어디에도 보이지 않았다. 그렇다면 내가 잘못 본 걸까.

나는 홍정란이 준 명함을 꺼냈다. 전화해서 물어볼까. 그러다 까무룩 잠이 들었다. 전동차에서 내려 집으로 가는데 자꾸 엉뚱한 길로 접어드는 나를 발견했다. 이상하다. 내가 정신회로가 이탈된 걸까. 왜 자꾸 딴 길로 가는 걸까. 발걸음을 옮길수록 처음 보는 낯선 길만 나타났다.

내가 사는 동네는 아파트 군락지대인데 내 발걸음은 엉뚱한 빌라촌을 헤매고 있었다. 분명하다. 이 길이 맞는데. 난 핸드폰을 꺼내 내비게이션을 켠 뒤 사람들에게 물어 겨우 집을 찾아 들어갔다. 머릿속에서 대혼란이 일어나고 있었다. 삶의 방향 감각을 잃은 게 어찌 이번뿐이겠는가.

나는 살면서 수시로 길을 잃었고 구원자를 찾기 위해 헤맸다. 그러다 막다른 골목에 다다랐을 때 내 안에서 들려오는 세미한 음성을 들었다.

곧 일어나 걸어라.

누군가 나를 향해 손짓하고 있었다. 환한 빛이 죄책감을 뚫고 나를 위무하고 있었다. 신비한 음성과 함께.

이튿날 정신과를 갈까 망설이는데 친구의 전화를 받았다.

"엉뚱한 생각 말고 나랑 같이 성당이나 가자."

"성당을 왜?"

"너 요즘 많이 상심한 것 같아. 이제부터 나랑 성당 나가면서 새로운 길을 찾자."

"새로운 길? 그게 뭔데?"

"진정한 참된 만족을 주는 평강의 길. 그건 바로 그리스도의 평화야."

나는 친구의 권유로 성당을 나가며 마음의 안정을 찾기 위해 애를 썼다. 신적 평화가 임재하기를 바라며 묵상 기도를 올렸다. 하지만 그때뿐이었다. 평화와 불안은 빗금 치듯 교대로 찾아왔다. 어느 날 나는 궁금증을 이기지 못해 드디어 홍정란에게 문자메시지를 보냈다.

너희 학교 동문 화가 서민정을 아느냐고.

한참 후에 답신이 왔다.

응 알아.

그뿐이었다. 그러다 한참 후에 문자가 왔다.

그런데 그건 왜 묻는 건데? 너도 그 여자 잘 알아?

응, 하도 유명하다고 해서.

유명하긴 뭐가 유명해 다 지 남편 덕분이지.

말 속에 시기와 비아냥이 잔뜩 묻어 있었다. 또다시 가슴 속에서 쿵! 소리가 났다. 우당탕탕 절벽 무너지는 소리도 연이어 들려왔다.

그날 니 옆에 서 있던 분은 누구야?

응, 그 여자 남편?

뭐라구?

내 지도 교수님이시고 국전 심사위원이야, 우리 남편하고도 절친이고.

너 성공했구나, 하긴 넌 예전부터 능력이 출중했으니까.

성공이라고 말하긴 뭣하고, 나중에 내 개인전 할 때 찾아와. 섭섭지 않게 대접할게, 사실 나 고등학교 때 친구는 너 하나야.

왜? 어째서?

나중에 만나서 차 한잔 하자. 그동안 너 살아온 이야기도 들을 겸. 우리도 이제 천천히 천국으로 이사 갈 준비해야 할 나이야.

그녀는 뜻 모를 말을 하더니 일방적으로 문자를 끊었다. 그날은 반갑다고 껴안고 호들갑을 떨더니 다 쇼였다. 그나저나 서민정은 전 남편과 내세에까지 행복하자고 하더니 재혼에 성공한 모양이었다. 국전 심사위원 남편을 만나 화가로도 발돋움 하고. 그나저나 언제 재혼한 걸까.

어느 날 나는 성당 안에서 그리스도의 성화를 보았다. 십자가에서 인류의 죄를 대속하기 위해 고통과 수치와 모욕을 참는, 볼 때마다 무심코 지나치곤 했는데 그날은 느낌이 이상했다.

주께서 징계를 받음으로 우리가 평화를 누린다는 성경말씀이 떠올랐다. 아무 죄 없으신 그리스도께서 십자가에서 죽으시다니. 그러다 차츰 그 의미에 대해 알아갈수록 내 안에 진정한 평화가 임하는 것이었다. 진정한 평화는 자유와 함께 내세에 대한 소망으로 이어지고 있었다.

그리고 나는 오랜 세월 동안 찾아 헤매던 나의 정체성에 대해서도 깨달았다. 우리는 그리스도의 신부요 하나님의 자녀라.

본당 신부의 강론에 마음이 낮아지며 안정된 평화가 찾아왔다. 홍정란 말에 의하면 서민정은 화가로서 계속 주가를 올리고 있다고 했다. 그녀는 어느 날 내게 급전을 요구했다. 경제한파와 함께 운영하던 갤러리가 곧 부도날 위기에 몰렸다고 한다. 하긴 요즘 같은 세상에 투자 가치가 없는 그림을 누가 살까.

나는 그녀의 말이 채 끝나기도 전에 전화를 끊어버렸다. 창밖으로 눈발이 서서히 날리기 시작했다. 왜 하필이면 나한테 도움을 청한담.

기분이 나빴다. 그래서 그날 그렇게 반갑게 나를 맞이했던 걸까. 또다시 머리가 뒤죽박죽으로 어그러졌다. 오랜만에 찾은 평화가 그녀로 인해 산산조각이 나고 있었다.

나는 또다시 나의 정체성을 찾기 위해 십자가가 보이는 탑 앞으로 정신없이 달려갔다. 이튿날 인터넷에 홍정란이 이혼했다는 소식이 대문짝만하게 올라와 있었다.

세상은 알 수 없는 요지경 속이었다. (2023년 사상과문학)

두 번째 방문

어릴 적 만화책에 타임머신이란 비행 물체가 있었다.

과거로 돌아가 여행하며 겪는 각종 사건을 스토리로 엮은 것인데 여간 흥미진진한 게 아니었다. 10년 전엔가 별에서 온 그대나 옥탑방 왕세자도 그와 비슷하다. 과거와 현재를 아우르며 펼쳐지는 영상은 환상적이면서 기묘하게 맞아 떨어지는 우연의 일치에 탄성을 자아내게 했다.

현재와 과거의 차이는 단연코 신분(身分)이었다. 시대(時代)가 바뀌면서 신분의 차이도 달라졌기 때문이다. 어린 나는 타임머신이란 기계가 정말 존재하는 줄로 알고 날마다 상상의 날개를 타고 다녔었다. 만화 속에 나오는 타임머신은 비행기 형체를 지닌 것인데 하늘에 뜨기만 하면 시간이 광속으로 날아 과거의 현장에 가 머무는 것이었다.

그러다 위험이 닥치면 일정 장소로 피신하는데 거기에 타임머신 기계를 타고 다시 현재로 귀속하는 것이다. 어릴 때 어린이 신문에서 보았던 타임머신이란 만화는 나의 상상력을 극도로 발전시켰었다. 선풍적인 인기를 끌었던 별에서 온 그대나 옥탑방 왕세자도 그랬다.

수백 년 간의 세월을 하나로 압축시키면서 펼쳐지는 드라마인데 기묘하게 맞아 떨어지는 우연과 인연에 시청자는 가슴 졸이며 절규했었다.

누구나가 말한다. 과거로 돌아갈 수는 없다. 현재에 집착하라.

또 누군가는 말한다.

앞뒤 돌아볼 길 없이 앞만 바라보고 살아왔다. 그건 곧 과거나 미래를 생각할 겨를 없이 현재만 보았다는 이야기다. 그런 사람들이 말하는 멘트가 있다. 앞만 보고 달려왔는데 내게 남은 게 무엇인가. 미래가 안 보인다는 말도 한다. 굳이 따지자면 과거보다는 현재가 현재보다는 미래가 더 중요하다.

하지만 과거는 현재에 치명적인 영향력을 끼치고 현재를 조종하는 일등 공신이 되기도 한다. 그리고 누구나 할 것 없이 노년에 이르면 과거를 회상하고 한번쯤 돌아가고 싶다는 생각에 매달리는 것이다. 그래서 유튜브에는 추억이라는 동영상이 인기를 타는 모양이다.

얼마나 편리한 세상인가. 타임머신도 없이 간단하게 클릭 한번만으로 과거를 회상할 수 있다니. 내 나이 이순(耳順)에 이르다 보니 나도 수시로 과거로 시간 여행을 떠나며 회한에 젖는다. 나는 7080세대 베이비 붐 세대다. 그래서 수시로 70-90년대 동영상을 클릭한다. 내 젊은 날의 방황과 추억어린 날들을 되새기며 현재와 미래를 다지기 위해서다.

객지의 하늘은 드높았다.

블루 하늘이 척박한 읍내 거리와 시골 장터를 흰 뭉개구름과 함께 뒤덮고 있었다. 가끔씩 헬기도 날아다녔고 한산한 도로에 도내버스만 오갔다. 보편화 된 군 개혁의 일환으로 직격탄을 맞은 읍내는 폐업한 상가만이 즐비했다. 쓸쓸함과 황망함. 아릿한 슬픔이 가슴을 훑고 지나갔다.

내 젊은 날의 방황이 한꺼번에 가슴속을 치받고 살아났다. 과거는 늘 후회를 동반한다. 왜 그때 성실하게 살지 못했을까. 좀 더 지혜롭게 처신했더라면. 더 많은 시간을 절대자 앞에 내려놓고 심사숙고했더라면. 끝없는 자책이 녹음기처럼 재생되고 있었다.

시외버스터미널에서 내린 나는 지인(知人)와 함께 전통 시장 입구 쪽으로 걸어갔다. 높은 차양이 쳐진 시장은 몇 군데 빼놓고 대부분 폐업된 상태였다. 사람들의 발길이 모이지 않는 걸로 보아 죽은 시장 같았다, 오일장이 서면 달라지겠지만.

대부분 도시로 떠나고 얼마 안 남은 토착민들은 무슨 생각을 하며 이곳을 지키고 있는 걸까. 그들에게 고향의 의미는 과연 어떤 걸까. 군청 앞에 인공폭포가 보였다. 물줄기가 마른 걸로 보아 가동이 끊긴 지 오래된 것 같았다.

그래도 군내에 초중고가 남아 있는 걸 보면 아직까지는 상존하는 인구가 많은 모양이다. 고층 아파트도 몇 동 보였다. 이 퇴락한 군(郡)에 아파트라니 전혀 어울리지 않아 보였다. 두 번째 방문이라 그런지 지난번보다는 설렘이 확실히 덜했다. 혹시나 옛날의 지인(知人)을 만나지 않을까 하는 두려움도 덜했다.

"이곳이 정말 선생님 소설에서 읽었던 것처럼 삭막하긴 하네요, 시골 같은 분위기도 별로 없고 왠지 쓸쓸하고 그러네요. 옛날에도 그랬나요?"

지인은 심드렁한 표정으로 말했다.

그래도 읍내 거리를 한 바퀴 둘러보면 반드시 군복 입은 군인이 보였다. 다만 옛날의 녹색 군복이 개구리 군복으로 바뀌었을 뿐. 이젠 군 문화도 많이 개선되어 저녁 6시 이후면 외출도 가능하다니 옛날

같았으면 천지가 개벽할 노릇이었다.

거리는 이따금씩 교복을 입은 청소년들이 지나갔다. 물론 옛날에 비해 화려한 문양의 복장이었다. 그들은 책가방을 멘 채 삼삼오오 PC방이나 오락실로 향했다. 주변의 음식점을 둘러보던 지인과 나는 유명하다는 떡볶이 전문점으로 들어섰다.

보수(保守) 발언으로 엄청난 후환에 시달린다는 분식점이었다. 깨끗한 내부 구조에 생각보다 메뉴가 다양했다. 40대로 보이는 주인 여자는 친절하고 어딘가 세심한 듯 보였다. 처음 보는 손님에게 호기심 어린 눈빛을 보이며 우리가 나누는 대화에도 열심히 귀를 기울이는 눈치였다.

떡볶이의 종류도 다양했다. 국물 떡볶이, 잡채 떡볶이, 치즈 떡볶이, 어묵 떡볶이, 라볶이, 마요라는 새로운 메뉴도 등장했다. 즉석 컵밥인 셈인데 각종 부재료를 넣고 소스를 뿌려 완성한 간단한 먹거리였다. 라면의 종류도 다양했다. 라면에다 여러 가지 첨가물을 넣어 끓인 라면은 연령층과 관계없이 인기 메뉴였다.

우리는 치즈 떡볶이에다 잡채 떡볶이를 추가해 시켰는데 맛이 일품이었다. 서울에서 흔히 맛보던 고추장 특유의 텁텁함이 없고 대신 달짝지근하면서 깔끔한 맛이 있었다. 단무지 등 여러 가지를 추가해 시키는 데도 여주인은 친절하게 응대해 주었다.

"서울과 달리 정말 맛있다. 그치? 재료를 좋은 걸로 썼나봐."

우리는 어린아이처럼 웃으며 말했다.

"정말 맛있네요. 이런 맛 처음이에요, 또 오고 싶네요"

지인은 여주인을 향해 아부성 발언까지 했다.

"이곳이 6.25 전쟁 전까지는 북한 땅이었대요. 그런데 전쟁이 끝나고 나서 국군이 이 땅을 빼앗아서 우리 소유가 된 것이고 개성 쪽은 우리가 북한에게 뺏긴 거고요. 내가 이곳에 근무할 때만 해도 여기 분위기가 얼마나 살벌했는지 몰라요. 보안부대가 있어서 처음 보는 사람이 나타나면 무조건 주민들이 신고하기로 되어 있었고 가을이면 특수 훈련이 시작돼 대포 소리에 잠도 못 이룰 정도였어요. 얼굴에 검정 칠을 한 군인이 갑자기 볏단 속에서 나타나기도 하고."

나는 말하다 말고 한숨을 폭 쉬며 말했다

"참 세월도 빠르지 벌써 36년이나 지났네요."

주인 여자는 계속 내 이야기에 귀를 기울이며 내 얼굴을 자꾸 쳐다봤다. 표정이 심상치 않았다.

"저 주인 여자가 아까부터 우릴 자꾸만 쳐다봐요."

나 역시 눈치 채고 있었다. 그러나 아무리 기억을 떠올려 봐도 전혀 낯선 인상이었다.

"혹시 예전에 근무했을 때 알던 분 아니었을까 잘 생각해 보세요."

"그렇지 않아요. 아무리 세월이 흘렀어도 예전 모습이 남아 있을 텐데 전혀 낯선 얼굴이에요."

"옛날에는 여기를 두고 감자바위라는 말이 유행했었는데."

말이 처음부터 끝까지 옛날에는 식이다. 지금 나는 추억 여행을 하는 중이다. 대부분의 여행은 시간 여행이자 추억 여행인 셈이다. 유튜브를 열면 추억의 영상이란 코너가 있는데 시간 여행자 time traveler란 부제가 붙어 있다. 베이비 붐 세대들이 모여 진한 소주잔을 기울이며 월급쟁이의 애환을 나누는데 그렇게 애잔할 수가 없다.

희생의 대표격인 베이비 붐 세대는 눈물의 골짜기를 지나 경제 대국을 위한 견인차가 되었지만 이젠 퇴물처럼 되어버렸다. 봉제사에다 부모와 가족을 책임지고 뼈 빠지게 일했던 그들은 노년에 와 찬밥신 세가 되었다. 황혼 이혼이 늘어난 데다 병든 남편을 식충이라 하여 아내들이 멸시하기에 이른 것이다.

고령층의 여자들이 가장 부러워하는 건 죽은 남편의 연금을 꼬박꼬박 타먹으며 사는 과부라는 것이다. 참 야박한 세상이다. 돈이면 다라는 식이다. 따라서 60대 70대로 보이는 여자들이 떼로 몰려다니며 단체 관광에 나서는 것도 다 이와 무관한 것이 아니리라.

모든 게 유튜브로 통하는 세상이다. 굳이 여행길을 나서지 않아도 유튜브만 열면 30-40년 전으로 얼마든지 추억 여행을 떠날 수 있다.

가일층 발전된 세상은 세월마저 단축시켜 버린 느낌이다. 예전에는 몰랐었다. 내 부모 세대가 유행가 대신 흘러간 가요를 좋아하는 이유를. 내가 젊었을 때는 7080 노래가 유행이었다. 그 이전에는 남진, 나훈아, 송골매, 조용필, 이선희 같은 가수가 TV 화면을 다 차지하다시피 했었다.

그런데도 내 부모 세대는 굳이 김정구의 두만강 홍남부두를 좋아했다. 그 이유를 나는 이제야 깨닫는다. 송골매, 배철수가 진행하는 7080 콘서트를 보면서, 내가 대학 다닐 때 로망이었던 배철수는 환갑을 훨씬 지나 66세가 되었다고 한다. 그가 애인의 팔짱을 끼고 명동 육교를 걸어가던 때가 엊그제 같은데.

대학가를 휘몰아쳤던 대학 가요제와 해변가요제도 떠오른다. 그때 성공한 가수들은 현재도 스크린을 누비고 다닌다. 학교에서 노래깨나 한다던 친구들은 모두 대학 가요제에 나가고 싶어 환장했었다. 정태춘의 촛불을 부르며 눈을 지그시 감던 민자는 학교를 졸업하자마자 결혼해 가수의 꿈을 일찌감치 접었다.

남편이 결사반대했기 때문이다. 몇 년 후엔가 유행했던 이선희의 알고 싶어요를 부르며 눈물짓던 내 모습도 생각난다. 아! 그때 내게 눈물 나게 했던 그는 30년도 전에 하늘나라 시민이 되었다.

나는 지금 내 나이의 삼분의 이를 거슬러 여행하고 있다. 정확히 내 이십대 중반에 잠시 머물렀던 이곳에서 무언가를 확인하기 위해 해매고 있는 것이다. 이제 나이 육십 대에 들어섰으니 인생의 마무리를 위해 결자해지하고 싶은 심정이랄까. 내가 이곳을 그리워할 때마다 남편은 말했었다.

"나도 거기 한번쯤 가보면 안 될까?"

그때마다 나는 결사반대했었다.

"집에서 그냥 TV나 보셔, 배고프면 라면이나 끓여 드시던가."

"흥 무슨 비밀단지라도 숨겨 논 모양이지. 아니면 옛 애인이 아직도 그곳에 살고 있던가."

"그랬으면 더더욱 좋고."

사람이 가장 마음 편하게 즐길 수 있는 건 무엇일까. 흔한 맛집 순례나 여행 말고 또 다른 게 있다면 추억여행이 아닐까. 비둔해진 몸집으로 쇼핑을 즐기던 시절도 다 지나가버렸다. 유난히 약해진 관절이 순간마다 통증을 호소하기 때문이다. 그렇다고 여행을 멈출 수는 없는 일. 그 대신 나는 유튜브에 나오는 것처럼 시간여행을 떠나기로 결정했다.

나의 젊은 날의 흔적을 찾아 회상에 잠기면서 풀리지 않은 수수께끼 같은 감정의 실마리를 찾고 싶어서다. 그 이면에는 어떤 보상심리가 숨어 있는지 모르겠다. 나는 이른 아침부터 여행을 위해 서둘렀다. 여행은 언제나 설렘으로 시작된다. 집을 나서 골목길을 돌아서는데 이상하게 마음이 착잡했다.

후회와 가책, 연민과 끝도 없는 아픔이 마음속에서 일어났다. 전철 역사를 향해 걸어가던 나는 지인(知人)에게 카톡을 보내 약속을 취소했다. 그리고 행선지를 춘천으로 바꾸었다. 혼자 떠나는 여행길이다. 용산역에서 경춘선 ITX 열차로 바꿔 탔다.

지하와 지상으로 연결된 급행인데 느낌은 일반 열차나 별다르지 않다. 서울을 벗어난 열차는 녹색 산야를 지나 어느새 강가를 지나고 있다. 여행은 힐링 자체다. 세파와 분노에 찌든 가슴을 일시에 평안으로 환기시켜 준다. 전동차가 진행하면서 자연풍광은 낭만으로 치유 단계로 접어들었다.

30년 전만 해도 성북역 지금의 광운대역에서 출발하던 경춘선 열차가 지금은 상봉동에서 춘천까지 굴을 여러 개 뚫어 거리를 단축시키면서 바깥 풍경 재미는 덜해졌다. 깜깜한 굴속을 여러번 지나가기 때문이다. 청평 가평 강촌을 지나면서 대학시절 때 과 친구들과 MT 온 기억이 떠오른다.

아! 그때 내게 가난은 숨길 수 없는 뇌관과 같았다. 비굴함과 수치심으로 난 늘 현실을 떠나고 싶어 했다. 이과(理科)가 전공인 나는 애초부터 적성이 맞지 않아 전과(轉科)를 생각하고 있었다. 과 친구들이 공주 신분이라면 난 시녀 같았다. 내 몸 구석구석에서 궁기(窮氣)가 흐르고 있었다.

힘들게 알바한 돈으로 큰 맘 먹고 비싼 옷을 사 입어도 여전히 궁기가 흘렀다. 아무리 숨기려 해도 몸과 마음이 가난에 치여 저절로 비굴해졌다. 그건 내게 항상 치명적인 약점으로 작용했다. 가난으로 인한 멸시와 수모 앞에 난 늘 멘붕 직전이었다. 늘 자신감이 없어 망설이고 그런가 하면 한편으론 분노가 폭발하기 일보 직전이었다.

대학 입학 후 처음 떠나보는 MT였다. 원색 계통의 등산복으로 차려입은 과 친구들은 하나같이 미모였다. 인정하고 싶지 않았지만 나 빼놓고 모두 빼어난 미모였다. 게다가 집안마저 유복해 유명 브랜드 옷 아니면 걸치지도 않아 패션 감각마저 있어 모델 같은 포스를 풍기고 있었다.

그날 우리는 강촌에서 산길을 따라 걷다가 유스호스텔에서 모 대학 공대생들과 합류할 예정이었다. 나는 모처럼 사 입은 등산복이 왠지 모르게 싼 티가 나는 것 같아 여간 주눅 드는 게 아니었다. 또 등산화가 발가락이 꼭 조이고 불편해 걸을 때마다 통증이 느껴졌다.

"공연히 와 가지고 생고생을 하네."

나는 속으로 투덜거리며 산 정상을 향해 올라갔다. 시원한 폭포가 산 계곡을 향해 몰아치고 있었다. 장관(壯觀)이었다. 태어나 처음 구경하는 자연경관에 나도 모르게 환호성이 터졌다.

"우와! 너무 멋있다. 내 생전 이런 멋진 광경은 처음 본다."

곁에 서 있던 과대표 민경이가 말했다.

"저렇게 좋아할 거면서 왜 그동안 MT는 안 따라 온 거니?

그러자 옆에 서 있던 경숙이가 말했다.

"쟤는 알바하기 바쁘잖아. 공부하러 대학 들어온 건지 알바하러 온 건지 헷갈릴 정도라니까."

내가 옆에서 듣고 있는데도 그녀는 아무렇지도 않게 말했다. 나 역시 남의 이야기 듣는 것처럼 그냥 넘겨버렸다. 나는 자존감도 낮았고 비굴했다. 그게 내가 살아남는 법이라고 내 집안에서 무언중 가르쳤다. 뼈에 사무친 가난은 조상대대로 이어졌던 모양이다.

내 집안에선 저녁 6시가 넘으면 아무리 어두워도 전깃불을 못 켜게 했고 산이나 바다로 여행을 떠나는 것은 꿈도 못 꿀 일이었다. 또 밖으로 나도는 걸 싫어했는데 그 이유는 다름 아닌 교통비 때문이었다.

"차비 없애고 돌아다니지 말고 집구석에 가만히 엎드려 있어라."

군것질이나 친구들과의 놀이도 마찬가지였다. 그저 끼니를 거르지 않고 누울 잠자리만 있으면 괜찮다고 입만 열면 이야기했다. 아무리 죽을 만큼 힘들어도 내색하면 안 됐다.

몸에 심각한 질병이 발생해도 병원에 가기보다는 돈 걱정에 화부터 냈다. 영양실조에 뼈가 휘고 빈혈이 발생해도 원인조차 알려 하지 않았다. 무관심과 방치 속에 어린 시절이 흘러갔고 나는 겨우 언니의 도움으로 대학에 진학했다.

언니 역시 하는 짓마다 궁상을 떨었다. 쓰러지기 일보 직전인데도 아픈 몸을 이끌고 직장에 출근했고 온갖 수모를 받으면서 돈벌이에 매달렸다. 자기를 위해서는 옷 한 가지 못 사 입으면서 동생들한테만큼은 아낌없이 돈을 쾌척했다. 언니의 학력은 중졸이었다.

중졸의 학력으로 다닐 수 있는 직장이라야 뻔하지 않은가. 직장을 다닌다기보다 잘리지 않기 위해 발버둥치는 것 같아 어린 내 눈에 비친 언니의 모습은 늘 풍전등화였다. 마음이 천 갈래 만 갈래로 찢어졌다. 그것보다 더 심각한 건 가족들은 언니를 창피하게 생각하는 것이었다. 학력이나 직장은 그렇다 쳐도 외모가 너무 못생겼다는 이유였다.

여자의 생명인 외모가 너무 추레했고 늘 비굴하고 자신감이 없어 주저주저 하는 모습이 남들에게 천대받기 꼭 알맞았다.

또 지능지수는 얼마나 낮은지 눈치코치도 없고 말실수도 자주해 구박을 자처하고 다녔다. 그러한 언니에게 유일한 자랑거리이자 기쁨은 바로 나였다. 내 밑으로 남동생 여동생이 둘 있었는데 일찌감치 공부에는 뜻이 없어 고졸로 마치고 말았다.

그것도 간신히 졸업이나 하는 정도였다. 그러나 굼벵이도 구르는 재주는 있다고 각기 적성을 찾아 밥벌이는 잘하고 다녔다. 나는 그러한 집안 속사정을 과 친구 누구한테도 말하지 않았다. 말해 봤자 그들은 절대 이해 못할 것이다. 그들의 관심사는 오직 졸업 이후에 있었다. 취업을 하느냐 결혼을 하느냐.

나는 순간적으로 전공을 잘못 선택하는 바람에 대학 4년 내내 엄청난 고생을 했다. 화학 물리는 애초부터 내 적성과 맞지 않았다. 그럼에도 전과(轉科)를 하거나 재수를 할 형편도 되지 않아 버티는 수밖에 없었다. 겨우겨우 학점을 취득해 간신히 졸업했다.

국가고시 시험도 그야말로 천신만고 끝에 합격했고 지방 공무원으로 발령받아 간신히 취업에 성공했다. 그것도 임시직이었다. 나중에 정규직으로 변환되었지만 공무원이라는 자존심 하나만으로 충분히 견딜 수 있었다. 지방 그것도 벽촌에서 근무하는데 대졸 출신은 나 포함해 4명이었다.

나만 보건직이고 나머지 세 명은 행정직이었다. 인생 고비고비 어려움이 있었지만 나는 저력 하나로 버틸 수 있었다. 한때 유행했던 헝그리 정신이었다. 객지에서의 직장생활은 순간마다 파도타기 하는 것 같았다. 나는 말주변도 없고 임기응변은 더더욱 할 줄 몰라 이미 직원들의 눈 밖에 나 있었다.

좁은 군(郡) 소재지는 발 없는 소문이 늘 천리마처럼 날아다녔다. 날마다 서울이 그리웠다. 사방을 둘러봐도 논밭과 군복만 보이는 풍경도 지칠 만큼 싫었다. 하지만 그때나 지금이나 공무원만큼 안정된 직장은 없었다. 비록 박봉이었지만 두 달에 한 번씩 나오는 600퍼센트 상여금도 빼놓을 수 없는 매력이었다. 이제나 저제나 떠나기만을 학수고대하던 어느 날 남편이 나타났다.

그는 내가 대학 2학년 때 대학 미팅에서 만난 파트너였다. 그렇다고 흔히 말하는 CC는 아니었다. 내가 다닌 대학은 여대였기 때문이다. 그는 대학을 졸업하고 군 복무까지 마친 상태에서 취업을 준비하고 있었다. 당시는 지금처럼 취업이 어려운 시대가 아니었다.

정규 자격증만 있으면 공무원이든 기업이든 취업은 보장된 거나 마찬가지였다. 그는 공무원보다 급여가 세 배가 많은 기업체에 취직했다. 나와 달리 친화력이 좋아서 입사하자마자 날개를 달고 승진을 거듭했다. 그리고 나를 볼 때마다 그 형편없는 공무원 당장 때려치라고 성화가 대단했다.

36년 전 일반 공무원 초봉이 11만원이라면 일반 기업체 직원은 30만원이었다. 또 당시는 맞벌이가 흔치 않아 여직원은 결혼과 동시에 퇴사가 기본이었다. 나도 그 흔한 절차를 따라 그 척박한 객지를 떠나왔다. 결혼 전 남편이 내가 근무하는 군청에 와서 내 직속 상사에게 인사하겠다고 여러 번 졸랐지만 나는 완강히 거절했다.

결혼하기 두 달 전 이미 퇴직서를 제출했고 결혼식에도 친한 직원 몇 명만 참석하는 걸로 끝냈다. 그리고 그것으로 객지와의 인연은 끝난 걸로 알았다. 문제는 내가 소설가로 등단하면서부터다. 내 소설 속에 주로 등장하는 인물들이 객지에서 만났던 마을 사람들이 많았다.

지명은 이니셜로 표현했고 작중 인물도 프로필을 변경했지만 캐릭터는 전혀 고치지 않았다. 특히 내가 상처받은 부분에 대해서는 팩트에다 허구까지 덧붙여 한풀이를 했다. 각인된 상처는 세월이 흘러도 전혀 마모되지 않고 재생산 되었다. 일상사에서도 마찬가지였다.

가난에 대한 치명적인 아픔도 마찬가지였다. 지나친 절약으로 비웃음과 수모를 자처했다. 난 어쩌면 긴 세월 동안 끈질기게 어두운 기억을 붙잡고 살아왔는지 모른다. 보이지 않는 DNA에 의해 무수한 명령과 조종을 받으며 집착의 끈을 이어 왔는지 모른다.

소설을 쓰면서 나는 작중 인물과 함께 끊임없이 과거로 여행을 떠났다. 처음에는 10년 전으로 시작했던 문구가 20년으로 늘어나더니 나중에는 30년 36년까지 늘어갔다. 그러던 어느 날 나는 드디어 타임머신을 타고 옛적 내가 기거했던 곳으로 여행을 떠났다.

무언가 내 가슴 속에 두려움이 남아 있었던 걸까. 동서울 터미널에서 지인(知人)과 함께 ○○로 떠나는데 그야말로 감개무량이었다. 미리 준비했던 모자와 선글라스는 가방 속에 숨겨둔 채 꺼내 쓰지 않았다. 차창 밖을 보는데 오히려 거추장스러웠다. 2월이었다. 서울 날씨는 비교적 포근했지만 막상 ○○에 내렸을 때 추위는 온몸을 감싸듯 다가왔다.

마치 35년 전처럼. 버스터미널 주변은 예상대로 전혀 낯선 군(郡) 소재지였다. 상가는 오밀조밀하게 이어졌지만 이미 폐업한 곳이 더 많았다. 오래 전에 새로운 도로가 뚫리면서 상가의 폐업은 이미 기정된 사실이었다. 35년 전 소양호를 둘러서 가던 도로가 산에 굴을 뚫어 2시간이나 단축시키면서 새로운 세상이 열린 것이다.

소양강에서 쾌속선으로 출발하던 수상 교통편도 이미 사라지고 없었다. 선착장이 폐쇄된 지 이미 오래 됐다. 따라서 상권(商圈)이 거의 전멸 상태였다. 모래 흙먼지 날리던 도로는 아스팔트로 변했고 읍 내 거리도 고층 아파트가 들어선 데다 편의점과 모텔이 들어서 세월 의 흐름을 실감하게 했다.

아직도 아날로그식인 시외버스터미널을 나오니 곧바로 상가가 나 타났다. 원두커피 전문점과 폐업한 모텔과 음식점들이 굳게 다문 자 물쇠와 함께 눈길을 끌었다. 상가 맨 끝에 군인백화점이란 상호가 보 였다. 요즘 군대 식당은 예전과 달리 신세대 사병들의 기호를 위해 영양사가 특별식으로 제공되기 때문에 굳이 일반 음식점을 이용할 필 요가 없다고 한다.

부대로 들어갈 때도 일반버스가 아닌 군용 버스를 이용해 군인들의 모습도 이따금씩 보였다. 그래서인지 도내 버스는 일반버스라기보다 마을버스 수준으로 변해 있었다. 승객 역시 엄청나게 줄어든 탓이리 라. 예상대로 관공서도 산뜻한 신축건물로 변해 있었고 주변에 있는 학교도 마찬가지였다.

5일마다 장이 서던 시장도 시멘트로 도배를 했는데 문을 연 곳은 몇 안 되고 대부분 텅 비어 있었다. 전통 시장으로 들어가는 도로 입 구에 인공폭포가 보였다. 겨울이라 가동을 안 해서 그런지 더 을씨년 스럽고 삭막했다. 내가 자주 출장을 나가던 면(面)으로 가기 위해 버 스 정류장으로 향할 때였다.

누군가 내 앞으로 다가서는 발걸음이 있었다. 발그림자가 큰걸로 보아 남자 같았다. 가슴 속에서 쾅! 소리가 났다. 그림자는 약간 비 틀거리고 있었고 불길한 예감이 먼저 가슴을 덮쳐 왔다. 자세히 보니 신발은 군화(軍靴)였다. 반짝반짝 윤이 나 있었다.

군화가 내 앞으로 한걸음 더 다가서더니 말했다.

"저 윤석호 중위 어머님 아니신가요?"

"네에?"

순간, 어둠이 걷히고 마음속에 적요(寂寥)가 찾아왔다. 그렇다면?

"아! 김성순 중위?"

이곳에서 김성순을 만나다니, 우연 치고는 참 기묘하단 생각이 들었다. 그는 얼마 전 미국으로 유학을 떠난 아들 석호의 대학 친구였다. 어깨에 중위 계급장은 사라지고 대위 계급장이 보였다. 둘 다 학사장교로 복무했는데 아들은 전역을 했고 김성호는 그냥 군대에 말뚝을 박은 것 같다.

아무래도 취업난을 뚫을 자신이 없었던 모양이다.

"아직 제대 안 한 모양이구나."

나는 알면서도 일부러 애둘러 말했다.

"네, 저는 그냥 직업군인으로 남기로 했습니다."

"경쟁률이 엄청 났을 텐데 성공했구나."

"그보다도 제 고향이 바로 이곳입니다."

"그래?"

전혀 뜻밖이었다. 그래서 이곳에 일부러 남기 위해서 전역을 포기한 것인가.

"석호가 미국으로 유학 갔다는 소식은 들었습니다. 그런데 전공이……."

"석호가 말 안 하던가?"

"네."

"신학 공부하러 간 거야. 그 애 할아버지의 유언이었거든."

"외할아버지요?"

"아니 친할아버지."

"저는 불교 집안이라."

김성순은 잠시 망설이는 듯한 태도를 취하다가 결심한 듯 물었다.

"그런데 어머님께서 유명한 작가분이라고 맞습니까?"

그때였다. 옆에서 말없이 지켜보던 지인(知人)이 말했다.

"네, 선생님께선 유명한 작가분이세요. 전 선생님 추천으로 등단했고요."

"그런데 여긴 무슨 일로다."

갑자기 가슴이 아려왔다. 그만 하라는 표시로 팔을 세게 잡고 흔들었다.

"아! 그건 말이죠. 선생님께서 예전에 이곳에 근무하시던 직장이……."

순간 나는 그녀의 옆구리를 꼬집었다. 그런데도 그녀는 눈치도 없이 계속 말을 이어갔다.

"그러니까 선생님께서 젊었을 때 이곳 근처에서 근무하셨단 말이죠."

나는 더 세게 그녀의 옆구리를 꼬집었다.

"쓸데없는 소릴 왜 자꾸 하는 거야?"

속에서 알 수 없는 분노가 치밀어 올랐다.

"그래, 그럼 군 복무 잘하고 어른들도 잘 모시고 좋은 일 있기를 바래, 우리 석호 나오면 그때 또 봄세."

"네 어머님, 그럼 안녕히 가시고 다음에 또 뵙겠습니다."

김성순은 자세를 가다듬더니 큰소리로 외쳤다.

"충성!"

거수경례를 붙이더니 군청이 보이는 쪽으로 빠르게 사라졌다.

"어느 집 아들인지 차암 잘 생겼다."

지인은 너스레를 떨며 말했다.

"그런데 선생님 아까 왜 자꾸 저를 꼬집었어요?"

"쓸데없는 소릴 자꾸 하니까 그렇지."

"그게 왜 쓸데없는 소리에요? 이곳에서 근무하실 때 무슨 안 좋은 일이라도 있었나요?"

그녀는 얄밉게도 계속 호기심 어린 표정으로 물었다.

오랫동안 가슴 속 깊이 응어리져 있던 사건이 화산처럼 떠올랐다. 35년 전 이곳에서 근무할 때 유난히 내게 시비를 걸고넘어지던 상사가 있었다. 춘천에서 대학을 나왔다는 그는 별명이 집게벌레였다. 그는 유난히도 타인의 단점이나 약점을 재빨리 파악해 이간질과 갑질하는 데 선수였다.

그는 다른 곳으로 전출도 가지 않고 계속 머물렀는데 ○○가 고향 토박이라는 이유에서였다. 그는 입만 열면 말했다. 자기가 사는 동네에서 유일한 대학 출신은 오직 자신뿐이었다고. 그래서인지 그의 부모는 절대 고향을 떠나지 말고 뿌리를 박으라고 단단히 다짐을 했다고 한다.

겉으로는 순박해 보여도 그는 모사꾼이었다. 동료들 중 제일 먼저 승진을 했고 툭하면 부하직원 눈물 빼기에 바빴다. 그런데 하필이면 그 대상이 바로 나였다. 그가 걸핏하면 내뱉던 말이 떠오른다.

"아니 얼마나 능력이 없으면 여기까지 왔대? 서울에 들어갈만 한 직장이 그렇게도 없었던가? 대학 다닐 때 학점이 영 형편없었던 모양이네."

그러자 옆에 있던 또 다른 직원이 말했다.

"그것도 정규직이 아닌 임시직 아닙니까?"

비굴한 나는 대꾸하지 않았다. 말 한마디에 억장이 무너져 내리고 마음이 천 갈래 만 갈래 찢어져도 말할 수 없었다. 공연히 말실수했다가 밉보여 불이익 당할까 두려웠다. 당장이라도 사직서 내고 서울로 가고 싶었지만 그럴 수 없었다. 만일 그랬다간 가족들로부터 엄청난 비난에 직면하게 될 테니까.

말끝마다 돈! 돈! 하면서 자식들한테 온갖 한풀이를 하던 내 부모가 생각났기 때문이다. 가족들은 내 안위나 아픔보다 돈 문제가 더 시급했다. 돈을 이 세상에서 가장 무서워하고 또 사랑했다. 돈에 대한 원한이 깊은 만큼 돈을 더 의지했다.

언니가 직장 다니면서 온갖 수모와 멸시를 당해도 가족들은 오히려 가해자를 편들었다. 세상은 원래 다 그렇다는 것이다. 자신들의 무능력을 모조리 자식들 탓으로 돌려보내고 분풀이하기에 바빴다. 한마디로 내 집안은 난파선이었다. 깨질 대로 깨진 마음이 모여 상처받은 원한만 가득했다.

대물림된 상처는 서로를 향해 네 탓만 하고 있었다. 더구나 나는 가족 중 유일하게 대졸 출신이었다. 언니의 피땀 어린 희생으로 따낸 대학 졸업장을 두고 가족들은 만날 때마다 내게 대가(代價)를 요구했다. 그런 집안을 떠나는 것이 유일한 소원이었는데 그러니까 객지는 내게 일종의 피난처인 셈이었다.

가족들의 악다구니 속에서 피할 수 있는 안식처, 그런데 그게 바로 독(毒)이 되어 돌아오고 있었다.

근무한 지 1년 만에 나는 정규직으로 전환 되었다. 호봉이 약간 오른 것 말고는 달라진 건 아무것도 없었다. 시간이 흘러도 직원들은 내게 호의적이지 않았다. 내 몸에서 흐르는 궁기(窮氣)가 내 비굴한 태도가 그런 결과를 불러왔는지 모른다. 다만 나는 생존이 급급했는 지 모른다.

직장생활에 염증이 날수록 내 안에 악감정은 높아만 갔다. 분노 조 절이 안 되자 어느 날인가부터 술을 입에 달고 살았다. 비굴한 자신 의 모습을 직면하자 멘붕 직전까지 간 적도 있었다. 그 이면에는 가 난에 대한 뼈아픈 기억과 돈에 대한 강한 집착이 있었다.

돈에 대한 비굴함, 그건 당해 보지 않으면 모른다. 돈 때문에 당하 는 수모와 멸시를 받아들여야 하는 치명적인 슬픔을. 돈 때문에 방치 되고 온몸에 궁기가 흐르는 치욕을 당해야 하는, 저주스런 아픔을. 단돈 몇 푼 아끼겠다고 온 시장 바닥을 다 휩쓸고 다니다 끝내 울음 을 터뜨리고 마는.

이런 치명적인 가난의식에서 나를 구해준 건 남편이었다. 그는 나 와 달리 돈에 집착하지 않았고 대범하고 침착했다. 남자들이 흔히 하 는 인물타령도 하지 않았고 무엇보다 가치관이 달랐다. 현재보다 미 래를 더 중시하는 게 그의 사고방식이었다. 눈앞의 단순한 이익 때문 에 미래를 그르칠 수 없다고 항상 입버릇처럼 말했다.

과거를 따지지 않고 사람을 편견 없이 대하는 바람에 판단착오와 손해가 있었지만 후회하지 않았다. 단돈 몇 푼에도 벌벌 떠는 내게 이젠 그만 과거와 이별하라는 말에 얼마나 눈물을 쏟았는지 모른다. 그렇게 돈에 인색한 내가 아낌없이 투자하는 곳이 있었는데 다름 아 닌 외아들 석호였다.

석호는 시댁의 4대 독자였다. 시아버지는 손주를 목사로 만드는 게 꿈이었다. 본인의 의사와 상관없이 결정해 밀어붙이려니 불상사가 잇따랐다. 떡 줄 사람은 생각도 않는데 미리 김칫국부터 마셔대니 얼마나 기가 막힐 노릇인가. 나도 아들도 결사 반대였다.

아들은 군대를 마치면 곧바로 기업에 취직해 안정된 삶을 살기를 원했다. 까다로운 교인들 비위 맞춰가며 억지로 거룩한 성직자 흉내 내며 사는 건 체질상 맞지도 않고 싫다고 했다. 나도 마찬가지였다. 왜 편한 길 두고 그 힘들다는 십자가의 길을 가라고 강요한단 말인가.

내 눈에 비친 목회자는 가난 아니면 위선, 명예 아니면, 추락이었다. 그런데 어느 날 석호가 말했다. 밤마다 꿈에서 십자가가 보이는데 마음이 이상하다는 것이었다. 그러더니 어느 날, 특공훈련을 마치고 나오더니 결심한 듯 말했다.

"아무래도 신학을 해야겠어, 할아버지가 기도를 엄청 세게 하신 모양이야."

시아버지는 기도 응답이라며 미국 유학을 권했고 아들은 순순히 따랐다.

"요즘은 목사도 스펙이 있어야 해, 외국 가서 박사학위 하나쯤은 가져야 교인들에게 무시를 안 당한단다."

너무 기가 막혔지만 아들은 의외로 순순히 따랐다. 결혼한 지 십년 만에 얻은 귀한 외아들이 유학길에 오르자 견딜 수 없이 허전했지만 신적 능력이 통했는지 얼마 안 가 안정이 되었다. 소설에 가속도가 붙으면서다. 내 소설의 단골메뉴는 가난이었고 그로 인한 상처와 결말은 해피엔딩이었다.

시아버지는 임종 직전까지도 말했다.

"우리 집안에 목사 하나는 나와야지, 내 이 꿈 하나 붙잡고 이제껏 버텨 왔다. 노인네 쓸데없는 욕심이라 생각하지 말고 우리 석호 반드시 목사 만들어라."

남편은 그 약속 이루어 드리겠다며 눈물을 펑펑 쏟았다.

세상에 인간관계만큼 힘든 건 없어 보였다. 보통 시골 인심이라고 하면 순박하고 후하다고 생각한다.

하지만 ○○은 토박이인 농민에다 전국에서 모여든 군인가족으로 이루어져 인심이 여간 사나운 게 아니었다. 장날 시장에 가면 팔도사투리가 어우러져 극 마당을 보는 것 같았다. 농심(農心)은 천심(天心)? 그것도 아니었다. 직원들의 면면을 보면 대도시의 살벌함과 결코 뒤지지 않았다.

분노가 가슴 속에 켜켜로 쌓여 가던 어느 날, 직원 회식이 있던 날이었다. 드디어 분노가 폭발하고 말았다. 내게 적대적으로 대하던 상사가 술에 취하더니 내게 음담패설과 함께 급기야 성희롱을 하기에 이른 것이다.

"너 처녀냐?"

직원들끼리 술잔이 오가더니 묘한 눈초리가 내게로 향했다.

"너 아다라시 맞냐구? 저런 것도 기집이라고 데려갈 사내놈이 있을까?"

그는 껄껄 웃더니 내게 술잔을 내밀었다. 녀석은 이미 술독이 올라 제정신이 아니었다. 눈빛에 살모사 뱀이 수천 마리가 보였다. 나보다 겨우 여섯 살밖에 안 많은 놈이 나하고 무슨 억하심정이 있다고 저러는가 순간 의문이 들었다. 그러다 문득 내 안에 비굴함이 보였다.

그래 바로 그거였어. 저 인간에게 책잡힌 원인이. 비굴. 바로 너였어. 어릴 때부터 가난에 찌들고 사랑받지 못하고 살아온 내 이력이 상대에게 고스란히 노출되었던 것이다. 은연중에. 설움이 가슴 밑바닥에서 폭포수처럼 일어났다.

"내 살다가 저런 호구는 처음 본다니까. 넌 입도 없냐? 자존심도 없냐구?"

그러자 옆에 앉은 동료가 그의 허벅지를 꼬집으며 그만하라고 만류했다.

"허참 그만하시죠. 농담도 지나치면 악담이 됩니다."

그리고 내게 어서 자리에서 일어나 나가라고 손짓을 했다. 그런데 이상하게 몸이 바닥에 붙었는지 꼼짝할 수 없었다.

"얼굴이 못났으면 몸매라도 화끈하게 좋던가, 어디서 허리는 도라무통에다 다리는 이건 완전 조선무 다리야."

그러자 옆에 있던 또 다른 남자 직원이 말했다.

"꼭 데리고 자 본 사람처럼 말하네."

그 순간 나는 머리꼭지가 도는 것 같았다. 그리고 내 입에서 생각지도 않는 욕설이 끝도 없이 타져 나왔다.

"야! 이 망할 자식아, 난 너보다 니 여편네가 더 한심하다. 어디 남자가 없어서 너 같은 놈을 서방이라고 데리고 사냐? 너 같은 놈은 당장 저 휴전선 넘어 아오지 탄광으로 보내야 돼. 넌 개쓰레기야, 아니 너 같은 놈은 쓰레기 하치장도 아까워."

나는 옆에 앉아 있는 직원의 술잔을 빼앗아 그 막돼먹은 상사의 머리에 쏟아 부었다. 순간 그의 억센 손아귀가 내 머리칼을 움켜쥐었고 한참 드잡이가 있었던 것 같다. 여러 손길이 그와 나 사이를 오가며 많은 말소리가 들렸던 것 같다. 다음 순간 난 정신을 잃었고 깨어났을 때는 내 자취방에 누워 있었다.

난 그를 징계 위원회에 회부하려고 했다. 아니 상부 기관에 그를 고발 조치하려고 준비하고 있었다. 이왕 엎질러진 물이었고 이판사판 이었다. 그러자 여적 사태를 관망하고 있던 직원들이 갑자기 천사 행 세를 하면서 극구 말리는 것이었다.

"왜 그래, 미현씨답지 않게."

"나다운 게 뭔데요?"

그때 내 안에서 음성이 들렸다.

'너 소심증 환자잖아. 너 비굴하잖아, 여적 쭉 그렇게 살아오지 않 았니?'

스스로를 향한 비웃음에 심장이 조각나는 것 같았다.

"그래 내 이까짓 직장 때려치우면 되지, 여기 아니면 갈 데가 없을 것 같아? 이런 촌구석에서 겨우 지방 공무원이나 하는 주제에 사람을 뭘로 보고. 겨우 지방대학 나온 주제에."

마지막 문장에 나는 힘을 더했다. 망할 자식 겨우 지방 대학 나온 놈이 나한테 학점 운운해? 생각 같아선 영화의 한 장면처럼 깨진 술 병이나 흉기를 사용해 녀석의 숨통을 끊어버리고 싶었다. 그렇게라도 그동안 쌓인 분풀이를 할 수만 있다면 원이 없을 것 같았다.

하지만 가슴이 떨려 아무 말도 어떤 행동도 할 수 없었다. 가난에 찌든 내 모습과 집안 식구들이 떠올라 후회가 물밀 듯이 몰려왔다. 얼마나 비굴하던지 차라리 땅속으로 숨어 들어가고 싶은 심정이었다. 도대체 지금 내가 무슨 짓을 한 건가? 후회해 봤자 이미 때는 늦었 다.

직원들은 내게 타지에 전출 신청을 하는 방법도 있으니 사표는 재고(再考)해 보라고 만류했지만 한번 내뱉은 말을 다시 거둘 수는 없었다. 내게도 마지막 남은 자존심이란 게 있었다. 사직서는 일주일 만에 수리되었다. 마지막 수순을 밟고 그곳을 떠나던 날, 이상한 소식을 들었다.

죽어도 고향을 떠나지 않고 말뚝박이가 되겠다던 그가 타지방으로 전출 신청을 했다는 것이다. 내게는 단 한마디 사과도 없었다. 난 그가 왜 내게 그렇게 혹독하고 야비하게 굴었는지 지금도 잘 모른다. 하지만 짐작 가는 바는 있다. 내 안의 궁기(窮氣) 비굴함. 혹은 그와 비슷한 거.

그로부터 나는 영원히 객지와 이별했다. 다신 이 끔찍한 곳을 찾지 않겠다고 마음속으로 수십 번 다짐했다. 그리고 악감정이 들 때마다 소설로 우려먹으면서 끊임없이 원수 갚기를 시도했다. 내게 상처 준 상사를 소설로 끌어들여 난도질하고 파멸로 끝맺음을 했다.

언젠가 우연히 만난 옛 직원으로부터 들은 이야기다. 그 상사가 다른 곳으로 전출돼 가서도 내게 했던 똑같은 짓거리를 여직원에게 했다가 징계위원회에 회부됐는데 혹독한 대가를 치렀다고 한다. 그는 엄청난 보상을 치르고 간신히 자리를 지킬 수 있었다.

여직원들은 그가 안 보일 때마다 인간 말종이라고 수군댔다. 35년 전 그 기억은 항상 내 뇌리에 뇌관처럼 숨어 있었다. 이젠 그만 분노를 풀어버릴 때도 됐건만 기억의 끈은 놓아지지 않았다. 그날 나는 지인과 함께 읍내 거리를 몇 번 배회하다 서울행 시외버스를 타고 귀경했다.

새로 뚫린 고속도로는 수없이 많은 터널을 연이어 보여주었다. 차창 밖으로 35년이란 세월이 한순간에 비켜 지나가고 있었다. 부끄러움과 알 수 없는 후회로 가슴이 저려 왔다. 다시는 이곳을 찾지 않으리라.

그런데 이상하기도 하지 일 년쯤 시간이 지나자 또다시 그곳이 궁금해지기 시작했다. 뭔가 해결 못한 미진함이 가슴 한편에서 계속 요동하고 있었다. 가을빛이 짙어가던 어느 날 난 드디어 두 번째 방문 길에 올랐다.

이번에는 나 혼자였다. 집을 나서는데 이상하게 마음이 착잡했다. 스스로에게 말하기를 소설구상을 위해서라고 했지만 두려움이 먼저 마음을 차지하는 건 어쩔 수 없었다. 시외버스에 올랐는데 앞자리에 앉은 20대로 보이는 여자애가 스마트폰을 보면서 웃고 있었다.

세상은 넓고 고양이는 귀엽지.

시외버스는 중간 경유지인 춘천을 거쳐 마지막 종착지가 ○○였다. 시외버스가 강변도로를 지나 산야를 여러번 지나더니 아파트촌이 나타났다. 춘천이었다. 객지에서 직장생활 할 때 공무원 연수교육을 위해 몇 번인가 방문했던 곳이다. 그때만 해도 춘천은 논밭으로 둘러싸여 있었는데 지금은 거대한 아파트 군락으로 변했다.

서울과 전철이 직통하면서 새로운 문화도시로 변신하고 있었다. 버스가 춘천 시외버스터미널에 이르자 나도 모르게 자리에서 일어났다. 밖으로 나오니 광장에서 비바람이 사납게 달려들었다. 어디선가 닭갈비 굽는 냄새가 코를 찌르며 다가왔다.

보이는 상호마다 춘천의 명물 막국수와 닭갈비라고 쓰여 있었다. 의암호를 가로지르는 거대한 교각이 안개 속에 희미하게 보였다. 격세지감이었다. 춘천도 근 30년 만이었다. 그야말로 만감이 교차했다. 30년도 넘는 세월이 눈 한번 깜빡이고 났더니 사라지고 말았다.

예전에 소양호에서 출발하던 쾌속선이 생각났다. 신설된 도로와 함께 승객수가 감소하면서 폐쇄되었다는 선착장도 생각났다. 선착장 주변에 흐드러지게 핀 개나리와 진달래, 만개한 벚꽃도 생각났다. 춘천에서 가장 번화하다는 명동 거리도 생각났다.

한꺼번에 기억이 출몰하면서 나는 잠시 황홀경에 빠졌다. 누군가 말했었다. 세월은 고마운 거라고. 용서와 망각을 한꺼번에 선물해 주는 세월은 신비 그 자체라고, 어불성설 같지만 그 말이 믿어졌다. 나는 주변에 있는 특산품 가게에 들러 그 유명하다는 시래기나물을 샀다.

그리고 다시 시외버스를 타고 ○○로 향했다. 도로를 지날 때마다 춘양로라는 이정표가 보였다. 엄청나게 긴 터널을 수없이 지났고 어느새 국토의 정중앙이라는 안내 팻말이 보였다. 가을걷이가 끝난 논바닥에 짚단이 쌓여 있었고 짙푸른 하늘에 흰 뭉게구름이 무리지어 피어 있었다.

이윽고 시외버스가 ○○에 닿았다. 지난번에 왔을 때처럼 관공서 건물과 인근 학교 아파트 단지가 보였다. 두 번째 방문이라 그런지 어색한 느낌은 덜한데 예감이 불길하고 좋지 않았다.

청명한 가을 날씨인데 자꾸만 땀이 났다. 폐쇄된 상가는 작년보다 더 많이 늘어난 것 같다. 이젠 일반 사병도 저녁 6시 이후면 외출이 가능하다고 하니 장사가 더 잘 될 법도 한데 상권 자체가 아예 죽어 있었다. 삭막하고 황량한 바람은 여전히 읍내를 날아다녔다.

이상했다. 35년 전이나 지금이나 ○○는 낭만이나 시골 정서는 없고 삭막한 건 여전했다. 늦은 점심을 먹기 위해 음식점을 찾는데 가까이 다가가 보면 상가임대라고 씌어 있었다. 하긴 어디 이곳뿐이랴.

서울에서 가장 상권이 발달했다는 서울 명동이나 강남도 마찬가지인 걸.

골목길 끝에 있는 피자집에 들어가 간신히 허기를 때웠다. 어찌나 짜고 시금털털하고 맛이 없는지 한번 간 사람은 다시 찾지 않을 것 같았다. 내친 김에 전통시장도 구경했다. 방앗간과 떡집 이불가게 옷 가게 말고는 대부분 폐업 상태였다. 얼마나 심각한지 이러다 군(郡) 자체가 소멸되는 건 아닌가 걱정될 정도였다.

예전에 있던 그 많은 술집과 여관, 음식점 다방 옷 수선점 다 어디로 가고 상권이 완전 죽어 있었다. 특단의 조치가 취해지지 않는 한 마지막 남은 상권마저 붕괴될 것은 불을 보듯 훤했다. 경찰서 옆으로 관공서 건물이 이어지고 군청과 교육청 면사무소 읍내에 단 한뿐인 종합병원도 보였다.

정신없이 걷던 나는 가방을 뒤져 선글라스를 꺼내 썼다. 옆을 지나던 중년 남자의 모습이 어딘지 낯익었다. 순간 가슴이 철렁 내려앉았고 두려움이 몰려왔다. 그리고 까맣게 잊고 있던 비굴함이 낮은 자존감이 소리 없이 목울대를 채웠다.

나의 밑바닥 감정을 채우고 있던 그 비열한 상흔들. 모순되고 억눌렸던 과거 감정의 찌꺼기들이 분노와 함께 살아나기 시작했다. 그때, 내 머리 위로 까치 떼가 날아갔다. 발길을 동네 어귀로 돌리는데 대추나무가 보였다. 탐스런 빨간 대추가 주렁주렁 열려 있었다.

손을 뻗어 대추를 입에 넣는 순간 어디선가 말소리가 들렸다. 전형적인 강원도 사투리였다.

"어디서 또 술을 드신 거래유? 자꾸 술 드시면 당뇨 수치가 높아져 더 이상 방법이 없다고 제가 몇 번이나 말씀 드렸슈. 지발 술 좀 작작 드시라구유."

"냅둬, 이러다 죽고 말것지."

"그런 말이 어딨어유, 술 끊고 며느리 손주도 보면서 보란 듯이 사
셔야쥬."

가만 이야기를 듣자하니 노인은 이미 술 중독 상태인 것 같았다.
그 결과로 당뇨가 왔는데 이미 손 쓸 상태도 지난 것 같았다. 그런데
도 효자 아들은 며느리 공대 받으며 손주 재미까지 보라고 위로의 말
을 전하고 있었다.

나는 속으로 비웃으며 말했다. 요즘 세상에 술 중독에 빠진 시아버
지 모실 며느리가 어디 있다고 지금이 무슨 조선시대인 줄 아냐? 일
찌감치 꿈 깨라 꿈 깨. 니가 효자인 건 인정하겠다만 남의 귀한 딸
고생시킬 생각일랑 아예 거둬라. 선글라스를 고쳐 쓰고는 막 골목길
을 빠져나오려는 순간이었다.

"저 좀 보세유, 혹시 혹시."

아무래도 나를 가리키는 것 같아 홱 돌아보았다. 순간 내 몸은 돌
처럼 빳빳하게 굳었다. 김성순이 손으로 나를 가리키며 서 있었다.
그러니까 조금 전의 그 효자 아들은 다름 아닌 김성순이었다. 그런데
그보다 더 놀라운 건 그가 아버지라고 부르던 노인장이었다.

내게 무한한 고통을 주던 그 악덕 상사가 초로의 노인이 되어 아니
알코올 중독자가 되어 내 앞에 서 있었다. 후줄근한 어깨에 온갖 죄
짐을 다 지고서. 마지막 심판을 기다리는 죄수처럼 늙고 초라하게 변
해 있었다. 그의 불안한 눈빛이 계속 나를 주시하면서 내 전신을 살
피고 있었다.

어찌 알았을까. 선글라스를 꼈고 35년이란 장구한 세월이 지났는

데. 나는 쏟아지는 두려움에 몸을 휙 돌리는데 순간 선글라스가 바닥에 떨어졌다. 손으로 집어 올리는 순간 김성순이 말했다.

"어머님, 저 석호 친구 성순이에요, 왜 모른 체하세요."

"그냥 그냥. 급한 일이 있어서 말이지."

나는 도둑질하다 들킨 사람처럼 빠르게 뛰어 도망쳤다. 뒤에서 김성순이 당황한 목소리가 들려왔다. 심장이 쿵쾅거리는 소리기 계속 들려왔다. 알 수 없는 미진한 감정이 내부에서 소용돌이치며 가슴을 압박했다. 어떻게 뛰어 시외버스터미널에 도착했는지 모른다.

제일 먼저 도착하는 시외버스에 무작정 올라탔다. 버스가 출발하고 ○○를 빠져나갈 때까지 심장 박동 소리는 멈추지 않았다. 버스가 어둠에 덮인 들판을 지나 계속 전진했다. 나는 스스로에게 물었다.

"무엇이 그렇게 무서워서 도망친 거니? 무슨 큰 죄라도 지었니?"

안에서 음성이 들렸다. 죄는 내가 왜? 난 아니거든. 그런데 왜 그렇게 무서워 도망친 건데? 내 안에 비굴함이 너무 부끄러웠어. 난 그 비굴함 때문에 얼마나 많이 넘어지고 실패했는지 몰라. 매번 자포자기하고 대인기피증까지 생기고. 그건 다 옛날이야기잖아.

그렇지 다 옛날이야기지. 그런데 아까 그 사람을 보는 순간 재연되는 걸 느꼈어. 난 지금도 그게 너무도 두려워.

그때였다. 내 안에 또 다른 음성이 들렸다. 이젠 과거와 이별할 때가 되지 않았나. 언젠가 남편이 들려준 말이었다. 그와 동시에 언젠가 들은 설교 제목도 생각났다.

'하나님은 넘어지는 자를 붙드시며 비굴한 자를 일으키시느니라.'

시외버스는 사행 길을 지나 서울로 진입하고 있었다. 습관적으로 스마트폰을 여는데 뉴스 화면이 떴다.

부산시장 오거돈이 성추행 건으로 끝내 하차하고 말았다는.

그리고 내 안에 이상한 안도감이 들었다. 그래도 난 성추행 당한 건 아니었으니까. 위로도 안심도 아닌 이상한 감정이 김성순 부자의 얼굴과 함께 묘하게 떠오르다 사라졌다. 세상이 좋아져 갑질의 행태가 도마에 오르고 힘없는 여자들에 대한 성추행이 고발당하는 시대가 되었다.

35년 전 같으면 상상도 못할 일이다. 세상은 악을 향해 치닫지만 그래서 온통 암흑처럼 보이지만 가는 불빛은 반드시 새어 나오기 마련이다. 용서와 복수는 항상 공존하듯이.

시외버스가 동서울터미널에 도착했을 때 아들 석호에게서 문자메시지가 와 있었다. 자기가 이번에 신학스쿨에서 첫 번째로 설교했는데 제목이 비굴한 자를 일으키는 하나님이라는 거였다.

참 희한한 우연도 다 있지. 나는 적이 안심이 되며 웃음이 나왔다.

순간, 진정한 자유가 나를 에워싸고 있었다.(2024년 창조문학)

해후

오르막길을 지나 우이동 계곡에 접어들었다.

발걸음을 옮길 때마다 녹색 향연과 물소리가 마음을 평온하게 한다. 얼마만의 산행인가. 산은 봄의 서곡을 알리듯 화려한 유채색으로 마음을 한껏 업그레이드하고 있다. 새하얀 벚꽃 무리와 샛노란 개나리, 진분홍 진달래가 동심으로 들뜨게 한다.

북한산은 대학 졸업하고 처음이다. 벌써 30년도 훨씬 넘는 세월이 발 앞을 스쳐 지나갔다. 자연은 힐링이다. 계절의 변화를 색채로 알려주는 산은 마음에 안식과 순수를 일깨우게 한다.

어릴 때 물가에서 다슬기도 잡고 물장구치며 놀던 추억이 떠오른다. 바로 어제 일 같은데 벌써 세월이 저만큼 달아나버렸다. 다람쥐 쳇바퀴 돌 듯 일상 속에 어느덧 노년이 성큼 다가와 있다. 언제 설치해 놓았을까. 입산금지란 팻말과 함께 물가나 산에 올라가지 못하도록 칸막이가 되어 있다.

그냥 눈으로만 귀로만 자연을 즐기라는 표시다. 그것만으로도 힐링이다. 서울 하늘 아래 이런 자연공간이 있다니 감격스럽기까지 하다.

"참 좋은 세상이에요, 우리나라처럼 살기 좋은 나라도 드물 거예요."

"그러게요, 100년 전에 태어났다면 이런 세상 구경할 수 있었을까요? 아마 장작불 때서 밥하고 농사일 하느라 정신 없었겠죠."

"그러게나 말이에요. 하지만 현대라고 해도 다르진 않죠, 저 중동 땅에 태어났어 봐요, 집 문밖에도 못 나가고 얼굴도 가린 채 살아가는 여자도 많다잖아요. 북한 땅에 안 태어난 것도 감사죠."

"맞아요, 자유로운 이 땅에 태어난 것도 신의 축복이에요."

오늘은 만나자마자 출신에 대한 이야기가 먼저 나온다. 미세먼지도 가시고 등반하기에 딱 좋은 날씨다. 둘레길 입구에 버스킹 공연이 이루어지고 있었다. 대부분이 중장년층으로 관객보다 출연진이 더 많아 보인다. 색소폰 소리가 산야와 행인들의 마음을 흔들어댔다.

드디어 연주가 끝나자 50대 후반으로 보이는 남자가 전자 기타를 들고 나와 노래를 했다. 그는 싱어송 라이터 같다.

선글라스에 청바지 차림으로 한껏 모양을 냈다. 한쪽 다리를 흔들며 노래하는 그는 무아지경에 빠진 표정이다. 그가 목청껏 부르는 노래는 당연히 7080 가요다. 길을 지나는 행인들도 다가와 노래를 경청했다. 노래 실력은 수준급이다. 파머 머리를 염색한 그는 관객들이 몰려들자 신이 난 모양이다.

온몸을 흔들며 이번에는 댄스곡을 열창한다. 관객들도 무대로 뛰어나가 합류한다. 모두 회한에 젖은 듯한 표정이다. 노래는 특히 유행가는 당 시대를 대변하는 아이콘과 같다. 동시대를 살아온 세대를 아우르는 동질감을 한꺼번에 표출한다.

관객들은 어깨를 들썩이며 노래를 따라 부르고 있다. 그러고 보면 노래만큼 공감대를 형성하는 강력한 매체는 없는 것 같다. 남자 가수는 앙코르를 두 번이나 받고 나서야 노래를 끝냈다. 다음에 무대에 오른 사람은 여자 가수였다.

관객석에 앉았다가 무대로 나간 여자는 중년 티가 확 나는 뚱뚱한 몸집이었지만 가창력 하나는 뛰어났다. 그녀가 부르는 노래는 일대를 쾅쾅 울리며 행인들을 관객으로 끌어 모았다. 가사와 곡조가 뭉클한 감동을 일으키며 가슴을 적셨다. 관객 중에 젊은 세대는 보이지 않았다.

관객도 출연진에 따라 결정되는 모양이었다. 세영과 혜민은 맨 앞자리에 앉아 음률에 젖어 들었다. 노랫말 가사에 젊은 시절을 회상하며 눈물이 나왔다. 그들은 군사정권 시절을 거쳐 격랑의 세월을 살아오면서 참으로 많은 아픔을 경험했다.

역사의 주요 장면을 목격하면서 이념 갈등을 겪었고 엄청난 상처도 직면했다. 현재와 같은 인터넷 유튜브 세상이 도래하리라곤 꿈도 꾸지 못했다. 아날로그 시대를 살면서 오로지 성실이란 단어에만 집중했었다. 막중한 책임의식 속에 역할에만 충실했었다.

디지털 시대로 접어들면서 쉰 세대 꼰대로 전락하면서 또한번 아픔을 겪었다. 부모와 자식 사이에 희생을 업으로 알고 살면서 죄라곤 범생이로 살아온 성실밖에 없었다. 오죽하면 낀 세대라고 했겠는가.

여자 가수의 노래가 끝나자 마지막으로 검은 베레모를 쓴 초로의 남자가 나와 색소폰을 연주했다. 그가 연주하는 곡은 30년 전 태풍처럼 몰아쳤던 인기 주말 드라마 모래시계의 주제곡이었다. 중후한 러시아 남자 가수가 불렀던 노래 백학이었다.

얼마 전 그에 관한 인터넷 기사를 읽은 기억이 났다.

인기드라마 '모래시계' 주제곡 '백학'을 부른 우크라이나 출신 러시아 원로 가수 이오시프 카브존(77)이 모국인 우크라이나 정부와 척을 지게 됐다.

러시아 여당인 '통합 러시아당' 의원으로 모스크바에 거주 중인 카브존이 26일(현지시간) 우크라이나 정부에서 받은 인민예술가 칭호를 반납한다고 밝혔다고 이타르타스 통신이 보도했다. 그는 "내게는 진정한 의미의 모국만이 있을 뿐이며 미국의 꼭두각시 포로센코(페트로 포로셴코 우크라이나 대통령)가 통치하는 모국은 필요 없다"고 설명했다.

카브존은 현재 친러 분리주의 반군이 장악한 우크라이나 동부 도네츠크주의 도시 차소프 야르 출신이다. 그가 친서방 성향인 현 우크라이나 정권을 비판하고 러시아의 우크라이나 사태 개입을 지지하면서 갈등이 번지는 모양새다.

카브존과 우크라이나 정부의 갈등의 발단은 지난 3월 러시아의 크림 병합이다. 당시 카브존은 블라디미르 푸틴 러시아 대통령을 지지하는 러시아 문화계 인사들의 서명운동에 참여해 친서방 우크라이나 정권에 밉보였다. 이후에도 러시아의 우크라이나 사태 개입을 지지하는 발언을 이어왔다.

앞서 우크라이나 드네프로페트롭스크시는 1995년 카브존에게 수여했던 명예시민 칭호를 지난 9월 박탈했다. 다른 2개 우크라이나 도시도 같은 조치를 취했다. 카브존은 이에 아랑곳 않고 분리주의 반군이 장악한 우크라이나 동부 도네츠크주와 루간스크주에서 공연하는가 하면, 현지 병원에 의약품을 전달하는 등 우크라이나 정부에 정면으로 맞섰다.

이에 우크라이나 당국은 러시아의 우크라이나 사태 개입 정책을 지지한 다른 13명의 러시아 문화계 인사와 함께 카브존을 입국금지 대상자 명단에 포함시켰다.

카브존은 SBS 인기드라마 '모래시계'의 타이틀 곡 '백학'으로 국내에 널리 알려졌다. (인터넷에서 발췌)

관객들은 모두 30년 전으로 돌아간 듯 눈을 감고 음악을 감상했다. 웅장하고 중후한 백학 연주는 마음을 고요하고 침잠하게 했다. 애잔하고 슬픔에 젖은 곡조는 지난 세월을 추억하며 하늘을 날아가는 학을 연상시켰다. 세월을 덧없음을 삶과 죽음의 의미를 되새기는 듯 숙연했다.

무대 정중앙에 영상 자막이 떠올랐다.

나는 가끔 병사들을 생각하지
피로 물든 들녘에서 돌아오지 않는 병사들이
잠시 고향 땅에 누워 보지도 못하고
학으로 변해버린 듯하여
그들은 옛날부터 지금까지 날아만 갔어
그리고 우리를 불렀지
왜, 우리는 자주 슬픔에 잠긴 채
하늘을 바라보며 말을 잃어야 하는가
날아가네, 날아가네 저 하늘의 지친 학의 무리들
날아가네 저무는 하루의 안개 속을
무리 지은 대오의 그 조그만 틈새
그 자리가 혹 내 자리는 아닐는지
그날이 오면 학들과 함께
나는 회청색의 어스름 속을 끝없이 날아가리
대지에 남겨둔 그대들의 이름자를

천상 아래 새처럼 목 놓아 부르면서

가사와 곡조에 눈물이 났다. 세상은 평온한 듯 보여도 누군가의 희생에 의해 움직여진다. 크게는 정치 위정자들과 나라를 지키는 군경들의 노고와 희생으로 안전과 평화가 유지된다. 그것을 너무나 당연하게 여기는 게 이상할 뿐이다. 이념갈등으로 안전불감증에 걸린 현상이다.

삼국지에는 군주의 욕심으로 치러진 전쟁으로 수십만의 군사의 피가 강을 이루었다는 기록이 나온다. 그에 대해 가슴 아파했다는 군주의 고백은 한 대목도 없다. 몽골의 징기스칸이나 스파르타 제국에서는 전쟁에서 진 장수들을 참혹하게 처형했다고 한다.

전쟁으로 인한 대량 살상으로 권력은 유지되는 듯했으나 얼마 안가 종말을 고하고 말았다. 군주에 대한 충성심을 명목으로 군인의 생명이 소홀히 취급된 건 아닌가 가슴 아픈 대목이 아닐 수 없다. 악인에게 맡겨진 권력은 재앙 그 자체이다. 혜민의 조부는 일제 강점기 때 대지주였다.

동경대를 나온 수재에다 엄청난 재력으로 축첩도 했다. 그 당시로선 당연지사로 여겼지만 자손들에겐 엄청난 불씨로 남았다. 일경에게 뇌물을 써 아들들은 징집 대상에서 제외됐다. 그들은 그 험악한 왜정 시대에도 치외법권 지대에 살고 있었다. 자손들은 번창해 아들만 스무 명이 넘었다.

운명도 그들을 거스르지 못하는 듯했다. 해방이 되자 혜민의 조부는 일본으로 도망쳤다. 자손들은 숨겨둔 재산을 증식해 호의호식 하며 살았다. 혜민의 아버지는 한때 권력의 측근으로 행세하다 어느 날

된서리를 맞았다. 정권이 바뀌면서 축출 대상이 된 것이다.

색소폰 연주가 끝나자 관객들은 삼삼오오 흩어졌다. 공연팀도 자리를 정리하면서 허무와 아쉬움도 사라졌다.

"참 편리한 세상이에요. 너무 편리해지다 못해 인공지능이란 괴물이 나타나서 제가 오히려 사람을 조종하고 왕 노릇 하려 든다니까요."

세영은 숲 향기가 느껴진다며 약간 흥분된 어조로 말했다.

"두고 보세요. 그 AI라는 놈이 결국은 사람들을 망가뜨리는 일등공신이 될 테니."

혜민은 확신에 찬 목소리로 말했다. 너무 오버한 건 아닌가 세영은 순간 의심이 들었다. 부정적인 시각으로 돌출된 오버센스로 너무 확 나가버린 것 같다. 시대는 컴퓨터라는 과학문명과 함께 세월을 훨씬 단축시켜 놓았다. 인터넷이라는 거대한 통신망을 구축하더니 인간관계의 단절현상마저 나타냈다.

그런가 하면 자동화 시스템으로 일자리를 대폭 축소시킴으로 비혼을 부추기는 계기를 만들었다. 인성(人性)마저 변화시켜 책임지지 않으려는 발상으로 출생인구마저 감소시켜 놓았다. 가치관이 변하면서 비혼 무자녀가 대세인 세상처럼 되어버렸다. 삶은 편리해진 반면 인심은 더 팍팍하고 각박해졌다.

나아가 챗 GPT라는 계기가 나타나 생각하는 기능마저 축소시키는 양상이다.

사상과 이념은 더 극단으로 치닫고 선과 의의 개념마저 퇴락시켜버렸다.

"우리 세대가 가장 불쌍한 낀세대라고 하잖아요. 산업화 시대로 접어들면서 가족을 위해 희생당한 베이비 붐 세대로 부모 노릇 자식 노

룻으로 한 평생을 보낸 세대잖아요. 남자는 가장 노릇하느라 허리가 휘고 여자는 동생들 공부시키느라 마중물 역할하다 시부모 봉양에 뼈가 휘도록 봉사하다 버림당하는, 어찌 보면 가장 억울한 세대인 것 같아요. 그래도 우리 부모 세대는 우리가 끝까지 책임지고 돌보잖아요, 하지만 우리는 그렇지 않으니 서글픈 세상이에요."

세영은 숲 향기가 온몸에 전해지는 것 같다면서도 말투는 격앙돼 있었다.

"그래도 혜민씨는 특별한 축복을 받은 거예요, 우리 나이에 대학 나오는 일은 흔치 않았고 더구나 유복한 집안에 많은 혜택을 받으며 살았잖아요. 부모 사랑받고 공주님 대접 받으면서요."

"그렇긴 하지만 뭐 다 그런 거 아닌가요? 우리 엄마는 자식들 중에서 유독 나만 귀중하게 여기고 사랑해 주셨지만 뭐 다 그렇죠. 자식 사랑 안하는 부모도 있나요?"

"그렇지 않아요, 혜민씨가 몰라서 그렇지 우리 세대만 해도 불우한 환경 속에서 역경 드라마처럼 산 사람도 많아요."

"그런가요? 난 엄마가 손에 물 한 방울 안 묻히게 하고 최상급으로 키워서인지 다른 집도 다 그런 줄 알았는데."

"그러니까 혜민씨는 항상 당당하고 마음의 여유가 있는 거예요."

"그럼 세영씨는 힘든 환경 속에서 살았다는 이야기가 되는 건가요?"

"암튼 혜민씨는 특별한 축복을 받은 거예요. 오랜만에 만났으니 북한산 구경하고 자연이나 만끽합시다."

세영과 혜민은 동갑내기지만 서로 존댓말을 사용한다. 20대에 직장 동료로 만나 친분을 쌓아온 지도 어느덧 30년이 넘었다. 둘 사이엔 예의와 보이지 않는 법칙이 있었다. 금기 사항도 있었다. 그 또한 예의였다. 자존심과 배려를 위한 마지노선이었다.

상대에 대한 존중감이 없다면 그건 언제든 깨질 수밖에 없다. 다만 시간문제일 뿐이다. 인간관계에 왕도는 없다. 자라온 환경이나 품성이 올바르다 해서 인간관계가 항상 좋은 건 아니다. 은혜를 원수로 갚는 예외는 항상 존재하는 법이니까.

세영과 혜민은 자라온 환경은 천양지차로 다르지만 상대를 인정하고 존중했다. 상처에 대한 공감대는 많지 않았지만 책임 따위를 거론하지 않았다. 그렇다고 심성이 약한 것도 아니었다. 마음은 항상 강골이었다. 겉으로 보기엔 그랬다. 그건 어찌 보면 삶에 대한 노하우였다.

세영의 조부는 일제 강점기 때 호남 곡창지대 대지주의 머슴이었다. 무학 출신에 건강한 체력으로 시대를 살아낸 산 증인이었다. 주인으로부터 땅을 증여받았지만 글을 몰라 사기꾼에게 몽땅 빼앗기고 말았다. 그로 인해 화병이 발발 끝내 눈을 감고 말았다.

그는 자손들에게 꼭 글을 가르칠 것을 당부했고 손주가 대학에 입학한 것을 일생의 보람으로 느끼며 기뻐했다. 평생 한 맺힌 조부의 아픔은 자손들에게 고스란히 대물림 됐다. 가난도 불안도 피해의식도 삶 속에서 재연(再演)되는 결과로 나타났다.

형통 대신 불통의 날이 더 많았고 그때마다 불평불만과 함께 팔자타령을 했다. 그렇다고 달라지는 건 하나도 없었다. 울분과 탄식만 늘어날 뿐이었다. 불가항력적인 힘을 끊는 건 없을까? 어느 날 서점에 들렀을 때 눈에 띄는 책자가 있었다.

가계에 흐르는 저주를 끊어라. 그와 함께 긍정적인 말과 사고를 강조하는 책자도 눈에 들어왔다. 하지만 백번 양보해도 부정적 사고는 쉽게 고쳐지지 않았다. 생각이 경험이 과거의 상처에 너무나 깊숙이 각인되어 있었기 때문이다.

그러다 어느 날은 말했다.

말조심해라. 말이 씨 된다.

세영에겐 불투명한 미래도 경험이라는 지식으로 잘 헤쳐나갈 것 같은 이상한 자신감이 있었다. 그건 바로 신적능력인 영적 힘이었다. 세상에 안전지대가 없는 것처럼 중간지대도 없다. 그건 영적 세계도 마찬가지다. 영적 힘은 내적으로 약화돼 있을 때 더 강한 힘을 발휘한다.

세영과 달리 혜민에겐 미래에 대한 포석(布石)이 항상 준비돼 있는 것처럼 보였다. 현재에 충실하며 항상 안전지대에 머물러 있는 듯 보였다. 건강 또한 열심히 챙기면서 빈틈없는 노후를 준비했다. 불가측(不可測)한 미래도 손안에 있는 것처럼 항상 당당했다. 한마디로 멘탈갑이었다.

그런데 어느 날 그녀가 청천벽력 같은 말을 했다.

"사실 나는 어릴 때부터 연예인이 되는 게 꿈이었어요. 그것도 싱어가 되고 싶었어요."

"네에 혜민씨가요?"

세영은 놀란 나머지 입을 벌리고 말았다. 금시초문이었다. 그녀가 가수라니?

"사실 부모님이 엄격한 편이었어요. 가수라는 말을 꺼냈다가 얼마나 혼이 났는지 몰라요. 대학을 갈 때도 전공을 정할 때도 나는 부모님이 시키는 대로 했어요. 결혼도요."

처음 듣는 이야기에 세영은 가슴이 팔딱거렸다. 그녀는 단 한 번도 자신의 힘들었던 이야기는 한 적이 없었다. 항상 완벽 스타일을 유지하는 것처럼 보였기 때문이다.

"한동안은 시골 벽촌에 가서 숨어 살고 싶었던 적도 있었어요, 남편이 너무 꼴보기 싫어서요."

이 또한 처음 듣는 이야기였다. 언젠가 그녀는 남편이 말실수조차 않는 완벽 스타일이라 했다. 부부가 똑같았다. 남편은 고위 공직자로 행동거지에 있어 말실수조차 용납하지 않았다. 출세가도를 달릴수록 아내를 닦달했고 본성을 드러내기 시작했다.

그는 처음부터 처갓집 재산에 눈독을 들이고 있었다. 그 사실을 혜민은 30년 세월을 살고 나서 알았다. 처음으로 자신의 어리석음을 한탄한 그녀는 마음이 무너지는 것 같다고 말했다.

"언젠가부터 난 나 자신에게 진실해야 한다고 믿었어요. 하지만 평생 철가면을 쓰고 살다 보니 그게 너무 힘든 거예요. 난 체면을 목숨보다 더 중요하게 여기거든요. 어릴 때부터 그렇게 살았어요."

"자신에게 진실한 게 중요하죠. 말은 쉬운 것 같아도 그렇지 않아요, 나도 정직하게 살아왔다고 자부하면서도 안으로는 곪고 썩으면서 나 자신을 포장하며 살아왔더라고요."

"이젠 나 자신한테 좀 더 솔직해지고 싶어요, 어젠 남편하고 대판 싸웠어요. 말로는 성인군자인 것처럼 하면서 위선과 독선이 가득한."

"그래도 능력 있는 남편 만나 한평생 남부럽지 않게 살아왔잖아요, 아들딸도 모두 수재로 키우면서."

"그게 다 내조 잘한 아내 덕 아니겠어요."

그녀는 스스로 자화자찬했다. 그렇다면 남편 공은 없다는 말인가.

 겉으로 강골 이미지인 혜민과 달리 세영은 어릴 때부터 범불안증 환자였다. 늘 마음이 불안하고 초조했다. 침착하지 못해 자주 흥분하고 성급하게 말하고 행동한 뒤 오랫동안 후회와 자책에 시달렸다. 시도 때도 없이 불안증에 시달리다 공황장애로 이어진 적도 있었다.

 원인은 다양했다. 무의식중에 깔린 트라우마와 상처에 대한 두려움이었다. 불안하면 말이 많아지게 되고 쉽게 짜증과 분노에 노출된다. 의학적인 판단으로는 뇌신경 전달 물질인 세로토닌의 연관성을 꼽았다. 그러나 가장 큰 원인은 자신감의 결여였다.

 그녀는 도무지 자신을 믿지 못했다. 그 이유로 자신의 낮은 두뇌와 인지능력의 결여로 해석했다. 스스로를 믿지 못하다 보니 늘 불안에 떨었고 자포자기하기 일쑤였다. 조금만 긴장해도 지나치게 땀을 많이 흘리며 흉통을 호소했다.

 그 증상을 의사는 chest pain으로 기록했다. 원인 불명의 흉통이었다.

 자신을 믿지 못하다 보니 늘 주변 사람의 의견을 묻거나 도움을 요청하곤 했다. 안면은 늘 홍조를 띠며 불안과 두려움을 나타냈다. 후회와 가책은 일상이었다. 두려움 속에 하루종일 방안에 틀어박혀 지낸 적도 많았다. 가정은 극빈했고 가족은 모두 그녀를 외면했고 방관했다.

 불안과 무기력에다 추가로 우울감과 절망감이 몰려왔다. 오랜 세월 동안 상태를 지켜본 가족은 그녀에게 어떤 기대도 하지 않았다. 불쌍하다 생각하면서도 상태가 악화되면 또다시 진처리치고 외면했다. 집중하기가 하늘의 별따기만큼 힘들어지면서 조현병 증세마저 나타났다.

너무도 산만해 도무지 정신을 차릴 수가 없었다. 누군가 전문가를 찾아가 치료를 받아보라고 했다. 신앙을 권유하거나 음악치료나 미술치료를 권한 사람도 있었다. 그러나 하나도 귀에 들어오지 않았다. 집안 친척 중에 목회를 하는 여전도사가 있었다. 그녀가 다가와 말했다.

"세영아 위로 받고 싶지? 누군가가 우리 세영이 마음을 알아주면 좋겠지?"

바로 그거야, 그녀를 고개를 끄덕였다.

여전도사는 가족들에게 말했다. 세영에게 가장 필요한 건 관심과 사랑이라고. 그러자 가족들이 기다렸다는 듯이 말했다. 옆에서 재 상태를 지켜보고 나서 말해라. 복장 터져 죽는다. 여전도사는 결심한 듯 세영을 데리고 기도원 순례를 했다.

어떤 자신감이 있었는지 모른다. 그러다 어느 날 자신의 목회 일정을 핑계 대더니 슬그머니 물러서고 말았다. 가족들은 또 말했다. 내 그럴 줄 알았다. 그동안 여러 가지 방법이 제시됐다. 상담치료와 인지행동 치료도 받았고 운동요법도 실시했다.

혼자 있는 걸 좋아하고 움직이기를 죽기보다 더 싫어하는 성격이었지만 운동은 확실하게 효과가 있었다. 경쾌한 음악에 맞춰 몸을 흔들다 보면 어느 사이엔가 웃음이 나오고 마음에 힘이 솟았다. 열심히 하다 보니 자신감도 생겼다. 상담기법보다 운동 요법이 낫다는 결론이 내려졌다.

오랫동안 방치됐던 무능감도 개선되었고 취업하라는 조언을 받아들여 난생 처음으로 직장에 출근했다. 자신감을 키우기 위해 가장 낮은 직종부터 시작했다. 그곳은 백화점에 납품할 종이봉투나 박스를 만드는 곳이었다. 발달장애를 겪는 청소년들이 열심히 작업하고 있었다.

그들은 보통 사람들보다 집중력이 뛰어났다. 한눈 안 팔고 열심히 봉투를 붙이고 박스를 접었다. 일하면서도 연신 웃었고 식사 시간이면 불편한 몸놀림으로 맛있게 먹었다. 퇴근 시간이면 가족들이 데리러 와 함께 퇴근했다. 한편으론 부럽기도 했고 눈물겹기도 했다.

한 달이 지나 월급이 통장으로 이체되었다. 세영은 그 돈을 몽땅 어머니에게 갖다 바쳤다. 어떤 시위하는 마음에서였다. 가족들로부터 냉대 받고 투명인간처럼 취급받았던 상처에 대한 보수(報讎) 심리였다.

어머니는 애써 눈물을 참는 눈치였다. 다음부터는 네가 번 돈 너를 위해 써라, 엄마는 돈 많다. 세영은 일이 끝나면 헬스장으로 달려가 열심히 운동했고 검정고시로 교과 과정도 마쳤다. 점차 어둠의 그늘에서 벗어나는 중이었다. 하지만 그녀는 사람을 대할 때마다 경계심을 늦추지 않았고 항상 긴장했다.

한편으론 장애인 선교회에 나가 봉사활동 하면서 신앙적 저력을 키우기도 했다. 기도와 영성훈련으로 내적 치유에 힘쓰며 긍정적인 사고에도 눈을 떴다. 특히 말의 힘에 대해서도 배웠는데 그건 곧 기도의 능력과도 직결됐다. 직장도 단순노동에서 복합적인 일을 하는 곳으로 옮겼다.

실수도 잦았지만 죽을힘을 다해 버텼다. 그러는 사이 겉으로는 일상적인 생활을 잘 이어가는 듯 보였다. 하지만 마음 저변에는 불안과 슬픔 분노가 항상 웅크리고 앉아 있었다. 마치 시한폭탄처럼 불발 일보 직전까지 간 적도 있었다. 겨우겨우 숨을 쉬고 연명하는 것 같았다.

　정신적 경제적 자립을 위해 가장 힘든 게 인간관계였다. 인간관계의 기본 원리가 상부상조라 했다. 그러나 개성이 다른 사람들을 상대로 포괄적으로 적용하다 보면 정반대의 결과로 나타나는 것이 비일비재했다. 인간관계에는 어떤 기법도 없었고 돌발 상황이나 예외가 항상 등장했다. 인간 본성이 악하고 교만하기 때문이었다.

　사람들은 누구나 자기중심적으로 생각하고 행동했다. 배려하는 척하면서 상대를 멸시했고 남의 처지를 깔봤다. 세영이 자신감이 없어 주저주저할 때면 닦달하고 채근하며 독려가 이어졌고 그럴 때면 세영은 침잠하며 멘붕에 빠지는 것 같았다. 인간관계만큼 힘들고 괴로운 건 없었다.

　그럼에도 세월은 쏜살같이 흘러갔고 안정된 기조가 찾아왔다. 세영과 혜민은 20대 중반 때 장애인 봉사단체에서 만났다. 세영은 생계를 위해 직원으로 근무한 반면 혜민은 후원자를 끌어모으며 단체를 유지해 나가는 중추 역할을 했다. 좋은 환경 속에서 자란 혜민은 멘탈이 강했다.

　한없이 너그럽진 않았지만 말이나 행동에 절제할 줄 아는 지혜가 있었다. 대학에서 상담학을 공부한 그녀는 세영의 아픔을 공감해 주는 척했다. 일종의 스킬이었다. 봉사하는 마음으로 배려하고 친절하게 대했을 뿐인데도 세영은 감동하고 위로를 받았다. 위로를 느끼는 것은 치유의 첫 단계다.

　혜민의 도움으로 세영은 대학에 진학했다. 전공은 상담학이었다. 산만했던 정신이 집중력이 생기면서 소망도 넘쳐났다. 세상에 태어나 처음 겪는 일이었다. 전공을 정할 때도 혜민은 많은 도움을 주었다.

인간관계의 신뢰성에 대해 얼마나 중요한지 깨닫는 순간이었다. 대학 4년 내내 장애인 센터에서 프리랜서로 근무하며 학업을 마쳤다. 몇 번이나 결혼할 기회가 있었지만 자신이 없어 포기했다. 사랑하고 사랑받을 자신이 도무지 생기지 않아서였다.

마음 근저에 자리 잡은 자신감의 결여가 중요한 순간마다 고개를 내밀었다. 신앙으로도 잘 극복이 되지 않아 애를 먹었다. 세월 따라 직업도 여러번 바뀌었고 노력한 만큼 성과도 있었다. 가끔 혜민과 세영은 여행을 떠나기도 했다. 가정을 가진 혜민을 위해 당일치기 여행이었지만 기뻤다.

둘은 서로에게 상담자 역할을 했다. 공감을 못하더라도 이해는 해주었다. 하지만 깊은 속내는 드러내지 않았다. 서로에게 부담을 주지 않기 위해서였다. 어린 시절 풍파를 많이 겪었던 세영은 마음이 안정 기조에 있다가도 돌발상황이 발생하면 순식간에 불안기조로 바뀌었다.

그건 때에 따라 뇌관 노릇을 했고 상황과 맞물리면서 전혀 딴 사람처럼 행동했다. 상처가 과거로 회귀하면서 마구잡이처럼 행동하기도 했다. 잠재의식이란 언제 어느 순간에 튀어나올지 모르는 괴물 같은 것이었다. 아무리 이성(理性)을 앞세워도 감정을 추스르기 힘들었다.

그때마다 세영은 절대자에게 다가가 눈물로 호소하며 기도했다. 초월적인 신적능력으로만 해결이 가능할 것 같았다. 세월은 연륜을 딛고서 조금씩 이성이 감정을 추스르면서 평안과 불안이 빗금 치듯 지나갔다. 상황도 처지도 변하면서 차츰 안정 기조를 유지해 갔다.

어느 날 세영에게 기적 같은 일이 벌어졌다. 그건 전혀 생각지도 않은 뜻밖의 일이었는데 경기도 근방의 상담교사로 발령받은 것이다.

별다른 준비도 없이 느닷없이 벌어진 일이었는데 세영에게 있어서 아주 획기적인 일이었다.

단 2년밖에 머물지 않았지만 그건 세영의 인생에 엄청난 변화의 바람을 일으켰다. 살다 보니 내게도 이런 일이 있구나 싶었다. 온 산야가 유채색으로 물드는 봄꽃이 만개한 봄날이었다. 그녀가 시외버스를 타고 떠나는데 음악이 들려왔다. 러시아 가수 이오시프 카브존이 부른 백학이었다.

애잔한 슬픔이 배어 있는 노래를 듣자니 어린 시절의 아픔이 생각나서 고개를 묻고 울었다. 아직도 마음의 상처와 슬픔이 남아 있는데 어떻게 어린 학생들을 상담할 수 있을까 내심 걱정되었다. 온갖 부정적인 감정이 몰려왔지만 때는 이미 늦었다. 닥치면 부닥치리라. 그녀는 마음속으로 다짐했다.

세영의 청소년 시절은 상처와 분노로 찌들어 있었다. 집안은 폭력과 비명이 난무했고 원망과 탄식으로 난장판이었다. 그때부터 세영의 정신구조에 불안구조가 깔렸던 것 같다. 할아버지 때부터 이어졌던 잘못된 천민의식과 낮은 자존감은 학대를 통해 전수되었다.

할아버지의 뿌리 깊은 피해의식은 정상적인 대화가 불가능할 만큼 고착화되었고 사고(思考) 자체가 비뚤어져 있었다. 한순간 동정과 연민이 들다가도 얼마 안 가 원상태로 복귀했다. 한번 울분이 발동하면 사사건건 트집 잡고 사방에서 불씨가 터져 나왔다.

언제 어느 때 불씨가 터져 나올지 몰라 긴장하다 보니 아무 일도 할 수 없었다. 정신이 산만해져 도무지 집중이 되지 않았다. 불안에 길들여지다 보니 툭하면 짜증이 나고 허둥지둥 당황하기 일쑤였다. 또 항상 마음이 조급하고 부정적인 악감정만 몰려왔다.

어머니는 툭하면 팔자타령을 늘어놓았다. 가족을 향해 저주하는 말도 서슴지 않고 내뱉었다. 내가 왜 이렇게 불안하지? 왜 갑자기 짜증이 나지? 왜 이리도 힘들고 슬플까? 생각해 보니 잘못된 유전인자 때문이 아닐까 싶었다. 모든 원인이 그곳에 귀결돼 있었다.

극심한 정서불안에 시달리던 어느 날 한 줄기 빛이 찾아왔다. 친구의 권유로 우연히 동네 개척교회에 발길을 내딛던 날이었다. 망연자실 앉아 있던 세영의 귓가에 음성이 들려왔다. 하나님은 넘어지는 자를 붙드시며 비굴한 자를 일으키신다.

상한 갈대도 꺾지 아니하시고 꺼져가는 심지도 끄지 아니하신다. 어두운 마음속에 불이 환하게 켜지는 순간이었다. 눈물이 왈칵 쏟아졌다. 어린 마음에 천군만마를 얻은 기분이었다. 친구가 말했다. 우리의 피란처는 절대 권능 주 한 분뿐이란다. 바로 우리를 지으신 창조주.

그때 한 사람이 나타났다.

"세영아, 내년에는 대학 들어가야지?"

그는 세영보다 한 학년 위인 민형기였다. 아버지가 장로인 그는 성품이 온유하고 겸손하여 누구나 공인하는 목회자감이었다. 하지만 본인은 장차 법조인이 되어 어려운 사람들을 돕고자 하는 원대한 꿈을 품고 있었다. 물론 공부도 전교에서 수위를 다툴 만큼 잘했다.

"그런데 왜요?"

"인생에 있어 대학은 특히 전공은 중요한 거란다. 하나님이 주신 공평한 기회는 자주 찾아오지 않는 거란다. 열심히 노력해서 꼭 합격하길 바란다."

마음속에서 울컥 눈물이 나려는 걸 억지로 참았다.

"전공은 정했니?"

"아직."

"세영이가 가장 잘하는 게 뭐지?"

그녀는 고개를 저었다.

"그럼 가장 하고 싶은 거, 마음에 소원 같은 거?"

"있긴 하지만 자신이 없어요."

"그럼 기도해 봐, 기도하면 하나님이 힘주시고 인도해 주실 거야."

있긴 있어요, 저처럼 힘들고 아픈 사람들을 도와주고 싶어요. 하지만 속으로만 말하고 발설하지 못했다. 자신감도 없고 부끄러웠다. 말하는 순간 비웃음이 나올 것 같았다. 이성으로부터 처음 받아보는 관심이었다. 뜨거운 감정이 솟구쳤다. 슬픔과 연모의 정이 가슴 속 깊이 내려앉는 순간이었다.

입시를 앞둔 어느 날 민형기의 집안에 대환란이 몰아닥쳤다. 그의 아버지가 운영하는 회사가 부도를 맞아 공중분해된 것이다. 평생 형통의 삶을 살았던 그의 집안에 파멸이라는 쓰나미가 덮친 것이었다. 그의 어머니는 충격에 자리에 몸져 누웠고 집안은 풍비박산 났다.

입시를 앞둔 그는 진로를 바꾸었다. 일반대학에서 사관학교로 진로를 변경했다. 학비 무료. 기숙사 생활비 무료가 그가 택한 조건이었다. 그후 그의 모습은 교회에서 보기 힘들었고 장교로 임관됐다는 소식과 함께 그의 결혼소식도 들려왔다.

그리고 몇 년 후 그는 항공사고로 순직했다. 구체적인 사고 경위는 밝혀지지 않았다. 군 기밀사항이라 했다. 천지가 무너지는 듯한 충격 속에 정신이 몽롱해졌다. 멘붕이 온 것이다. 때마침 TV에서 주말드라마 모래시계가 방영될 때였다. 드라마 중간 중간 백학 노래가 나왔다.

슬픔으로 가슴이 저미듯 아파 왔다. 온통 세상이 멈춘 것 같았다. 어리석은 그리움에 혼재된 부끄러움이 또다시 멍 때린 듯 세월이 흘러갔다.

어느 날 세영은 혜민에게 말했다. 둘이서 동해 바닷가 모래사장을 걷고 있을 때였다.

"여행만큼 값진 체험은 없는 것 같아요, 가장 만족도가 높아요. 눈 호강 마음 호강은 여행이 으뜸이죠, 여행이란 한번 떠나면 다시 못 올 이 세상의 아름다움을 만끽하라고 조물주가 주신 축복이래요, 또 여행이란 미지의 그리움을 향해 달려가는 코스 같아요, 행복도 만족도 일위에요."

"또 한 가지 추가되는 게 있다면 평강이에요, 부활하신 예수님은 제자들에게 나타나 맨 처음 하신 말씀이 평강하뇨였어요. 십자가에서 몸소 사랑을 실천해 주심으로 평강도 보내 주셨죠, 바로 성령님을 통해서요."

혜민은 여느 때보다 진지한 표정으로 말했다. 그때 세영은 알았다. 여행도 마음의 불안 기조를 잠재우는 일환이라는 것을.

주거지인 서울을 떠나 지방 소도시 학교에 근무하자 딴 세상이 펼쳐진 것 같았다. 매일 대하는 대상이 어린 학생들이라 조심스럽기도 하고 나름 재미도 있었다. 상담하러 오는 아이들은 가족관계에서 오는 상처가 많았다.

모친 가출로 인한 상처와 친부의 학대도 많았고 어린 나이에 동생을 돌봐야 하는 이중고도 겪고 있었다. 청소년 시기인 만큼 성적인 문제도 많았다. 좋아하는 남학생이 있는데 자꾸만 동침을 원한다는 기막힌 고민도 있었다. 더 기가 막힌 건 임신과 중절수술에 관해 묻는 질문도 많았다.

아이들은 기상천외한 질문도 서슴지 않고 했다. 놀란 나머지 입이 떡 벌어져 할 말을 잊는 순간도 있었다. 주로 성경험에 대한 질문이 었는데 대놓고 묻는 아이들도 있었다. 남친을 몇 번이나 사귀었느냐 언제 첫 경험을 했느냐 언제가 가장 좋았느냐 듣다 보면 속에서 분노가 치솟았다.

반면에 성추행 당한 일을 고백하면서 엉엉 우는 아이도 있었다. 주로 친족 간에 일어나는 성추행이나 성폭력 사건이었다. 경찰과 긴밀히 연계해 추진해야 할 만큼 중대한 사안도 있었다. 심각한 자살충동에 시달리는 아이를 전문적인 상담자에게 연계해 케어한 적이 있었다.

병원 임상치료도 병행했는데 위급한 상황에 한해서였다. 아이는 이미 여러 번 자살시도를 했던 만큼 요주의 인물이었다. 공부도 잘하고 친구들과의 관계도 좋았다. 원인은 가정에 있었다. 친모가 자살로 죽고 새엄마가 들어왔는데 가정불화가 끊이지 않았다.

부부 사이가 나쁠수록 화살이 아이에게 집중되었다. 전문적인 상담사는 아이에게 치료와 병행하여 기도와 성경공부도 하게 했다. 그 아이가 바로 희영이었다.

아이는 교회 생활에 열심을 내더니 새엄마를 교회로 인도했다. 사실 새엄마도 어린 시절 엄청난 상처가 있었다. 그녀는 가슴을 찢어내는 회개를 통해 상처를 치유 받았다.

희영이는 점차 안정기조를 이루더니 전교 수석으로 졸업했다. 알코올 중독자인 아버지도 직장에 복귀해 가정 평화가 이루어졌다. 기적이란 바로 그런 경우를 두고 하는 말이라고 사람들은 입을 모아 말했다. 가끔 마약이나 중독에 관해 상담해 오는 아이도 있었다. 세태가 변한만큼 사안도 다양했다.

인명경시 사상도 팽배해 있었다. 상담이 해결보다는 치유가 목적이었기에 보람된 일들도 많았다. 때 묻지 않은 동심이라 조금만 상처를 보듬어 주고 관심 가져 주면 아이들은 회복이 빨랐다. 진로를 놓고 고민하는 아이들에게서 희망이 보이는 경우도 많았다.

세상에 정의와 선을 실천하겠다는 천사들도 많았다. 상처로 힘들어하는 친구들을 돕겠다며 어느 전공과목을 택해야 할지 모르겠다며 상담하는 경우도 있었다. 하지만 바탕이 악한 아이도 있었다. 집안으로부터 따돌림 당하고 상처로 굴곡진 사고를 지닌 아이들은 어떤 위로나 상담기법도 통하지 않았다.

가끔씩 이웃 학교 학생들끼리 패싸움이 발생해 경찰이 출동하는 일도 발생했다. 요즘은 중학교 2학년생들이 가장 무섭다는 말이 있다. 그만큼 물불 안 가리고 악에 담대하기 때문이다. 인터넷이나 영화 게임에서 본 온갖 끔찍한 악의 행태를 동년배에게 그대로 행함으로 악의 본보기가 된 것이다.

요즘 청소년들은 너무 많은 사회악에 노출돼 있다. 악과 선에 대한 개념마저 불분명한 세상에 살다 보니 오직 이기심과 개인적인 취향에만 몰두해 있다. 쾌락과 중독현상은 이미 보편화된 상식이다. 사상과 이념의 혼란은 매번 인터넷을 달구고 있다.

도덕 교육과 인성교육이 시급한 실정임에도 이를 강조하는 기사는 찾아보기 힘들다. 청소년들의 폭력과 욕설은 어떤 교육도 통하지 않을 만큼 백약이 무효라는 보고도 있다. 교권이 추락한 건 이미 고전에 속한 이야기다. 수많은 교사들이 이직을 생각하고 있고 학생들의 폭력에 충격을 받아 입원한 기사도 종종 나오고 있다.

왕따 폭력사태가 가장 심각한 곳이 초등학교다. 뿐이랴, 어린 생명을 다루는 어린이집 유치원마저 폭력에 취약한 가운데 있다. 그보다 더 심각한 건 가정폭력이다. 가정폭력에 시달리는 아이들은 학교에서도 동일한 사태에 노출되기 쉽고 심지어 결혼 이후에까지 이어지는 경우도 흔하다.

통계에 의하면 어릴 때 가정폭력에 시달린 여자들은 결혼 후에도 가정폭력에 시달리는 경우가 70퍼센트에 달한다. 혹시나 사랑받을까 싶어 결혼했다가 똑같이 폭력사태에 시달리는 것이다. 또 그 화는 어린 자녀에게까지 이어져 상처가 대를 이어 반복된다.

어린 날의 상처는 평생을 따라다니며 트라우마가 된다. 그 연결의 고리를 끊기 위한 조치가 필요하다. 사랑과 관심이다. 교육과 상담기조도 필요하지만 영적 힘도 능력을 발휘한다.

세영에게도 영적 기류가 형성되면서 생각 속에 많은 변화가 일어났다. 그래 어차피 한번 살다가는 인생, 상처와 싸우다 피투성이가 되느니 마음 편하게 살자. 세영은 아이들과 상담하며 충분한 공감대를 이루었다. 그래 나도 너희들과 똑같은 상처를 겪었어, 그래서 네 마음을 충분히 이해해.

정말요? 아이들은 울다가도 재차 확인하며 물었다. 상처라는 공감대가 아이들에게 힐링이 되었던 모양이다.

아이들은 밝게 웃으며 앞날에 대한 희망을 이야기했다. 그리고 자기처럼 상처받은 영혼들을 도우며 살겠다고 했다. 그 말에 세영은 아이를 붙잡고 한참 동안 울었다. 진심은 반드시 통한다. 세영이 터득한 상담 기법이었다.

그녀는 어린 학생들을 상대로 2년 동안 근무하면서 엄청난 보람과 희열을 경험했다.

그곳을 떠나올 때는 어떤 자신감으로 충만해 있었다. 아이들은 성인이 된 후에도 세영에게 계속 연락을 취하며 서로를 위로했다. 아이들은 각자의 재능대로 진로를 선택했고 세상에서 보이지 않는 의의 군사가 되었다.

그들은 올바른 인성을 위해 스스로 노력했고 반복되는 상처와의 싸움에서 승리했다. 상처와 배반이 잇따르는 인간관계 속에서도 꿋꿋이 잘 버텨냈다. 언젠가 본 책 제목이 생각난다.

미움 받을 각오.

당당히 두려움과 맞서 싸우고 내적 저력을 강화했다. 감정에 휘둘리지 않고 냉정하게 이성적으로 대처하는 방법도 터득했다. 힘들었던 지난날은 어떤 어려움을 만나도 견딜 수 있는 힘을 공급해 주었다. 온실 속에서 자란 화초보다 잡초 같은 인생이 오히려 멘탈에 있어 강한 법이었다.

중년에 들어선 세영은 혜민과 함께 여행도 자주 떠났다. 여행은 희열과 힐링을 선사해 주었고 낭만심리로 들뜨게 했다. 낭만심리는 자체로도 행복이었다. 인생에 있어 낭만이 빠진다면 그건 너무나 허무한 일이었다. 그리움 또한 마찬가지였다. 과거에서 벗어날수록 마음은 새로워졌고 평안해졌다.

'그런즉 누구든지 그리스도 안에 있으면 새로운 피조물이라 이전 것은 지나갔으니 새것이 되었도다.'

그녀는 항상 마음속으로 다짐했다.

어차피 한번 살다 가는 인생, 이왕이면 기쁘고 감사하는 마음으로 살다 가자. 이 또한 자유로운 이 땅에 태어난 축복의 결과가 아니던 가. 감사의 조건을 찾자면 한이 없을 것 같았다. 현재의 축복에 감사하며 하늘의 상급을 쌓으며 살아가자.

"이왕 한번 살다 가는 인생, 후회함이 없이 즐거운 미음으로 살다 갑시다."

세영의 말에 혜민은 고개를 끄덕이며 응수했다.

"그래요, 앞으로 세영씨 앞날에 좋은 일만 생길 거예요."

"그동안 살아오면서 혜민씨 도움이 컸어요. 혜민씨의 격려가 아니었더라면 난 정말 힘들었을 거예요. 앞으로도 이 고마움 잊지 않을게요."

"그동안 많은 사람들을 도왔는데 대부분 원수로 갚는 경우가 많았어요. 그런데 세영씨는 내게 믿음을 주었어요. 나 또한 감사해요. 앞으로 서로 도우며 살아가요."

짙은 단풍이 북한산을 뒤덮던 날이었다. 북한산 둘레 길을 걷고 있는데 저쪽에서 누군가 손짓하며 달려오고 있었다. 짧은 커트 머리와 청바지 차림에 흰 운동화를 신은 젊은 여자였다. 가까이 다가올수록 낯익은 인상이었다. 산새가 떼를 지어 하늘로 날아가고 있었다.

여자는 세영에게 다가오더니 덥석 안기며 말했다.

"선생님 저 희영이에요, 기억나시죠?"

아! 그때 그 아이. 상담 교사할 때 자살충동에 시달리는 아이를 전문적인 상담자와 연계해 케어하던. 하마터면 말이 나올 뻔했다. 세영은 희영이를 안고서 반가움에 눈물을 흘렸다. 아이는 자라서 성인이 되었고 청소년 상담 전문가로 활동하고 있었다. 아름다운 가정도 이루어 두 아이의 엄마가 되어 있었다.

남편의 직업을 묻자 희영이 주저하다 말했다.

"전에는 군수업체에 근무했는데 지금은 정부의 요직에 근무하고 있어요."

"그래, 우리 희영이 장하구나. 남편도 잘 만나고 아이들도 낳고."

"시부모님이 목회자세요, 아이들은 시부모님이 키워 주시고 저는 제 직업에 충실하고 있어요."

"저런 결혼도 아주 잘하고 복이 터졌구나."

"네, 선생님께서 그때 저를 잘 케어해 주신 덕분이에요."

"그래 새어머닌 잘 지내시고?"

"네, 지난번에 전도사 위임 받고 사역하고 계세요."

"저런 축복을 패키지로 받았구나, 그래 우리 희영이 앞으로도 계속 형통하고 선한 영향력을 끼치는 능력 짱이 되거라."

"감사합니다."

옆에서 보고 있던 혜민은 부러워 눈물을 글썽였다. 둘레 길을 걷는데 계곡 물소리가 마음을 당기며 다가왔다.

"물소리만 들어도 힐링되는 느낌이에요."

"그렇죠, 자연은 힐링이에요."

세영과 혜민이 근처 커피숍에 들어설 때였다. 낯익은 음악이 들려왔다. 러시아 원로 가수 이오시프 카브존이 부른 백학이었다. 갑자기 세영의 마음속에 눈물이 고였다. 민형기가 생각났다. 어린 날 그녀에게 소망을 주었던 말도 생각났다. 슬픈 곡조에 따라 눈시울이 적셔졌다.

그리움도 행복이었다. 둘은 커피를 마시며 오랫동안 만남과 신의 섭리에 대해 이야기했다. 그리고 삶의 이유와 소망을 주신 신에 대해 감사했다. 북한산에 어둠이 짙어지면서 계곡 물소리가 더 힘차게 들려왔다. (2024년 한글문학)

논현동 커피숍 여주인

그 커피숍은 대부분 테이크아웃으로 한 평 남짓으로 보인다.

고층 아파트와 오피스텔을 마주하고 있는 커피숍은 매장이라고 해봐야 길가에 세워 놓은 파라솔 2개가 전부다. 그러니까 엄밀히 말하면 매장은 없는 셈이다. 커피 값은 한잔에 3500원. 한번 마실 때마다 포인트가 쌓여 5번만 채우면 한잔은 서비스로 무료 제공 받는다.

30대 초반으로 보이는 여주인은 더운 여름날 핑계대고 거의 반나체 차림으로 영업을 한다. 고혹적인 눈빛에 육감적인 몸매는 애로배우 같다는 생각이 든다. 그녀는 탱탱한 가슴을 원색적인 브라로 간신히 가리고 튼실한 둔부와 가는 허리는 일부러 강조한 얇은 팬츠로 가린 상태다.

가는 웃음과 교태어린 몸짓은 그녀의 전직을 의심케 한다. 커피를 파는 건지 웃음을 파는 건지 아님 몸매 자랑하는 건지 헷갈릴 정도다. 주로 남성 손님들이 많은 걸로 보아 효과는 있는 듯하다. 배에 배꼽을 하고 짙은 눈썹에 눈웃음치는.

꼭 저렇게까지 해야 손님을 끌 수 있다고 생각하는 걸까. 암튼 그녀의 사고방식은 너무도 자유분방한 게 틀림없다.

길가 파라솔에 앉아 있는 남자 손님에게 커피와 과자 한 개를 놓아주고 돌아서는 그녀의 둔부는 언제 봐도 매혹적이고 유혹적이다. 체리 핑크색 브라와 짧은 팬츠를 입은 여자는 가게 앞을 지나는 행인들에게 끊임없이 눈짓을 건넨다. 옷차림으로 보아 미혼이거나 독신임에 틀림없다.

세상에 어떤 남편이 자기 아내가 저런 옷차림으로 장사하는 걸 허락할까. 손님이 뜸할 때면 그녀는 거울을 꺼내 놓고 열심히 화장을 한다. 그러다 길 한가운데 서서 두 팔을 올리며 허리를 약간 비틀어 보인다. 몸매 자랑으로 손님을 끌려는 수작이 분명하다.

길을 지나는 사람들은 그녀의 몸매를 훑어보며 묘한 미소를 짓는다. 길가 파라솔에 앉아 커피를 마시는 사람들은 주로 남자 고객들이다. 그녀가 운영하는 커피숍 뒤로는 고층빌딩이 즐비한데 지하는 주로 나이트클럽이거나 유흥주점이다. 그중 가장 눈에 띄는 곳은 지하 주점인 시크릿이다.

시크릿은 상호답게 입구부터가 겹겹이 둘러싸여 있다. 지하 계단 입구에는 only VVIP란 안내문이 보인다. 그러니까 철저하게 회원제로 운영되는 셈이다. 낮에는 철옹성처럼 굳게 닫혀 있고 밤 시간에만 문을 여는데 옆 주차장에는 쉴 새 없이 외제 승용차가 들어간다.

그 근처에 있는 호텔 아레나에서 있었던 버닝썬 사건이 절로 떠오른다. 권력 있는 연예인이 어린 연습생들을 성착취 대상으로 넘겨버린 희대의 범죄 사건이다. 그때 인터넷상에 떠돌던 성착취와 마약에 대한 끔찍한 단어들이 얼마나 세간을 떠들썩하게 했던가.

어느 날 커피숍 안에 젊은 남자가 보였다. 애인인지 커피숍 주인인지 남자는 젊고 잘생겼지만 인상은 좋지 않았다. 그는 돈 계산을 하는지 계속 키오스 앞에 머물러 있었다. 사람들은 말했다.

남편인가, 애인인가. 사장인가.

그러자 어떤 여자가 말했다.

모르지 기둥서방인지.

장마철이 시작되면서 커피숍은 문을 닫았다. 휴가를 떠난 것인지 며칠째 커피숍은 휴업 중이었다. 장사가 안 돼서 문을 닫은 것인가. 아님 키오스 앞에서 돈 계산하던 남자와 무슨 일이 있었던 건가. 영화나 인터넷 상에서 떠돌던 갖가지 나쁜 장면이 연이어 떠올랐다.

그러나 커피숍은 채 일주일이 안 돼 다시 문을 열었다. 여름 휴가를 다녀온 게 틀림없었다. 그렇다면 누구랑? 키오스 앞에 서 있던 조폭 인상의 건장한 남자 모습이 떠올랐다. 둘은 산으로 갔을까, 아님 바닷가로 그도 아님 해외로? 상상은 거기서 멈추었다.

애로 영화의 난잡한 섹스장면이 연상돼 정신이 혼미해졌다. 왜 그녀만 생각하면 성적인 장면과 비정상과 부적절이란 단어가 떠오르는 걸까. 명지는 스스로 아연하고 부끄러웠다. 저 여자는 저 차림을 하고도 창피하지도 않을까. 지나는 남자들마다 자기 몸매를 훑어보는데도.

명지는 갑자기 얼굴이 홧홧해지는 느낌이었다. 여자는 여전히 반나체 차림으로 커피를 팔았다. 날씨는 삼복더위를 지났는데도 연일 폭염을 기록하고 있었다. 한바탕 소나기가 지나고 난 후에도 아스팔트 위에선 더운 김이 확확 올라왔다. 사람들은 지나가면서도 그녀에게서 시선을 떼지 못했다.

자세히 보면 그녀는 미인형이었다. 눈동자도 크고 콧날도 오똑하고 얼굴도 V라인으로 예뻤다. 물론 몸매는 S라인으로 섹스어필 자체였다. 명지는 근처 식당에서 점심을 먹고 나면 꼭 그녀가 운영하는 커피숍으로 달려가 아메리카노 커피를 주문해 마셨다.

장맛비가 오락가락하던 어느 날, 커피숍은 일찍 문을 닫았다. 그리고 길가에 주차해 놓은 승용차 안에 여주인과 사장으로 보이는 남자가 타는 모습이 보였다. 날씨 탓인지 여자는 겉옷을 걸치고 있었다. 남자가 운전대를 홱 꺾는데 인상이 꼭 조폭 같았다.

저들은 일찌감치 문을 닫고 어디를 향해 가는 걸까. 얼핏 시크릿이란 단어가 생각났다. 혹시 저 유흥업소에 VVIP 고객이 아닐까. 그러나 그러기엔 부족한 점이 많아 보인다. 적어도 그곳에 출입할 정도면 저 정도의 커피숍 수준 갖고는 어림도 없을 것이다.

혹시 여자와 남자 주인은 포주와 창녀 관계? 상상이 너무 빗나갔다. 포주가 술장사를 해야지 커피숍을 할까. 명지는 머릿속으로 소설을 쓰다 말고 혼자 웃었다. 아무리 봐도 둘 사이는 보통 사이가 아닐 것이다. 고용주와 직원 사이는 아닐 것 같고 그렇다고 부부관계도 아닐 것 같다.

그렇다면 일종의 동업? 그러기엔 남자의 인상이 너무 험상궂었다. 어쩌면 여자는 남자에게 고용된 숙주(宿主) 관계일지도 모른다. 왜 저들만 보면 이상한 상상력이 발동하는 걸까? 명지는 자신의 정신 상태를 의심했다. 저 둘 사이에는 어떤 끈들이 형성되어 주로 어떤 대화를 나눌까. 커피숍에 관한 이야기 말고 어떤 이야기가 오갈까.

어느 날 커피숍 앞에 레깅스 차림의 여자들이 대거 나타났다. 그들은 근처에 있는 헬스센터 강사들이었다. 운동으로 다져진 몸매를 거의 수영복 차림이나 다름없는 옷으로 간신히 가린 채 홍보 겸 나타난 것이었다. 색상도 특이했다. 하의는 레깅스로 검정색인데 상의는 노랑 빨강 주황이 섞인 브라였다.

여자들은 얼음이 찰랑거리는 커피 잔을 들고서 줄곧 수다를 떨었다. 길 가던 남자들의 시선이 일제히 그녀들에게 집중했다. 하나같이 조각처럼 완벽한 몸매였다. 그녀들은 전단지를 나눠주며 헬스센터 광고 중이었다. 사람들은 전단지보다 그녀들의 몸매에 더 집중했다,

6층짜리 건물 옥상 위에서는 남자들이 담배를 피우며 그녀들의 몸매를 감상했다. 손가락으로 가리키며 누구 몸매가 더 좋은가 웃었다. 가방을 멘 청소년들도 그녀들을 보며 손을 흔들며 웃었다. 웃음의 의미는 각각 해석하기 나름이었다.

누군가 길을 지나며 말했다.

"요즘 가장 무서운 세대가 중학교 2학년이란 거 아니?"

"15살 청소년 아이들이 가장 무서운 세대래, 물불을 안 가리고 흉폭하고 어휴 끔찍해, 오죽하면 북한에서 남침하고 싶어도 중학교 2학년 아이들이 무서워서 못 내려온다는 거 아냐."

"그럼 그 아이들이 우리를 보호해 준다는 건가?"

그러자 갑자기 깔깔거리며 웃음이 터졌다.

"세상에 자식 가진 사람은 남의 말 함부로 하지 말랬다고 입조심 해야지."

세상에 안전지대는 없다. 인생은 잠시 보이다 사라지는 안개와 같다고 했던가. 그런데 사람들은 세상에서 영원무궁토록 살 것처럼 행동한다.

사람마다 각자 가치관이 다르지만 일맥상통한 것은 돈이라는 매개체를 두고 살아가는 것이다. 영화나 드라마 소설 속에 가장 많이 등장하는 것이 돈이다. 명예와 권력은 곁가지로 따라붙는 정도다. 그 다음에 등장하는 단어가 있다. 쾌락이다.

얼마 전 유명한 영화배우가 마약을 하나도 아닌 여러 개를 사용함

으로 뉴스와 인터넷 판을 달군 적이 있었다. 명예와 부와 뛰어난 외모를 간직한 그가 마약이라니, 무슨 이유로? 어떤 계기로 마약을 접하고 환자가 되었을까? 마약도 쾌락의 일종일 것이다.

뇌세포를 파괴하는 마약을 군이 하는 이유는? 법무부 장관은 한판의 피자 값보다 싼 마약 퇴치를 위해 정권의 명운을 걸었다고 선언한 바 있다. 재벌들의 자녀가 외국에 유학을 갔다가 마약에 너무니 쉽게 노출된다는 기사를 본 적이 있다. 원인은 쾌락이었다.

몇 년 전 버닝썬이란 연예인 성착취 범죄로 온 나라가 떠들썩한 적이 있었다. 쾌락을 담보로 범죄행각을 벌인 그들은 호화 변호인단을 꾸미며 세간의 빈축을 샀고 한때 증오의 대상이 되었었다. 마약은 쾌락과 범죄와 돈과 함수관계를 맺고서 영혼을 파멸시키는 일등 공신이었다.

예나 지금이나 똑같이 여자들은 몸이 대상이었고 남자들은 권력과 돈이 무기였다. 생각건대 커피숍 여주인도 그중의 하나가 아닐까. 명지는 상상력을 극대화시키며 영화 속 장면을 떠올렸다. 현실과 상상을 잘 구분 못하고 허탕 치는 경우가 종종 발생했지만 명지는 여전히 그 버릇을 고치지 못했다.

한때 그녀의 직업은 만화가였다. 웹툰이 성행하는 세상에 종이책만을 고집하다 밀려나긴 했지만 상상력만큼은 그 누구에게도 뒤지지 않는다고 생각했다. 그래픽 디자인으로 도전하는 젊은이들 사이에서 순발력도 빠지지 않았다. 하지만 요즘 트랜드에 맞지 않고 시대에 뒤떨어진 사고가 문제였다.

많은 만화가들이 성적(性的) 내용을 다룬다. 그것도 변태나 동성애 등을 다룰 때도 있다. 그녀는 그것을 거부했고 싫어했다. 재미와 쾌

락을 곁들이는 것까진 참을 수 있지만 변태나 동성애는 참을 수 없었
다. 돈보다도 최소한의 윤리는 지켜줘야 한다는 게 명지의 생각이었
다.

　요즘이야 대학에 웹툰 만화학과가 설치된 곳이 있지만 예전에는 순
전히 수작업으로만 이루어졌었다.

　만화에는 철학이 없어 예술성을 논할 가치조차 없다고 하지만 그녀
는 그 이상의 것을 추구하고 싶어 했다. 그림과 글재주를 동시에 요
구하는 만화는 남녀노유 누구나 좋아하는 국민 기호(嗜好)품과 같다.

　한번 만화책을 붙잡으면 끝까지 읽게 만드는 가독력도 관건이다.
그만큼 작가의 역량이 증명되는 셈이다. 손과 두뇌를 동시에 사용해
야 하는 만화의 기능은 첫 번째가 재미다. 이 바쁜 세상에 재미없는
만화를 읽어줄 독자는 없을 테니까. 만화를 읽는 독자는 상상 외로
많다.

　글과 그림을 동시에 감상하는 만화는 70년대까지만 해도 대유행했
었다. 당시만 해도 만홧가게가 있어 TV와 만화를 동시에 볼 수 있었
다. TV가 귀했던 시절이었다. 동네 꼬마들이 모여서 만화책에 코 박
고 읽는 재미는 상상 이상으로 컸다. 중간에 떡볶이나 어묵을 먹으면
금상첨화였다.

　그 당시 만홧가게는 오늘날 아이들이 하는 게임과는 수준이 달랐
다. 현재 유행하는 게임은 파괴적이고 음란성을 고루 갖추고 있어 정
서적으로 심대한 악영향을 끼친다. 잔인하고 폭력적인 장면을 간접적
으로 체험함으로 실제로 옮기는 경우마저 있다. 범죄의 온상이 되기
도 한다.

　반면 70-80년대 유행했던 만화는 독립투사 이야기나 고전적인 동

화가 많았다. 간접적인 교육 효과도 있었는데 그때는 글 그림 작가가 따로 있는 경우가 많았고 전적으로 수작업으로 이루어졌었다. 따라서 그림만 보아도 아! 누구 작품이구나 하고 금방 알 수 있었다.

그때 유행한 만화가 드라마나 애니메이션으로 제작된 경우도 흔히 있었다. 태권브이 로봇. 태권 소년 마루치. 모두가 명지의 어머니 세대 이야기다. 요즘은 웹툰 만화와 애니메이션으로 대체되고 있는 실정이다. 명지도 어머니를 닮았는지 어릴 적부터 만화와 애니메이션에 관심이 많았다.

상상력과 아이디어가 필수인 애니메이션은 인터넷 모바일 영화 등 미디어와 연계해 문화산업으로 발돋움하고 있다. 전도양양한 직업군이나 그만큼 리스크도 크다. 경쟁력과 흥행에 있어 위험성을 내포하고 있기 때문이다. 투자한 만큼 성과를 거두기도 미지수다.

대중의 입맛에 맞는 캐릭터를 생성해야 하고 재미와 흥행성을 노려야 한다. 요즘은 웹툰 시장이 활성화 되어 대학에서도 전문 교수진이 가르치고 있다. 그 과정을 하기에는 명지의 실력이 경쟁력을 따라주지 못했다. 폭력적이거나 음란성이나 비상식적인 캐릭터 만드는 걸 거부했기 때문이다. 한때 그녀는 웹툰 소설도 지망한 적이 있었지만 포기했다.

사상이 진부하고 고루하다는 평판을 받았기 때문이다. 하지만 꿈은 항상 마음속에서 살아 꿈틀거렸다. 기회라는 변수를 타고서 비상할 만반의 준비를 하고 있었다. 명지는 날마다 소재를 찾기 위해 바쁘게 움직였다. 그녀는 인터넷 만화방이나 핸드폰으로 만화 웹툰을 클릭했다.

무료 만화방 카카오 웹툰도 있었다. 소설 원작을 한 웹툰과 장르별로 랭킹 신작 추천 웹툰 리그 순으로 안내가 나와 있었다. 여러 채널을 클릭해 보았지만 눈이 아파서 오랜 시간 보는 건 무리였다.

제목도 급조한 신조어로 상당히 거슬렀다. 저급하고 상스러운 표현으로 독자를 끌려는 수작이 틀림없었다. 심성을 오염시키는 상스러운 댓글도 달려 있었다. 작가의 의도가 불분명한 내용도 많았다. 하지만 기발한 아이디어로 반전의 효과를 노린 수작(秀作)도 많았다.

언젠가 홍대 앞을 걷다가 웹툰만을 전문으로 한다는 출판사를 본 적이 있었다. 입구에 로맨스를 상징한 남녀의 모습과 로봇 그림이 보였다. 만화 형식으로 그려졌는데 N세대를 겨냥한 것인지 유치한 측면도 있었다. 순간 생각했다. 이렇게 생각의 차이가 나니 나도 어느새 꼰대 대열에 들어서는 것인가.

온라인으로 제작된 만화 중에는 고수익을 올리는 경우도 많았다. 소문에 의하면 웹툰 소설이 안방극장 드라마로 재편성돼 높은 시청률을 기록했다고 한다. 호기심과 흥미를 드라마틱한 기법으로 시청률 대박을 친 것이다. 모든 웹툰은 디지털 드로잉으로 그려지는데 자기만의 독특한 캐릭터를 창조하는 능력과 재미를 곁들임으로 독자들을 끌어들여야 한다.

N세대를 겨냥한 로맨스물과 일확천금을 노리는 경제 드라마나 얽히고설킨 범죄 드라마가 대세이다. 구독률 대박을 노려야 하기 때문이다. 스토리는 대중들이 원하는 흥미가 압권이어야 하고 거기에는 숙련된 기법이 필요하다. 대사 처리 또한 관건이다

시선을 압도할만한 장면과 정곡을 찌르는 대사 펀치가 강렬해야 하고 전문적인 지식과 기술력이 따라주어야 한다. 지망생들 가운데는 뛰어난 재능을 가진 사람도 있지만 중도 탈락하는 사람도 많았다. 어

차피 경쟁사회라 너 죽고 나 살기 식이다.

명지는 지독하게 가난한 어린 시절을 보냈지만 그다지 돈에 집착하지는 않았다. 아니 한때 그녀도 돈에 원수 갚듯 비굴함과 모멸감에 자신을 방치한 적도 있었다. 가난은 무능력과 수치의 대명사였다. 부모의 이혼도 원인 중 한가지였다. 가난은 마음의 여유마저 빼앗아 불화의 원인이 되기도 했다.

맨땅에 헤딩한다는 말의 의미를 성인이 되고 나서야 이해했다. 가난은 일상이었고 움쭉달싹못하게 사고방식마저 옥죄었다. 사랑이나 인정 자긍심은 사치였다. 가족들은 돈 한 푼 갖고도 죽기 살기로 싸웠고 입만 열면 망할 놈의 집구석을 원망했다.

명지는 그런 분위기 속에서 어린 시절부터 독립을 꿈꾸었다. 어린 나이에도 그녀는 가난을 이해하지 못했다. 그리고 무엇보다 사랑이 뭔지 이해심이 무엇인지 알지 못하고 살았다. 엄마와 아빠는 고학력도 아니었지만 그렇다고 낮은 처지도 아니었는데 가난이 일상처럼 따라붙었던 게 이상했다.

엄마는 젊었을 때 이루지 못한 화가의 꿈을 만화로 대신하고 싶어 했다. 그림에다 대사를 엮어서 작품으로 완성하고 싶어 했다. 몇 번의 시도 끝에 완성하기는 했지만 매번 공모전에서 미끄러졌다. 전문적인 지식과 경험으로 다져진 경쟁자들에게 밀렸기 때문이다.

어머니의 유전자를 이어받은 명지는 어릴 때부터 그림과 글에 소질을 보였지만 부모의 이혼으로 꿈을 이루지 못했다. 경제가 폭망한 가정에서 꿈은 어불성설이었다, 흙수저 운운할 처지도 못 되었다, 명지는 가난에 대한 원한과 불가능이란 현실을 원수 갚듯 만화창작에다 풀었다,

어린 나이에 겪은 부모의 이혼은 심대한 정신적 타격을 주었고 극한 부정적 상상력을 일으켰다. 간절하게 평안이 그리웠다. 가난과 무지 상처는 움직일 수 없는 3종 세트와 같다. 불가능이란 현실의 벽 앞에 서면 가난과 궁핍이란 단어가 덕지덕지 붙는 것만 같았다.

인터넷 초고속망 유튜브 시대에도 극빈층과 부유층은 선명하게 갈린다. 금 수저 은수저 흙 수저 무수저를 논할 필요도 없이 잣대는 항상 존재한다. 사람들은 가난의 원인과 책임을 규명하려 들지만 정확한 해답은 없다. 명지는 바로 그 가난을 소재로 만화로 그려 공모전에 응시해 입선했다.

천신만고 끝에 입선하니 하늘을 날 것만 같았다. 세상을 다 얻은 기분이었다. 세상에 태어나 처음으로 맛본 쾌거였다. 하지만 그게 다가 아니었다. 명지는 이제 본격적으로 생활전선에 뛰어들어야 했다. 작품집을 출간해 명실 공히 작가 반열에 오르고 싶었다.

그것도 다 돈을 필요로 했다. 그녀는 생계로서가 아닌 만화가로서의 삶을 위해 돈이라는 현실을 선택해야 했다. 명지가 일하는 곳은 커피숍이 바로 눈앞에 보이는 광고 디자인 회사였다. 그녀는 얼마 전, 가까스로 그래픽 디자인에 도전해 자격증을 취득했다.

일러스트 포토샵 인디자인 과정을 비교적 속성으로 마칠 수 있었던 이유는 워낙 뛰어난 색감에다 미리부터 준비된 그림 솜씨가 있었기 때문이다. 강사가 명지를 보고 대뜸 한 말이 어디서 배웠느냐? 몇 년 됐느냐였다. 명지가 어깨 너머로 본 적은 있지만 직접 해보기는 처음이라고 말하자 어느 미대를 나왔냐고 재차 물었다.

오랜 강사 생활을 한 자기보다 솜씨가 더 뛰어나다는 것이었다. 간단하게 자격증을 취득하고 비록 소규모이긴 하지만 광고회사에 취직한 건 행운이었다. 그녀는 주문 들어온 내역에 따라 걸맞는 광고 문안과 디자인을 솜씨 좋게 만들었다.

사장은 그녀에게 능력자라며 전직에 대해 수차례 물었다. 명지는 속으로 생각했다. 진작 만화를 때려치우고 그래픽 디자인으로 돌아설걸. 공연히 만화가로 성공해 보겠다고 똥고집을 부렸구나. 한편으론 젊은 세대들과 맞붙어 걸출한 만화 한 편 만들어 히트쳐 보겠디는 욕심이 꿈틀거렸다.

명지는 일러스트에 더 뛰어난 기량을 나타냈다. 포토샵은 이미 경지에 달해 있었다. 광고 문안 작성에도 일가견을 나타냈다. 일이 밀릴 때는 야근도 했고 수당도 올랐다. 점심시간 때면 꼭 앞에 있는 커피숍에 가 커피를 마셨다. 아메리카노 한 잔 주세요 말하면 여주인은 눈웃음을 치며 네 하고 응대했다.

꼭 요부상이었다. 팔에 문신이 보였다. 장미 꽃송이였다. 원두커피를 뽑으며 그녀는 알 듯 모를 듯한 미소를 지었다. 기분은 항상 좋아 보였다. 남자들이 자신의 둔부와 가슴을 훔쳐보아도 전혀 개의치 않는 눈치였다. 짙은 아이라인에 큰 눈망울이 색조 화장과 함께 라일락 향기가 났다.

혹시 성형 미인은 아닐까. 얼굴에서 너무 인공적인 냄새가 풍겼다. 직업적인 친절도 자꾸만 전직을 의심하게 했다. 왜 그녀만 보면 상상력이 발동하는 걸까. 그녀를 모델로 만화로 그려보고 싶은 생각이 불현듯 몰려왔다. 명지가 커피 잔을 들고 돌아설 때였다.

갑자기 와장창 하고 유리잔 깨지는 소리가 들렸다. 불량배로 보이는 남자가 커피 머신 앞에 서 있는 그녀에게 냅다 유리잔을 던진 것이다. 깨진 유리 파편이 어지럽게 흩어졌다. 길 가던 사람들도 일제히 둘을 주목했다. 여자의 눈빛이 삽시간에 공포로 변하더니 팔을 부들부들 떨었다.

둘은 우연이 아닌 잘 아는 사이 같아 보였다. 남자는 당장이라도 여자의 몸을 부서뜨릴 기세였다. 여자를 향해 주먹을 날리려는 순간이었다. 어디 있다 나타났는지 사장으로 보이는 남자가 득달같이 달려들었다.

"오빠, 나 무서워 저 인간 좀 치워줘."

여자가 사장 뒤에 숨어 손으로 가리키며 말했다. 그러자 어느 사이엔가 사장의 주먹이 불량배의 얼굴에 강편치를 날리고 있었다. 팔뚝에 뱀 문신이 꿈틀거렸다. 그의 입에서 험악한 욕설이 쏟아졌다.

"야! 이 망할 자식 너 또 왜 나타났어? 내가 다시 나타나지 말라 그랬지? 또 나타나면 그땐 황천길로 보내 버린다고. 너 사시미 뜨고 싶냐?"

그러자 불량배 남자가 우습다는 식으로 말했다.

"그래 이참에 교도소에 또 한 번 가보자, 어차피 막가는 인생 나도 무서울 거 없다 그거야."

"그래 조용히 황천길로 보내줄 테니까 따라와. 그동안 괴롭힌 것도 모자라 또 지랄병이 났냐, 너 같은 놈은 평생 감옥에서 썩게 만들어야 한다구, 짜식아."

사장은 불량배 인상의 남자에게 또다시 주먹을 날렸다. 당장 코피가 쏟아졌다. 둘은 엎치락뒤치락 주먹을 주고받았고 그 바람에 쌓아둔 커피 잔이 와르르 쏟아지면서 강렬한 파열음이 났다. 길 가던 사람들이 몰려들면서 누군가 핸드폰을 열어 경찰에 신고하는 것 같았다.

여자는 놀라 벌벌 떨다가 겉옷을 챙겨 입은 뒤 줄행랑을 쳤다. 어떤 사람들은 그 광경을 지켜보면서 흥미진진한 표정을 지었다. 불난 집 구경하듯 잔뜩 호기심을 달고서. 길 가던 사람들도 덩달아 끼어들어 싸움 구경하느라 신난 표정이었다.

잠시 후 신고를 받고 경찰이 나타났을 때 이미 두 남자는 사라지고 없었다. 커피숍 조명은 꺼지고 셔터도 내려졌다. 구경꾼들도 모두 돌아가고 난 뒤였다. 그들에게도 어떤 예감이 있었던 걸까. 너무 빨리 싸움이 끝난 느낌이었다. 사람들은 모두 아쉬운 표정으로 발걸음을 옮겼다.

명지는 그들 사이에 벌어진 일을 두고 흔한 드라마의 한 장면을 떠올렸다. 그건 그녀에게 항상 있어 온 습관이었다. 명지는 그 장면을 보면서 그들의 삼각관계를 생각했다. 성관계를 둘러싼 치정으로 추측했다. 돈이나 범죄 사건에 얽힌 사건이 아닐까. 혹시 빚 문제가 아닐까. 아님 재산 문제?

이튿날이었다. 여자는 예상을 깨고 다시 커피를 팔고 있었다. 표정도 밝았고 역시나 오늘도 반라 차림으로 일했다. 커피숍 앞으로 수없이 많은 벤츠 승용차가 지나갔다. 오늘따라 손님이 뜸했다.

그녀는 키오스 앞에 서서 뭔가를 계산하고 있었다. 그러더니 핸드폰으로 어디론가 계속 카톡을 날렸다. 답신을 알리는 카톡 소리가 계속 들려왔다. 콤팩트를 꺼내 다시 화장을 고친 뒤 파라솔이 놓인 밖으로 나왔다. 산들바람이 불고 있었다. 반라 차림으로 있기엔 약간 쌀쌀한 편이었다.

명지는 용기를 내 그녀에게 다가가 물었다.

"어제 난동을 부렸던 그 사람은 왜 그런 건가요?"

그녀는 아무렇지도 않은 듯 말했다.

"예전에 괴롭혔던 스토커에요. 우리 오빠한테 혼났는데도 어떻게 알았는지 또 찾아와서 괴롭히네요. 망할 자식 한번만 또 왔단 봐라. 그땐."

그녀는 주먹을 높이 쳐들어 올리더니 눈에 독기가 파랬다. 스토커? 우리 오빠? 그럼 사장인 남자가 오빠란 말인가. 아니지 요즘은 애인을 오빠라고 하니까. 명지는 더 물으려다가 거기서 멈췄다.

그녀는 안으로 들어가더니 체리 핑크빛의 얇은 가디건을 입고 나왔다. 남자 손님 대여섯 명 오더니 그녀에게 카푸치노를 주문했다. 그녀는 얼른 커피머신 기계 앞으로 다가가 커피를 내린 뒤 가지고 나왔다. 남자들은 카드 대신 현금으로 지불하고는 자기들끼리 뜻 모를 웃음을 주고받았다.

"혹시 아가씨요? 아님 아줌마 주부?"

일행 중에서 인상이 유독 천박해 보이는 중년남자가 물었다. 여자는 표정이 굳어지더니 쌩하고 돌아섰다.

"아니 아가씨일 것 같으면 데이트 신청이라도 하려고 했지."

그러자 옆에 있는 역시나 인상이 흉악한 남자가 맞받아 쳤다.

"야! 임마, 애인이 없으면 니 차지라도 될 것 같으냐? 안 그렇소 아가씨?"

그러자 여자가 화난 음성으로 말했다.

"저 아가씨 아니에요."

그러자 남자들은 동시에 놀란 표정을 지었다. 그럼 유부녀? 다음 순간 표정이 묘하게 변하며 비아냥대듯 말했다.

"여이! 아가씨 다음에 또 봅시다. 커피 맛이 아주 좋수다."

한때는 10대로 보이는 청소년들이 몰려와 그녀에게 가슴 사이즈를 물은 적도 있었다. 남자 아이들이었다. 얼굴에 호기심을 잔뜩 달고서 브래지어는 B컵을 사용하냐 C컵을 사용하냐며 저희들끼리 내기를 했다. 그러더니 엉덩이 사이즈에 대해서도 물었다.

어린 나이 아이들이라 그냥 넘기려 했지만 모욕당하는 느낌을 지울 수는 없었다. 어떤 여자는 다가와 은밀히 물었다.

"혹시 전직이 무엇이었어요?"

그녀가 난처해하자 확신에 찬 표정으로 말했다.

"모델? 아님 애로배우."

"네 맞아요."

"와! 정말 맞구나."

처음으로 그녀의 전직이 밝혀지는 순간이었다. 그러자 재차 질문이 이어졌다.

"출연했던 영화 제목은 무엇인가요?"

"그건 말해 줄 수 없어요, 비밀이에요."

"방금 전 다녀갔던 그 아저씨는 누구에요? 애인 맞죠?"

"아니에요."

"그럼 사장님?"

"아니에요, 오빠에요."

"에이 거짓말 오빠는 무슨."

여자는 못 믿겠다는 듯 고개를 갸우뚱했다. 그녀는 커피를 사갈 때마다 질문이 늘었는데 무슨 호기심 퀴즈를 하는 것 같았다. 찬바람이 불고 낙엽이 거리를 뒤덮고 또 한 계절이 지나갔다. 어느 날, 커피숍에 매매 공지가 붙었다. 권리금 없음 옆에 핸폰 번호도 적혀 있었다.

길거리를 지나는 사람들 얼굴에 궁금증이 일었다. 무슨 변고라도 난 건가. 그런대로 장사는 꽤 쏠쏠하게 되는 것 같던데. 혹시 월세가 너무 비싸서 그런 건가. 매매 공고가 난 지 한 달쯤 되었을까. 새 주인이 입성했다. 커피머신과 집기까지 넘겨받고 새로 문을 연 주인은 20대 후반으로 보이는 남자였다.

누가 봐도 잘생긴 훈남이었다. 키도 크고 잘생긴 외모로 여자 손님들을 끌기에 안성맞춤이었다. 게다가 누구에게나 친절했고 매너가 좋았다. 개업 행사로 커피를 반값으로 내려 받고 사은품도 증정했다. 커피숍이 새로 개업했다는 소문은 인근 상가에 금세 퍼졌다.

근처에 있는 중학교에도 소문이 났는지 여중생들이 떼로 몰려왔다.

"오빠 나 아메리카노 주세요, 시럽은 두 번 꽉 눌러주세요."

"오빠 난요 카페오레 주세요."

무슨 어린애들이 커피를 다 주문해 마신대. 저 총각 사장 대박났네. 사람들은 지나가면서 한마디씩 했다. 다음날은 여고생들이 떼로 몰려왔고 다음날은 어디서 소문을 들었는지 여대생들도 몰려왔다. 그녀들은 자기들을 알바생으로 고용해 줄 것을 당당하게 요구하기까지 했다.

그리고 어느 날인가부터 앳된 여자 알바생이 커피 서빙을 했다. 남자는 계속 커피를 뽑아냈고 알바생은 주로 커피 포장을 했다. 알바생은 귀엽고 몸매도 날씬했다. 단골손님인 여중생들은 질투 섞인 목소리로 말했다.

"오빠 애인인가요?"

남자는 못들은 척 커피 머신만 계속 눌렀다. 그러자 알바생이 말했다.

"애인 아니고 동생이거든요, 그것도 친동생이라고요."

"몇 살인데?"

"중 삼이거든요."

"그런데 학교는?"

"그거야 수업 끝나고 온 거죠. 별걸 다 물어 신경질 나게."

"그런데 나이가 너무 차이가 나는 것 같은데, 친동생 맞아요?"

"늦둥이 동생 맞거든요, 신경질 나게 자꾸 왜 물어, 오빠 나 기분 나빠서 이젠 안 나올래."

알바생은 앞치마를 걷더니 그대로 나가버렸다. 들었는지 못 들었는지 남자는 땀을 흘리며 연신 주방 청소만 했다. 커피숍엔 이따금씩 연예인으로 보이는 사람들도 다녀갔다. 가수나 배우들이었다. 어느 날 커피숍 문이 닫혔다.

옆 가게를 인수받아 확장공사를 하기 때문이었다. 공사는 한 달 간 이어졌고 새롭고 깔끔한 모습으로 재탄생했다. 주방 옆으로 여러 개의 대형 탁자와 창가를 두고 둥그런 모양의 탁자와 의자도 보였다. 입구에 축하 난 화분이 보이고 대박 나라는 축하성 리본도 보였다. 확장 공사로 재개업 하더니 상호 이름도 바뀌었다. 그런데 이름이 낯익었다.

생각해 보니 명지가 그렸던 만화의 제목과 똑같았다. 세상에 이런 우연이 가슴이 설레고 기뻤다. 혹시 저들은 내 독자가 아니었을까. 명지는 상상하는 것만으로도 기뻤다. 장사는 이전보다 활성화되었다. 남자 고객보다 여자 고객이 훨씬 많은 것은 역시나 남자 사장의 탁월한 외모와 장사 솜씨였다.

그는 절대로 화내는 법이 없었다. 짓궂은 여자 손님들의 질문도 잘

받아넘겼고 새로 고용한 알바생도 명문대생으로 영화배우 뺨치는 훈남 스타일이었다. 손님으로 왔던 영화 제작가에게 배우로 케스팅 받을 정도였다. 그의 출현으로 매장 안은 항상 어린 여자들로 가득했다.

가끔 손님 중에는 전에 커피숍을 운영했던 남자와 여자도 끼어 있었다. 여자는 반라 차림의 옷을 입지 않았고 대신 꼭 끼는 레깅스나 화려한 문양의 상의를 입었다. 그러나 그녀에게 눈길을 주는 사람은 없었다. 젊은 남자 사장과 알바생에게 시선이 집중돼 있었기 때문이다.

외모 지상주의가 판치지 않는 곳은 없었다. 영상 매체뿐만 아니라 일반 서비스 업체 상혼에도 외모 지상주의가 판친다. 커피숍은 날마다 성황이었다. 남자들뿐만 아니라 여자들도 잘생긴 남자들을 좋아한다. 돈이나 명예 있는 남자보다 외모가 더 앞장선다.

외모가 출중한 남자는 매너가 나빠도 매력으로 통하고 좋으면 인기 절정을 이룬다. 젊은 여자들일수록 호감을 나타내는데 빠르다. 숨기지 않고 감정을 발산한다.

"오빠 애인 있어요?"

여고생들은 알바생에게 치근대며 묻는다. 그러면 알바생은 즉각 대답한다.

"없으면 니가 내 애인해 줄래?"

"정말요?"

"농담이다. 나 애인 있어, 너는 니 또래 남학생이나 만나라고."

그때쯤이면 사장의 호출이 떨어진다. 쓸데없는 말하지 말고 서빙이나 잘해라. 명지도 커피를 마시러 갈 때마다 알바생을 눈여겨보며 만화를 구상하곤 했다. 잘생긴 훈남한테는 저절로 눈길이 가기 마련이다. 유명한 모 남자 영화배우도 알바를 하다가 감독의 눈에 띄어 배우가 되었다고 한다. 암튼 인생은 잘 생기고 볼 일이다.

명지의 생활도 점점 안정권에 접어들었다. 퇴근 후 집에 들어오면 컴퓨터 앞에 앉아 일러스트로 만화를 그렸다. 웹툰의 다양한 채널도 섭렵했고 요즘 트랜드에 대해서도 공부했다. 세대를 뛰어 넘는 감각을 익히기 위해 부단히 노력했다. 그런데 이상한 건 생활이 안정돼 갈수록 영감이 잘 안 떠오르는 것이었다.

편안하면 편안해질수록 창작 의욕도 떨어졌다. 희한한 일이었다. 살아오면서 이런 일은 처음이었다. 환경과 창작 열의는 정비례가 아닌 반비례인가? 생각할수록 헷갈렸다. 거의 사투하다시피 작품을 완성해 놓았는데 독자들의 반응이 영 시원찮았다.

실망스러웠다. 지나치게 자신을 믿었던 탓일까. 직장 일에 매진하느라 감각이 떨어질 수도 있었겠다는 생각도 들었다. 고갈된 감성도 문제였다. 주말이면 가까운 곳으로 여행을 떠나 자연과 호흡했고 세태 감각을 위해 자주 커피숍에 N세대가 하는 이야기에도 귀를 기울였다.

그리고 다른 예술인들처럼 뼈를 깎는 심정으로 만화 창작을 이어갔다. 새로운 소재를 찾기 위해 유튜브 여러 채널을 시청하다 재미있는 프로를 발견했다. 교도소에서 수감 생활을 했던 재소자들을 대상으로 봉사활동을 하는 사람의 이야기였다.

기자 탐방 형식으로 이어졌는데 재미있는 장면이 많았다. 재소자들은 출감하자마자 갈 길을 잃었다. 그들을 반기는 곳은 아무 데도 없었다. 가족도 친구도 이웃도 모두 그들을 외면했다. 전과자라는 딱지를 달고서 취직할 곳은 더더욱 없었다. 사람들은 인상부터 험악한 그들을 적대시했고 경원시했다.

어딜 가나 배척 분위기가 팽배했다. 상처와 분노로 자칫 잘못하면 또다시 범죄의 소굴로 뛰어들 수 있는 상황이었다. 그들을 향해 도움의 손길을 펼치는 곳이 바로 그 봉사센터였다. 그들은 거창한 구호를 내세우지도 않았고 생색을 내지도 않았다.

그렇다고 다양한 계획이나 협력적인 기관이 있는 것도 아니었다. 다만 동질의 아픔을 겪고 있는 과거의 동료들에게 따뜻한 밥 한 끼 제공하는 것뿐이었다.

그들이 운영하는 식당에는 늘 크고 작은 사건들이 발생했다. 음식을 조리하는 여자들이나 배식원들 설거지하고 서빙하는 사람들의 팔뚝에는 징그러운 문신이 꿈틀거렸다.

기자가 물었다.

"식사 봉사하다가 싸움판이 벌어지면 그땐 어떡합니까?"

그러자 대표로 보이는 남자가 웃으며 말했다.

"모두 전과 경력이 화려한 만큼 한 사람이 나서서 제지하면 모두 순종합니다."

참석자들 사이에서 웃음이 터졌다.

"저기 예쁜 아가씨들도 보이는데 누군가가 다가가 시비를 걸거나 해코지를 하면 어떡하죠?"

남자는 웃으며 말했다.

"저들도 다 재소자 출신입니다. 나름대로 다 대처합니다. 가끔 주먹도 쓰지만 이내 수그러들고 신앙적인 분위기로 다시 돌아옵니다."

대표로 보이는 남자는 목회자 같았다. 그도 과거에 범죄 경력으로 교도소에 수감 생활을 했다고 한다. 막상 교도소를 나오고 보니 모두 색안경 쓰고 보아 갈 곳이 없었다. 밥 한 끼 해결하는 게 가장 큰 문제였다. 취직은 언감생심이었다. 그는 과거의 지인들을 찾아다니며 도움을 요청했다.

가건물을 얻는데 성공했고 나머지는 다 봉사자들로부터 기증받아 해결했다. 갈 곳 없는 출소자들이 한둘 찾아오기 시작했다. 그는 그들에게 밥 한 끼 제공하는 것으로 만족했고 원하는 사람들에겐 취직도 알선했다.

단 직장에서 술을 마시거나 말썽을 부리지 않는다는 조건 하에서였다. 모두들 배척하는 분위기에서 일하기는 쉽지 않았지만 나름대로 잘 견디는 사람도 있었다. 비록 남들이 꺼리는 3D 업종이었지만 그게 어디인가. 범죄의 유혹을 뿌리치고 일하는 것만도 대단한 용기였다.

그들은 일단 취직하면 누구보다 성실하게 일했고 번 돈은 봉사센터에 찾아와 기부하는 형식을 취했다. 다 외면하는 자신들을 받아주고 일자리까지 알선해 준 곳은 봉사센터밖에 없었기 때문이다. 봉사자들 사이에 곧잘 싸움이 발생해도 이내 화해 무드로 돌아서는 것도 희한한 일이었다.

모두가 동질의 아픔으로 이해가 빨랐다. 그런데 그들 사이를 비추는 화면 속에 낯익은 얼굴이 보였다. 논현동의 커피숍 여주인이었다. 그녀는 주방에서 설거지를 하다가 카메라 앵글에 잡혔는데 허름한 작업복에 진한 화장을 하고 있었다. 막상 카메라가 얼굴을 비추자 손으로 가로막는 자세를 취했다.

그렇다면 저 여자도 재소자 출신? 반라의 차림으로 커피를 팔던 모습이 떠올랐다. 그런데 어쩌다 센터에서 봉사하게 되었을까. 궁금증이 이는데 이번에는 커피숍 사장으로 보였던 남자가 카메라에 들어왔다. 그는 여전히 험악한 인상으로 팔에 뱀 문신이 보였다. 센터 대표가 말했다.

"저 주방에서 일하는 여자 분과 저 사람은 남매지간 입니다. 가정폭력 사건에 휘말려 교도소 생활을 했는데 출소하자마자 사기 사건에 휘말리는 바람에 여기 있는 사람들 모두 힘들었습니다. 이제 저들도 안정되고 곧 좋은 소식 있을 것 같습니다."

기자가 물었다.

"모두 상처가 많고 힘든 분들인데 혹시나 복수나 해코지하는 분들도 있을 것 같은데요."

"그럴까봐 제가 신앙훈련 하나만큼은 철저히 시키는 편입니다. 말씀과 기도 훈련이죠. 모두 잘 참여하고 있고요. 지난날의 고통을 잘아는 만큼 호응도도 높습니다. 그렇게 큰 걱정은 안 하셔도 됩니다. 저들도 나름대로 순수하고 삶에 대한 열정은 있으니까요."

취재하는 기자는 전혀 믿기지 않는다는 표정이었다. 명지의 마음속에 이상한 감동이 흘렀다. 상식과 예측을 뒤흔드는 이상한 감동이었다. 의미도 알 수 없는 눈물이 손등으로 툭 떨어졌다. 그녀를 향했던 갖가지 추측과 상상력이 모두 빗나가고 있었다.

고정관념이 무너지면서 새로운 창작 의욕이 넘쳐나기 시작했다. 그녀는 컴퓨터 앞에 앉아 작업을 시작했다. 새로운 아이디어가 샘솟듯 솟아나고 있었다. 내부에서 아름다운 문양과 이전에는 전혀 생각지 못했던 단어가 계속 떠올랐다. 세상은 살만한 것이라는.

고학력자들이 넘쳐나는 AI 인공지능시대에도 길은 여러 갈래로 뚫려 있었다. 보이지 않는 봉사자들의 손길에 의해서.

프로그램이 끝나가는 시그널 음악 속에 커피숍 여주인의 미소가 화면을 계속 비추고 있었다. (2023년 창조문학)

신 보헤미안

청량리를 출발한 버스가 어느덧 중랑교를 지나 공릉동에 닿았다.

상가가 밀집된 거리를 지나자 개천가를 끼고서 화랑대역이 보였다. 왼쪽이 여자대학 오른쪽이 육사였다. 갑자기 내 소설 속 주인공들이 여기저기서 튀어나오면서 아는 체를 하는 것 같았다.

이 근처에서 둥지를 틀었던 사람들을 대상으로 쓴 내 소설 속 주인공들이었다. 드라마 같은 현실 속에서 내가 직접 취재해서 소설로 재구성한 것들이었다.

그 중에는 꽤 쓸 만한 소설도 있고 가십거리도 안 되는 허접쓰레기 같은 것들도 있다. 어쨌든 이곳은 오래 전부터 와보고 싶은 곳이었다. 그중 중편으로 썼던 줄거리가 생각난다. 척박한 환경에서 성실 하나로 버티던 여자가 공릉동 근처에서 알바를 하며 겪는 복잡한 인생 여정. 그녀는 대학 동기인 남자를 만나 잠시 감정의 소용돌이 속에 휘말리다 어느 날 사기라는 걸 깨닫고 방황하고 좌절한다.

흔한 말로 돈에 속고 사랑에 우는…….

그러나 여자는 당황하지 않고 씩씩하게 삶을 개척한다. 당당하고 꿋꿋하게 그리고 마침내 새로운 사랑을 쟁취한다. 또 하나는 유복한 가정에서 자라나 평탄한 삶을 살아가는 여자 이야기다. 주인공은 대학시절 육사 생도와 그룹 미팅을 한다. 모두들 의기투합해 가까운 불암산으로 단체 산행을 간다. 그런데 그날따라 파트너가 몹시도 마음에 들었던 친구는 하이힐 뒤축이 부러지는 바람에 일행에서 제외된다. 집에 왔는데 오빠가 부아를 돋운다.

"너 오늘 미팅 나갔다 퇴짜 맞았지?"

"안 그래도 화가 나 죽겠는데 오빠, 너 죽을래?"

"한강에서 뺨 맞고 종로에서 눈 흘긴다더니 왜 나한테 성질이냐? 누가 너더러 퇴짜 맞으래?"

"나 퇴짜 맞은 거 아니거든, 구두 뒤축이 부러졌단 말이야. 산에 올라가다가."

"뭐? 산에는 왜 갔는데?"

"오늘 육사생도랑 미팅했거든, 불암산 올라가다가 그만."

친구는 그 이야기를 하며 그때 만난 육사 생도가 너무 근사해 마음에 들었다며 두고두고 아쉬워했다. 다음은 불암산 근처를 둘러싸고 벌어지는 보헤미안의 이야기다. 운동권 출신의 남자는 공안사범으로 몰려 혹독한 고문 끝에 정신병을 얻는다. 그는 겉보기엔 자유로운 영혼을 꿈꾸는 보헤미안이지만 기실은 극심한 공황장애와 불안장애를 겪는 환자다.

준수한 외모와 해박한 지식은 강한 카리스마를 풍기지만 여자에겐 고통을 안겨줄 뿐이다. 그러나 여자는 그걸 사랑이라고 착각한다. 낯섦과 방황의 함수관계가 둘 사이에 펼쳐진다. 둘은 불암산 자락에 근거를 마련한 채 사랑에 빠진다. 사랑과 문학을 두고 많은 대화가 오간다. 간간이 찰나적인 기쁨이 두 사람 사이를 오가며 가교 역할을 한다.

그러나 사랑은 운명처럼 오래 가지 못한다. 남자의 정신병이 재발한 것이다. 그는 공안사범으로 잡히기 전 오랫동안 도피생활을 했다. 잠시도 한군데 머물지 못하고 늘 떠나야만 했던……. 낯선 곳만을 찾아 방황을 거듭하던 그는 그것을 예술적 감각에 의한 보헤미안 기질로 치부한다.

낯섦과 방황은 거듭된다. 이별 후 그들은 근거지인 불암산 자락을 떠나 각기 다른 환경 속에 살아간다. 그러다 어느 날 여주인공은 신문기사에 난 그의 소식을 접한다. 신혼여행 중 정신병이 재발해 벌어진 보헤미안의 실종.

여주인공은 또다시 감정의 소용돌이에 휘말린다. 그리고 숙원인 문학을 향해 도전한다. 그 소설을 쓰고 나서 25년이 흘렀다. 나는 지금 두 보헤미안의 근거지였던 불암산을 향해 가고 있는 중이다.

버스가 담터를 지났다. 그런데 예전에 못 보던 광경이 나타났다. 사통팔달(四通八達) 새로 난 도로를 따라 거대한 아파트 군단이 형성돼 있었다. 불암산을 중심으로 미니슈퍼와 군 부대, 수녀원 개울물 작은 동리가 45번 버스 종점과 함께 하나의 평면처럼 변해 있었다.

배밭 사이로 들어선 고기 음식점들도 보이지 않았다. 불암산은 저만큼 물러난 채 제지공장도 촬영소와 수녀원 뒷길에 난 울창한 숲길도 모두 사라졌다. 신축된 아파트 군락은 아늑하고 조형미도 뛰어났다. 잘려져 나간 불암산 자락이 신도시를 둘러싸고 조경역할을 하고 있었다.

세태보다 더 빠르게 변하는 게 신도시 같다. 버스는 천지개벽한 주변풍광을 담고서 경기도 남양주군 별내면을 지나 퇴계원으로 접어들었다.

신축도로를 따라 달리던 버스는 흰 눈 천지로 변해버린 산야를 그대로 담아냈다. 내 소설 보헤미안의 고장이 뒤로 물러나면서 차창은 새로운 풍경을 나타냈다. 낡고 퇴락한 거리의 읍내 도시였다. 상가는 어두침침한 겨울의 민낯을 그대로 드러냈고 옛 풍광을 그대로 재현했다.

버스는 오밀조밀한 상가를 지나 낯선 곳을 향해 계속 질주했다. 핸드폰 기기를 파는 상가와 의류상가, 음식점들 사이로 인파가 보였다. 낯선 기운이 이질감이 가슴에 전해 오면서 소설 속의 문장이 떠올랐다.

소설 보헤미안 속의 두 주인공 민희와 이현수의 대화였다.

"전 일정하게 고정된 틀이 싫어요. 그러한 틀 속에 내가 갇혀 있다는 느낌이 들 때면 난 무작정 이 도시를 탈출하고 싶어져요, 우선 아쉬운 대로 서울만 벗어나도 해방감이 느껴져요. 낯설다는 건 일종의 자유예요, 어쩌면 방종의 의미로도 해석할 수 있어요. 낯선 곳에서는 혼자 있어도 들킬 염려가 없어 안심이 돼요. 나를 알아 볼 이가 없다는 데서 은밀한 기쁨이 느껴져요. 보세요 이 도시 이 거리들 온통 처음 보는 것뿐이에요. 분위기도 전혀 새롭구요. 난 이제 더욱 안심이 돼요."

"맞아 낯설다는 건 완벽한 자유야, 온갖 수모와 고통으로부터의 탈출구지. 그런 의미에서 우리는 서로 통하는 보헤미안이지."

거리에 어느덧 어둠이 내리고 있었다. 칙칙한 겨울하늘이 음습한 공기와 함께 처음 대하는 낯선 객지에 흐르고 있었다. 버스는 한 떼의 청소년이 내렸다 타고는 계속 목적지를 향해 질주했다. 2차선 도로를 달려 상가와 산야를 끼고서 강줄기를 타고서 낯선 동리도 수없이 지났다. 낡고 퇴락한 촌락을 지났을 때 나도 모르게 말했다.

그래 바로 그거였어.

나는 버스에서 내려 불 켜진 곳을 향해 걸어갔다. 십자가 네온이 켜진 천주교회였다. 동네에서도 한참 떨어진 산기슭에 자리한 수양원 같은 곳이었다. 성모 마리아상이 높게 서서 오는 사람들을 미소로 맞이하고 있었다. 저녁 미사가 끝났는지 교인들이 성당 문을 나서는 모습이 보였다.

그때 나는 환시를 보았던 걸까? 성의를 입은 신부가 보헤미안의 남자 주인공과 흡사했기 때문이다. 항상 변화를 꿈꾸며 이상(理想)의 세계에 살고 싶어 하던 이현수. 그는 시인이기도 했지만 집안대대로 가톨릭 신자이기도 했다. 도피시절 시골의 성당에 숨었다가 들키는 바람에 담당신부가 곤욕을 치렀다는 이야기가 생각났다.

그렇다면 여기가 바로 그곳.

기억 속에서 상상이 출몰을 거듭했다. 세월의 간극을 두고 사실인지 내가 꾸며댄 소설의 한 대목인지 영 헷갈렸다. 어둠과 달빛이 내 소설적 상상력을 부추기고 있었다. 그럴수록 나는 놀란 토끼눈이 되어 신부를 뚫어지게 쳐다봤다. 신부는 의아한 눈빛으로 나를 한참 바라보더니 사제관 쪽으로 걸어갔다.

사십 후반쯤 됐을까. 신부 치고 체격과 외모가 준수했다. 하긴 내 소설 속 인물 이현수가 살았다면 아마도 저와 비슷했으리라. 내가 또 소설을 쓴 것일까.

나는 가끔 소설과 현실을 착각할 때가 많다. 현실감각이 둔해지고 상상력과 영감이 물줄기처럼 차오를 때다. 그때는 내 주변이 온통 소설 소재감이 되면서 시나리오 무대가 된다. 닥친 현실 문제를 놓고 엉뚱하게 상상력을 갖다 붙이다 낭패를 보기도 한다. 주변사람들을 시나리오의 등장인물로 착각하며 대사를 쓴 적도 수없이 많이 있다.

상상력도 지나치면 해악이 된다는 사실을 미리 깨달았어야 했다. 사제관으로 걸어가는 신부의 뒷모습을 보며 나는 또다시 소설 문장을 떠올렸다. 그때 남자 주인공 이현수는 분명 괌으로 신혼여행을 떠났고 첫날 밤 정신병이 재발해 실종되었다. 여주인공 민희는 직장에 근무하던 중 그 소식을 전했다.

그 소설을 쓴 지가 25년이 지났으니 그들의 나이도 중년으로 접어들었으리라. 나는 손가락으로 25이란 숫자를 허공에 그리고는 성당 내부를 구경하기 시작했다. 시골 성당이라 그런지 규모는 작아도 아늑한 분위기가 느껴졌다. 걸음을 옮기는데 발밑이 미끈했다. 쌓인 눈이 녹지 않아 빙판을 이루고 있었다.

성당 문을 나서는데 사방이 온통 눈 천지였다. 올라갈 땐 잘 몰랐는데 언제 이렇게 눈이 쌓였던 걸까. 그러고 보니 발길이 계속 미끄럼을 타고 있었다. 두 팔이 허공에서 몇 번인가 춤을 추는가 싶더니 어느 샌가 버스정류장 근처로 가고 있었다. 문득 배가 고팠다. 시간을 보니 저녁 7시가 지나 있었다

주변에 음식점이 보였다. 비닐포장이 쳐진 간이음식점이었다. 음식점이라기보다 포장마차에 가까웠다. 청소년들이 입을 호호 불며 어묵꼬치를 먹고 있었다. 맞은편에 청기와라는 상호 아래 한식 전문점이 보였다. 시골 음식점치고 규모가 꽤 커 보였다. 윈도우 안에는 불판이 놓인 탁자가 여럿 있었다.

말이 한식이지 고기전문점이었다. 문을 열고 들어서니 앞치마를 두른 중년여자가 주방 쪽에서 나왔다. 내게는 눈길도 돌리지 않더니 한쪽 테이블에서 식사 중인 커플에게 다가가 더 필요한 게 없냐고 묻는

눈치였다. 그들이 없다고 하자 비로소 내게로 발길을 돌리며 물었다.

"뭘로 해드릴까요?"

그때 내 가슴속에서 활활 타오르는 불길이 있었다. 분노. 그리움. 낯섦. 방황의 거센 불길이 목을 태울 듯이 달려들었다. 나는 턱 끝으로 메뉴판을 가리키며 말했다.

"냉면 돼요?"

"네? 이 추운 겨울에 무슨 냉면?"

여자가 주문을 받으러 왔다가 무슨 황당한 일을 당한 것처럼 되물었다.

"겨울이라 대신 칼국수는 어떨까요?"

여자의 입가에 비웃음이 감돌았다. 표정도 여간 얄미운 게 아니었다. 이 엄동설한에 냉면을 시키다니 어떻게 된 거 아닌가 여자의 눈빛이 말하고 있었다. 기분 나빠 그냥 나오려는데 커플들이 하는 이야기가 귓가에 들려왔다.

"그러니까 오빠는 여기까지 온 이유가 겨우 옛 여자를 찾겠다 그거였어?"

"누가 그렇대, 그냥 소식이나 알 수 있을까 해서지."

"알아서 뭘 할 건데? 오빠 지금 소설 써?"

"너 어떻게 알았냐? 내 본업이 소설이란 걸."

"지금 농담이 나와? 제정신이야?"

"너 좀 심한 거 아냐? 옛 소식을 물었기로 이게 막 사람을 무슨 또라이 취급하고 있어."

"아니 이제 와서 이십 오년 전 소식을 물으니까 그렇지, 그렇게 궁금하면 직접 찾아가 보시든가."

"그럴 것 같으면 내가 왜 너한테 말하겠냐. 지금 거기는 신도시로 변했잖아."

"그럼 거기가 불암산 동네구나."

"응 그래."

그들의 대화를 듣고 보니 둘은 커플이 아닌 남매거나 절친 사이 같았다. 그런데 들을수록 내용에 호기심이 당겼다. 25년 전이란 숫자도 그렇고 소설가라는 말도 그랬다. 두 남녀는 술잔을 주거니 받거니 하다가 내 쪽을 바라보고는 고개를 갸웃했다. 그때서야 나는 두 남녀의 얼굴을 확인할 수 있었다.

말투로 보아서는 30대 후반 같았는데 얼굴을 보니 50대를 훨씬 상회했다. 나는 주방에 가 직접 음식을 주문했다.

"삼겹살 정식 주세요."

음식이 나오려면 시간이 좀 걸릴 것이다. 남녀의 대화를 좀 더 들을 필요가 있었다. 어쩌면 오늘 내가 길을 떠난 목적을 이룰 수 있을 것 같았다. 이야기를 자세히 들어보니 남녀는 오래된 지인관계였다. 튀어나오는 말마다 25년 전과 오늘이었다. 그런데 이상한 점이 발견되었다.

여자가 하는 말은 현실적이고 진지한데 비해 남자가 하는 말은 허무맹랑하고 농담조가 많았다. 그에겐 도무지 현실감각이 없어 보였다. 이윽고 주문한 음식이 나왔다. 나는 고기 한 점을 집어 입어 넣고는 여전히 그들의 말에 귀를 기울였다. 이제 두 남녀는 취해 혀 꼬부라진 소릴 하고 있었다.

"그러니까 오빠 니는 제정신이 아니라니까. 왜 또 정신병이 도진 거가?"

여자는 술잔을 흔들더니 남자의 머리를 쥐어박았다. 그 말에 남자가 자리에서 벌떡 일어나며 말했다.

"너 그 소리 한번만 더하면 니 죽고 나 죽는다."

"그래 죽여라, 죽여 어디 한번 그래 봐라."

여자도 지지 않고 대들었다. 남자가 주먹을 들었는가 싶었는데 이내 풀이 죽었다.

"오빠, 니는 내 맘을 그렇게 모리나 와 와 그러는 건데."

여자의 말투가 사투리로 변하면서 사정조로 나왔다. 아! 그러고 보니 둘 사이는 남매는 아니고 그렇다고 썸을 타고 것도 아닌 묘한 사이였다. 여자가 일방적으로 남자에게 대시하는 것인지도 모른다. 여자는 왜 정신상태도 불안한 남자를 좋아하는 걸까. 잃어버린 옛 사랑이나 추억하는 남자에게.

밥그릇이 거의 비워질 무렵 나는 자리에서 일어났다. 계산을 하는데 두 남녀가 내 등 뒤에 서 있었다. 여자가 남자의 어깨에 기댄 채 지갑에서 돈을 꺼내고 있었다. 저런 한심한……. 나는 속으로 욕했다. 저런 등신. 어디 남자가 없어서.

버스 정류장 앞에 섰다. 거리도 도로도 한산했다. 시골 버스는 자주 오지 않는다. 눈이 녹지 않은 거리는 빙판이 져 미끄러웠다. 두 남녀는 서로 부둥켜안은 채 저만큼 가고 있었다. 그들 뒤에서 소설의 실마리가 보이다 사라졌다. 찬바람이 목과 귓속으로 마구 들어왔다. 버스정류장에 사람들이 하나 둘 모여들기 시작했다. 벌써 불 꺼진 상가도 몇 보였다.

서울까지 가는 버스노선은 많았다. 광역버스가 아닌 시내버스였다. 장거리 운행 치곤 노선도 경비도 괜찮았다. 어둔 하늘에 눈발이 날리기 시작했다. 사람들은 종종걸음을 치며 연신 사거리 쪽을 바라봤다. 아무래도 버스가 연착될 모양이었다. 핸드폰 전원을 켜 보니 8시였다. 문자메시지가 와 있었다. 모 문예지에서 보낸 원고청탁이었다.

등단 초기에는 우편으로 원고청탁이 오더니 다음엔 이메일과 쪽지를 통해서 왔다. 그러더니 언젠가부터 핸드폰 문자메시지로 오기 시작했다. 참 편리한 세상이다. 답 문자를 보낼까 말까 망설이는 사이 버스가 도착했다. 사람들이 우르르 몰려가 승차했다. 뒷자리에 앉아 창밖을 보니 눈은 함박눈으로 변해 있었다.

온 세상을 눈으로 덮으려는지 천지가 하얗게 변해가고 있었다. 낭만과 행복이란 단어가 공중에 붕붕 떠다니는 것 같았다. 이보다 더 아름답고 행복한 정경은 없으리라. 사람들은 모두 행복한 눈빛으로 쏟아지는 눈을 감상했다. 영화의 한 장면을 바라보듯. 이런 날은 소설보다는 시나리오가 더 제격이다. 훨씬 더 잘 떠오를 테니까.

그림 같은 풍경들이 차창 밖으로 휙휙 지나갔다. 어둔 들녘을 걸으며 데이트 하는 젊은 연인들이 포옹하는 장면도 눈에 띄었다. 길가에 차를 세워 놓고 핸드폰으로 통화하는 장면도 여러 번 지나갔다. 산야는 점점 눈발에 쌓여가고 있었다. 길가의 가로수도 상가도 인가도 점점 눈 속에 침식돼 갔다.

정말이지 아름다운 시골밤 풍경이었다. 사람들은 버스에 설치된 영상화면을 보거나 잠에 떨어져 있었다. 봇짐을 안은 시골 노인들도 흔들리는 버스에 몸에 맡긴 채 곤히 잠들어 있었다. 이제 버스는 별내면 경계선을 넘고 있었다. 지하 굴다리를 나온 버스가 좁다란 이면도로로 접어들었다.

이제껏 조용했는데 뒷자리에서 통화를 하는지 말소리가 들려왔다.

"민희, 나 현수야, 혹시 나 기억할 수 있겠어?"

남자의 목소리는 아주 절실했고 뭔가 잔뜩 기대감을 갖고 있었다. 못 알아들었는지 저쪽에선 반응이 없는 것 같았다. 잔뜩 귀를 기울이고 있다가 나는 화들짝 놀랐다. 민희? 현수? 가슴 속에서 쾅! 하고 거대한 울림이 들려왔다. 내 소설 보헤미안에 나오는 두 주인공 이름이 아니던가.

고개를 돌려 남자의 얼굴을 확인하고 싶었지만 차마 그럴 수 없었다. 목이 경직된 채 움직이지 않았다. 혹시 아니면 어쩌나 하는 두려움 때문인지도 몰랐다. 그보다도 그가 나를 알아보게 될까봐 두려움으로 가슴이 타들어가는 것 같았다. 나는 벗었던 모자를 깊게 눌러 썼다. 청각은 여전히 통화 내용에 가 닿았다.

"대답 안 해도 돼. 벌써 이십 년이란 세월이 흘렀으니까 기억 못한다 해도 할 말이 없어, 그동안 민희를 찾기 위해 여러 번 불암동을 갔었어, 이미 떠나고 없더군, 사실 몇 년 전만 해도 혹시나 하고 찾아가 보았는데 역시나……."

남자의 목소리가 울먹거리는가 싶더니 짧은 신음이 들렸다.

"난 당신과 헤어진 뒤 주로 바닷가 지역을 떠돌며 살았지. 불안한 마음을 달래기 위해서 어쩔 수가 없었어. 쫓기는 심정으로 늘 새로운 곳을 찾아다녔지. 어딘가엔 내 안식처가 있을 것 같았어. 내가 안심하고 숨을만한 곳, 피난처 요새 같은 곳 말야. 끊임없이 방황하면서 문학에 심취하고 여러 직업도 전전했지. 그러던 어느 날 남쪽 바닷가에서 필이 꽂히는 한 여자를 만났지, 직감했어, 운명이구나."

순간 속에서 천불이 나는 것 같았다.

저런 망할 XXX…….

욕설이 생각나면서 분노가 머리를 태울 듯이 달려들었다. 신문기사에 읽었던 그녀에 대한 기사가 눈앞에 쫙 펼쳐져 보이는 것 같았다.

"그 여자가 가진 부와 힘이 그동안 힘들었던 나를 편안하게 해줄 거라 믿었지. 새로운 환경이 나를 다른 모습으로 변화시켜 주지 않을까 기대감도 있었어. 내게도 변화라는 센서 기능이 작동해 주지 않을까, 그래서 결혼을 강행했던 거야. 그런데 그게 그게 사단이 날 줄 누가 알았겠어. 사실 말이지 그 여자는 내게 평안을 준 적이 한 번도 없었어. 그런데 왜 나는 그런 그릇된 판단을 했던 걸까."

그러면 그렇지.

"난 한동안 용인에 있는 정신과 신세도 졌고 그리고 잠적 또 잠적 죽을까도 여러 번 고심했지. 그렇게 어둠속을 헤매다 어느 날 한 빛줄기를 발견했지."

나는 순간 심호흡을 멈추었다. 빛줄기라니? 지금 소설을 쓰려는 것인가.

"내 맘에 평안과 만족을 주시는 분, 그분을 만난 거야. 지존하신 그분은 내게 가장 안전한 피난처와 산성이 되어주셨고 유일한 안식처가 되셨지. 그분을 만나고 난 치유를 경험했지. 그 후론 다시 용인에 가지 않았어. 진정한 자유를 찾았거든."

자유? 나는 조금 전에 갔던 천주교회 십자가 불빛을 생각했고 신부의 얼굴을 떠올렸다.

"민희, 나는 지금 우리가 함께 기거했던 그곳으로 가고 있는 중이야. 그런데 불암산 말고는 다 변해버렸더군. 불암산도 반이나 잘려나가고 신도시가 들어섰어. 우리가 즐겨 걷던 수녀원 뒷길의 울창한 숲길도 개천가 따라 걷던 산책로도 제지공장도 군부대도 다 사라졌군.

이런 천지개벽도 또 없지 싶어, 촬영소 주변의 미니 슈퍼도 중국음식점도 우리가 가끔 가서 기도하던 교회도 다 없어졌더군, 내가 얼마나 그리워하던 곳인데. 이곳이야말로 우리의 꿈과 사랑이 있던 유일한 장소인데, 민희 내 말 듣고 있지, 전화 끊지 마. 이거 음성녹음으로 말하는 거야. 날보고 뻔뻔하다 말해도 어쩔 수 없어. 난 살면서 당신을 잊은 적이 한 번도 없었어, 잘못된 선택으로 결혼예식을 치렀던 그 순간마저도. 나 참 뻔뻔하지.”

그래 너 첨 뻔뻔하고 가증스럽다. 너 혹시 다중인격자 아니냐? 하마터면 욕설이 튀어나올 뻔했다. 또다시 소설 속 문장이 떠올랐다.

“민희, 이제 나를 떠나도 좋다.”

그렇게 나를 밀어놓고 새 여자를 만나 안정을 꿈꾸다니, 이런 적반하장도 숨이 막히는 것 같았다.

“지난 세월 동안 난 끊임없이 내재된 불안과 싸웠지, 매번 그 전쟁에서 넘어졌는데 이젠 달라, 이길 수 있는 힘이 생긴 거야. 내 안에 힘과 능력을 공급해 주시는 그분이 내게 창조의 힘과 함께 참된 만족과 기쁨도 주셨지. 나는 그분 한분만으로 만족하기에 더 이상 새것을 찾아 방황하지 않아. 그리고 죽음에 대해서도 담대할 수 있어. 내세에 대한 확신이 생겼거든.”

아! 그 순간 나는 뒤통수를 세게 얻어맞는 기분이었다. 전혀 상상하지 못한 의외의 결과였다.

“사람들은 상황이 좋을 때는 서로 잘 지내다가도 사업이 부도가 나거나 실직을 하는 등, 어려운 닥치면 등 돌리고 외면하기 일쑤지. 내 친구들 중 사업하는 중견실업가가 있었는데 어느 날 IMF라는 태풍을 만난 거야. 친구 일가친척은 물론 가족들도 싹 외면하고 돌아서더

래, 핸드폰까지 수신거부로 해놓고, 친구는 충격으로 자살기도까지
했었지. 그때 나는 친구를 내가 하는 출판사로 끌어들여 영업사원으
로 채용했지. 친구 빚 문제는 파산선고로 해결했고. 사람들은 필요하
면 이용하고 망하면 외면하고 멸시해. 그러나 사람은 우리를 외면해
도 끝끝내 나를 도와주시는 분은 오직 전능주뿐이야."

　나는 그즈음 숨을 내리쉬었다. 아! 저 사람이 또 소설을 쓰는구나.
역시나 직업은 못 속이는구나. 버스 안 승객들은 모두 스마트폰에 빠
져 있거나 잠들어 있었다. 그런데 이상했다. 조금 전에 분명히 별내
면에 들어섰는데 아직도 불암산이 보이지 않았다. 그 주변만 맴돌 뿐
이었다. 여전히 눈은 폭풍 같은 기세로 내리고 있고 산야는 하얗게
색칠을 당하고 있었다.

　남자는 여전히 핸드폰에 대고 음성녹음 중이었다. 내가 듣든지 말
든지, 심지어 내가 소설 속 여주인공이 되어 자신을 비난하고 있는
줄도 모른 채. 생각 같아선 남자의 얼굴을 똑바로 보고 심한 대거리
라도 해주고 싶은 심정이었다. 너 때문에 민희가 얼마나 많은 마음
고생을 했는지 아느냐고.

　그런데 이제 와서 그리움이라니, 이십 오년이란 세월이 너한텐 장
난이었냐고.

　"내가 용인병동 속에 갇혀 있을 때였지, 그날따라 어둠 속에 깊숙
이 침몰돼 있는데 내 귓가에 음악이 들려왔어, 누군가 내 마음을 열
고 들어오는데 그건 아주 환한 빛이었지. 나중에야 알았어. 정신병동
에 전도대가 찾아왔는데 인근 교회에 있는 봉사자들이었어. 그들이
찬양을 부르는데 가슴속에 있는 어둠이 싹 빠져나가면서 빛이 내 마
음을 한가득 차지하는 거였어."

「어두운 후에 햇빛 오며 바람 분 후에

잔잔하고 소나기 후에 햇빛 나며

수고한 후에 쉼이 있네,

고통한 후에 기쁨 있고 십자가 후에 면류관과

숨이 진 후에 영생하며 이러한 도는 진리로다.」

순간이었지, 빛은 어둠을 몰아내는 가장 강력한 무기라는 사실을 그때 처음 알았지. 그건 바로 신의 사랑, 신적 의지였어, 그가 내게 의지를 준 거야. 사랑과 용서라는 의지를. 그 후에도 어둠은 나를 여러 번 찾아왔었어. 하지만 난 이전처럼 당하지는 않았어. 왜냐하면 그걸 이길 수 있는 힘이 생겼거든. 한마디로 난 담대해진 셈이지, 그리고 사랑은 두려움을 이기는 또 다른 무기가 되더군. 사랑이야말로 두려움을 이기고 평안을 갖다 주는 가장 큰 힘이야. 그분은 그런 초월적인 힘을 공급해 주시는 분이야, 진즉 그분을 알았더라면 그렇게까지 헤매고 다니지 않았을 것을. 민희, 난 이제 자유해, 더 이상 방황은 없어, 내가 이곳에 온 것은 당신이 생각나서야. 나를 만나준 그분을 당신도 만나길 바라."

나는 그 순간 새로운 대사를 썼다.

"사람이 살다 보면 옛일은 잊게 마련이라고 하지만 그렇지 않아, 기억은 그리움은 없어지지 않아. 난 그동안 안정된 평화를 찾아 헤매고 다녔지, 이 세상 어딘가에 숨 쉬고 살고 있을 당신을 만나 내 마음을 꼭 전하고 싶었어, 당신은 내게 주신 신의 선물이었어."

그러나 내 귓가에 들려온 건 전혀 의외의 말이었다.

"민희, 이제 나는 진정으로 당신을 내 맘속에서 떠나보낼 수 있을 것 같애. 그래서 오늘 마지막으로 이곳을 찾아온 거야. 더 이상 과거

에 묶여 있다간 미래로 나갈 수가 없어. 미래는 현재의 선택과 직결
돼 있거든."

넌 나를 또 한 번 죽이는구나. 이십 오년 전에도 그런 식으로 나를
죽이더니 왜 또 말장난이 하고 싶어진 거냐? 그리고 또 의심했다. 저
사람은 아직도 완치되지 않았다. 신의 사랑, 신적 의지 운운하면서
하고 싶은 말은 따로 있다. 새 여자를 만나 다른 삶을 꿈꾸기 위해
이별을 선언하고는 방황 운운했던 것처럼.

도대체 너의 진실과 속셈은 무엇이냐? 제 맘대로 떠났다가 다른 여
자와의 삶을 계획했다가 실패하니까 이제 와서, 그것도 25년이나 지
난 지금 와서 사랑 그리움 운운하더니 결국엔 또다시 떠나겠다고? 슬
금슬금 부아가 나기 시작했다. 참 편리한 사고방식을 가진 남자이다.
사랑도 이별도 배반도 재회도 모두 일방통행식이다. 그런 그의 방식
에 놀아난 여주인공 민희는 더욱 한심하다.

무책임한 남자에게 사랑이라는 기대를 걸어 놓고 상처와 방황을 거
듭하는 민희는 소설 초반에 나오는 버림받은 시골 여자의 모습과 똑
같은 양상이다. 허무맹랑한 보헤미안의 논리에 함께 휘말리는, 나는
또 소설 속의 문장을 떠올렸다.

「우리는 자신의 진짜 모습과 가짜 모습이 전혀 분별되지 않는 아
주 낯설고 외진 곳을 좋아한다. 혼자 있어도 외롭지 않은 곳. 정체를
들킬 염려가 없어 더욱 안심이 되는 곳. 창작열이 불꽃처럼 활활 타
오르는 곳이어야 한다. 우리는 끊임없이 여행을 떠나며 보헤미안의
꿈을 재현할 것이다」

차창 밖을 내다보았다. 밖은 칠흑 같은 어둠속에 쌓이는 눈으로 시
간이 정지된 것 같았다. 버스는 아무리 달려도 이정표 하나 보이지

않았고 어둠과 공존한 공간만이 보일 뿐이었다. 하늘과 맞닿은 공간
은 시간과 함께 정착지도 모른 채 계속 달려가고 있었다. 이제 버스
는 막다른 골목을 향해 가속페달을 밟고 있었다.

그런데 이상했다. 남자의 목소리가 들리지 않았다. 대사가 끊긴 걸
보니 남자는 잠들었거나 이미 내렸는지도 모른다는 생각이 들었다.
뒤를 돌아보려는데 역시나 고개가 뻣뻣이 굳어 움직이지 않았다. 주
변을 둘러보니 승객들은 모두 잠들어 있었다. 스마트폰을 쥔 채 잠이
든 젊은이도 있었고 아기를 업은 채 잠든 여자도 있었다.

모두 꿈나라로 직행한 모양이군. 그런데 왜 이 버스는 중간에 한
번도 쉬지 않고 계속 달리기만 하는 걸까? 그리고 왜 내 몸은 움직이
지 않고 생각만 하는 걸까? 도대체 이 버스는 어디로 가고 있는 걸
까? 그때였다. 내 뒤에서 요란한 전화벨 소리가 들렸다. 벨소리는 버
스 안을 통째로 흔들듯이 엄청나게 컸다.

그런데 그건 사이렌 소리 같기도 하고 앰뷸런스 소리 같기도 했다.
전화벨 소리 하나 특이하게 해놨네. 그런데 왜 전화를 받지 않는 거
지 시끄러워 견딜 수가 없군. 당장이라도 남자를 흔들어 깨우고 싶었
다. 이봐요 빨리 전화 받지 않고 뭐하는 거예요? 다른 사람들한테 방
해된다고 생각하지 않나요?

벨소리는 여전히 울려대고 있었다. 도저히 참을 수가 없군. 나는
드디어 자리에서 일어났다. 그런데 몸이 차꼬에 묶인 듯 꼼짝 않는
것이었다. 도대체 이게 어떻게 된 거지? 내가 지금 꿈을 꾸고 있는
걸까? 그런데 자세히 보니 승객들도 운전기사도 몸이 굳어 있는 것
같았다. 모두 잠든 채 미동도 않는 걸 보면.

그러고 보니 버스는 달리는 게 아니고 그대로 정지돼 있었다. 도대

체 이게 어떻게 된 것일까. 정신을 똑바로 차리고 상황을 인식해야지. 그런데 정신을 차리면 차릴수록 자꾸만 혼미해져 갔다. 그때였다. 내 손에 미끈하게 잡히는 게 있었다. 새빨간 핏덩어리였다.

그 피가 내 옆구리에서 자꾸만 새어 나오고 있었다. 얼굴에서도 손에서도 피가 뚝뚝 떨어지고 있었다.

아악!

내 입에서 비명이 터지고 말았다. 그러나 소리는 공중에 흡수된 채 들리지 않았다. 아니 내 입안에서만 감돌뿐이었다. 도대체 이 상황이 어떻게 발생한 걸까? 나는 무엇보다 뒤에 앉은 남자가 궁금했다. 방금 전까지 내 소설 줄거리를 외우며 그리움을 하소연하던, 그런데 눈앞이 자꾸만 뿌옇게 변하면서 의식이 가물거렸다.

나는 이내 혼곤한 잠속으로 추락했다. 꿈속에 많은 길들이 보였다. 아스팔트 직선도로로 뚫린 광활한 빛이 보이는 길과 비포장도로 울퉁불퉁한 자갈길과 가시덤불 숲길 속에 구름이 보이는 산길도 있었다. 험한 등산로 끝에 찬란한 햇빛이 보이는 길도 보였고 가파른 오솔길 너머 아슬아슬한 벼랑이 보이는 십자로도 있었다.

그런가 하면 해안도로를 따라 여러 사람들이 한꺼번에 달려가는 길도 있었고 혼자서 무거운 짐을 진 채 끙끙대며 올라가는 시지프스 같은 험한 길도 있었다. 그러나 길은 모두 한곳으로 나 있었다. 영원이라는 길이었다. 사람들은 모두 그 길을 향해 자신도 모르게 끌려가고 있었다.

그 길 끝에서 민희와 현수가 나를 향해 손짓하고 있는 모습이 보였다. 그들 뒤로 햇빛과 구름이 산 아래 세상을 비추고 있었다.

언젠가 기차 레일을 바라보며 길이란 제목으로 글을 쓴 기억이 났다. 수없이 갈라진 레일은 인생행로와 같이 선택과 책임이라는 의미를 엄숙히 묻는 거라며 경고성 메시지를 날린 적이 있다. 그때 영원이라는 단어도 함께 썼던 것 같다. 그런데 그 다음은 무엇이라 썼는지 통 기억이 안 난다.

민희와 현수를 향해 나가는데 주변에서 웅성거리는 소리가 들렸다. 비명 같기도 하고 싸우는 소리 같기도 하고 걱정과 근심이 잔뜩 서린 말소리 같기도 했다. 내 몸이 누군가에 의해 거칠게 흔들리고 있었다. 정신 차리라고 일어날 수 있겠느냐고 누군가 내 귓가에 대고 계속 이야기하고 있었다.

그때였다. 눈앞이 환해지면서 사물이 보이기 시작한 것은. 제일 먼저 눈에 들어온 건 침대 위에 누워 있는 내 모습이었다. 다음은 내 앞에서 왔다 갔다 하는 의료진과 나와 동승했던 승객들이 내 침대 옆에 누워있는 모습이었다. 부상 정도가 경미한 걸로 보아 대형사고는 아닌 것 같았다.

그러니까 버스가 퇴계원을 막 벗어났을 때였다. 갑자기 차량이 왼쪽으로 쏠리는가 싶더니 쾅! 소리가 났다. 커브 길에서 마주 오던 차량과 버스가 맞부딪친 것이다. 간단한 접촉사고였지만 피해는 만만치 않았다. 사고 차량이 거의 반파되다시피 했는데 부상자가 적어 그나마 다행이었다. 다친 승객들은 시골에서 농사지으며 힘들게 살아가는 촌로들이었는데 그들은 내게 걱정스런 눈길을 보내고 있었다. 그 관심어린 눈길에 저절로 눈물이 났다.

그런데 내 옆자리에 누운 남녀는 유난히 많은 앓는 소리를 냈다. 다리를 다쳤는지 붕대를 친친 감고서 거푸 의사와 간호사를 불러댔다. 그러면서도 여전히 상대를 걱정하는데 잉꼬부부도 그런 잉꼬부부가 없었다. 다음 순간 나는 내 뒷자리에서 음성녹음으로 통화를 하던 남자를 떠올렸다.

그는 틀림없이 내 소설 속 주인공 이현수였다. 민희를 향한 그 애절한 호소, 한 서린 사랑고백이 생각났다. 옆 침대에 누운 환자에게 물었다.

"혹시 제 뒷자리에 앉아 계시던 분은 어떻게 되었나요?"

"아줌씨 뒤에 앉은 사람이냐뇨? 아무도 없지 않았나?"

"아니요, 분명히 있었어요. 제 뒤에서 길게 음성녹음으로 통화했었어요."

"혹 꿈을 꾼 건 아니슈? 버스 안에 승객이라곤 아줌씨랑 나 그리고 노인네 몇 명뿐이었는데 기억 안 나슈?"

그는 옆자리로 돌아누우며 귀찮은 듯 말했다. 시답잖게 별 걸 다 묻고 있네 하는 표정이었다. 그러자 그 옆 침대에 누운 젊은 남자가 말했다.

"아줌마 생각났어요, 아줌마 뒷자리에서 계속 전화통화 하던 아저씨 말이죠? 방금 전에 퇴원했어요. 자기는 다친 데가 없다면서 어떤 아줌마가 오더니 같이 나가던데요."

남자는 아무리 봐도 멀쩡해 보였다. 다친 척 연기하는 건 아닌지 의심될 정도였다.

"그런데 그 아저씨는 왜 찾는 건데요? 혹시 아는 사이세요?"

혹시라는 말에 나는 잔뜩 긴장했다.

"아니 그게 아니고 뒤에서 통화하는데 자꾸 눈물이 나서."

"그 아저씨가 통화하는데 왜 아줌마가 눈물이 나요?

"통화 내용이 그랬거든요."

당황한 나는 링거 병에 달린 주사바늘을 빼고 침대에서 일어났다. 옷을 갈아입고 나자 나는 듯이 병원을 빠져나왔다. 사방에서 객지의 바람이 불어오고 있었다. 난생 처음 보는 곳이었다. 시골 읍내 치고 병원 규모가 꽤 컸다. 요즘은 웬만한 소읍에만 가도 문화시설이 대도시 못지않다.

거리마다 각종 브랜드 의류상가와 음식점을 비롯한 위락시설과 병원이 들어서 전혀 불편함이 없다. 각 동네마다 교통편이 발달돼 있고 은행 전자대리점 대형마트 학원 등이 주민들의 편의를 도와준다. 점점 갈수록 도시와 농촌의 간격이 좁혀지고 있는 걸 실감한다.

버스와 전철도 연이어 도착하고 상가의 불빛도 대도시의 그것과 똑같다.

나는 읍내 거리를 걸으며 누군가를 급히 찾고 있었다. 시멘트 담벼락이 있는 골목길까지 찾아 헤매며 급하게 발걸음을 옮겼다. 처음 보는 거리 풍경은 옛 정취를 일깨우고 있었다. 나는 길을 헤매며 소설적 상상력에 집중했다.

그러다 미친 발걸음으로 전철 역사를 향해 무한 속도로 달려갔다. 달려가는데 객지의 성난 바람이 내 갈기를 물고 늘어졌다. 역사(驛舍)는 가파른 계단 위에서 승객들을 맞이하고 있었다. 웬일인지 에스컬레이터는 멈춘 채 작동이 되지 않고 있었다. 나는 사람들 사이를 비집고 계단을 단숨에 뛰어올랐다.

카드를 판독기에 대는데 전광판에 불빛이 보였다. 전동차가 막 역내로 진입하고 있었다. 발걸음을 전동차 안으로 드미는 순간 나는 보았다.

지난밤 꿈속에서 보았던 수많은 길들을. 그리고 내 뒷자리에 앉아 음성녹음으로 길게 이야기하던 남자의 실체를. 전동차는 출발하자마자 전속력으로 달리기 시작했다.

인생여정에 지친 발걸음들을 빠르게 빠르게 대도시로 옮겨주고 있었다.(2016년 한국소설)

그 날 이후

어느 날 밤 꿈속에서 그를 보았다.

그가 검은 화염으로 뒤덮인 곳에서 많은 사람들과 함께 웅크린 모습으로 서 있었다.

그들은 잔뜩 겁에 질린 표정으로 서 있었는데 검은 너울을 쓴 독수리 같기도 하고 갈 까마귀 같은 것들이 사람들 위를 소리를 지르며 날아다녔다.

이상한 건, 사람들이 발걸음을 옮길 때마다 공중 부양하는 것처럼 두둥실 떠다니는 것이었다.

개중에는 무어라 함성을 지르는가 하면 안타깝게 울부짖는 사람도 있었다. 후회 막급한 탄식과 절망이 그들의 입 사이에서 마구 빠져나왔다. 그런데 그들이 내뱉는 소리는 하나같이 고통이었다. 그는 사람들 사이에서 두 손으로 입을 가린 채 무어라 계속 이야기하고 있었다.

나는 그에게 온 힘을 다 해 외쳤다.

"거기 있지 말고 이리 나와, 더 이상 가면 위험해 안 돼."

그러나 그는 내 소리가 들리지 않는지 여전히 같은 자세로 안타깝게 이야기하고 있었다. 아니 호소하고 있었다. 나는 그에게 달려가기 위해 몸을 앞으로 내밀었다. 그런데 어찌된 일인지 발바닥이 땅에 붙어 전혀 움직이지 않는 것이었다. 발을 움직여 보았으나 얼어붙은 듯 그대로였다.

마치 석고상이 된 것 같았다. 두 팔을 움직여 다시 한 번 앞으로 나가길 시도했으나 소용없었다. 더구나 그가 있는 곳과 이곳 사이에는 엄청난 무한공간이 형성돼 있었다. 검은 안개 같은 것이 낭떠러지를 사이에 두고 뭉개구름처럼 피어오르고 있었는데 점점 핏빛으로 변해가는 것이었다.

불가능이란 단어가 점점 그와 나 사이를 가로막았다. 나는 두 손을 모아 그에게 힘껏 소리쳤다.

"조금만 기다려, 내가 거기로 갈게."

내 소리는 안개 속에 파묻혀 공중으로 사라졌다. 그러나 나는 그를 향해 연거푸 소리쳤다.

"내 말 들리지? 이곳과 그곳은 엄청난 구렁텅이가 있어 그러니 내가 하는 말을 잘 들어, 그곳에서 빠져나와야 해. 알았지 이 민 재."

나는 있는 힘을 다해 또다시 소리쳤다. 순간 내 말은 메아리 현상을 일으키며 그에게 전달된 모양이었다. 그가 갑자기 이쪽으로 고개를 홱 젖히더니 두 손을 마구 흔들었다. 나도 동시에 그에게 손을 흔들며 앞으로 나가기 위해 발걸음을 옮겼다. 그러자 공중 부양하는 것처럼 몸이 두둥실 떠오르는 것이었다.

몸이 새털처럼 가벼워지면서 주변에서 경쾌한 음악이 들려왔다. 흑암 중에 빛을 뿌리는 죽어가는 영혼을 살리는 환상곡 메시아였다.

"조금만 기다려, 내가 가서 구해줄게."

몸이 낭떠러지를 반쯤 지났을 때였다. 갑자기 하늘이 캄캄해지더니 몸이 무거워지기 시작했다. 그러더니 정신없이 낙하하기 시작했다.

빠른 속도로, 공포와 죽음의 사슬이 당장 내 온몸을 옥죄기 시작했다. 마음속에서 한 단어가 들려왔다.

무저갱.

발이 닿지가 않았다. 얼마쯤 더 내려가야 끝이 나올까. 머리칼이 위쪽으로 뻗치면서 누군가 몸을 아래쪽으로 강하게 잡아당기고 있었다. 얼마쯤 내려갔을까. 속도가 점점 줄더니 이상하게 몸이 가벼워졌다. 아니 그건 순전히 내 착각인지도 모른다. 마음이 이상하게 안정되는가 싶더니 몸이 무언가에 의해 점점 위로 올려지는 것이었다. 든든하고 강한 힘에 의해. 어둠이 물러나면서 빛이 내 온몸을 감싸기 시작했다.

기뻐하며 찬양하세 만왕의 왕 하나님…….

노랫가락이 마음에 전해오며 안개가 사라지고 있었다. 그러나 내 몸은 여전히 낭떠러지 한가운데 머물러 있었다. 아, 그곳은 삶과 죽음의 갈림길이었다. 그가 서 있는 곳은 심판의 문이 있는 최후라는 결정장이었다. 나는 또다시 그에게 소리쳤다.

"이 민 재."

그가 나를 알아보고는 손짓했다. 어서 자기를 구해 달라고. 빨리 건너오라고. 그러나 갈 수가 없었다. 큰 구렁이 가로막고 있어서였다. 설교 시간에 듣던 나사로와 거지 이야기가 생각났다.

「부자의 상에서 떨어지는 것으로 먹고 개들이 와서 그 헌 데를 핥던 거지가 죽어 천국에 갔을 때 부자도 죽어 장사되매 음부로 들어갔다. 부자가 음부에서 고통 중에 눈을 들어 멀리 아브라함 품에 안겨 있는 나사로를 보고 말했다」

"아버지 아브라함이여, 나를 긍휼히 여기사 나사로를 보내어 그 손가락 끝에 물을 찍어서 내 혀를 서늘하게 하소서. 내가 이 불꽃 가운데서 고민하나이다."

그러자 아브라함이 말했다.

"너는 살았을 때에 네 좋은 것을 받았고 나사로는 고난을 받았으니 이것을 기억하라, 이제 저는 여기서 위로를 받고 너는 고민을 받느니라, 이뿐 아니라 너희와 우리 사이에는 큰 구렁이 있어 건너갈 수가 없다."

그러자 부자가 말했다.

"그렇다면 나사로를 내 아버지의 집에 보내소서. 내 형제 다섯이 있으니 저희에게 증거하여 저희로 이 고통 받는 곳에 오지 않게 하소서."

그러자 아브라함이 말했다.

"저희에게 모세와 선지자들이 있으니 그들에게 들을지니라."

눈물이 걷잡을 수 없이 흘러나왔다. 사람들은 심판대 앞에서 얼굴이 점점 흑빛으로 변해갔다. 나는 마지막으로 힘주어 말했다.

"이 민 재 나 따라해 봐. 지저스 크라이스트."

목소리가 더 이상 나오지 않았다. 온몸에서 땀이 비오듯 흘러내렸다. 순간 눈이 번쩍 떠지면서 꿈에서 깨어났다. 나는 자리에서 일어나자마자 그에게 전화를 했다. 그의 휴대폰은 꺼져 있었다. 불길한 예감이 두려움과 함께 가슴속으로 와락 달려들었다. 언젠가 그가 한 말이 생각났다.

"만약 신이 존재한다면, 왜 그 수많은 악인들을 심판하지 않고 그냥 내버려두는 거지?"

"세상에는 알곡과 가라지가 함께 살고 있어. 어떨 땐 가라지가 알

곡보다 더 크고 튼튼하게 자라는 경우도 있지. 그런데 가라지 하나
뽑겠다고 하다가 알곡까지 뽑히면 어쩌지? 어차피 추수 때가 되면 알
곡은 곳간으로 가라지는 불에 태워 없어져. 또 하나님은 악인도 그날
에 합당하게 지으셨고 그들에게도 회개라는 마지막 기회는 언제든 있
는 법이니까."

"그렇지만 나는 아무래도 신의 처사를 이해할 수가 없어. 왜 인간
의 자유를 통제하려 드나 말이지."

"자유의지는 스스로 책임지는 거야. 악에게 내 마음을 주던 선에게
마음을 주던 결국 내 책임이야."

"복잡한 거 다 필요 없고 그냥 인생은 한번 왔다 가는 거야. 재미있
게 즐겁게 살다 가면 되는 거야. 영원이란 없어."

민재는 항상 자유 원칙론자였다. 모든 건 자유의지로 결정해 자신
의 행동에 대해서만 책임지면 된다는 식이었다.

"그렇다면 이 세상의 원칙과 정의는 누가 지켜나간다는 거야?"

"그거야 소수의 정의파가 지켜 나가겠지. 우리는 그때그때 상황에
따라 협조하거나 외면하면 그만이고."

저런 교활한 기회주의자 같으니라고. 세상이 모두 너 이민재 같은
사람만 있다면 어떻게 될까. 세상은 강도의 굴혈이 될지도 모른다.
이기주의 물질 맘몬 사상은 또 다른 신적 역할을 하고 있다. 고래로
부터 사람들은 돈이라면 양심도 팔아먹고 심지어 목숨과 가족까지도
거래 대상으로 한다.

돈보다 더 지독한 신적 대상이 있다. 명예다. 명예는 인간의 욕구
중 가장 수위를 차지한다. 사람들은 돈보다도 명예를 더 사랑하는지
모른다. 명예는 모든 수단의 최후 목적이 된다. 요즘 불거지는 논문

표절 사건만 해도 그렇다. 뻔히 발각 날 것을 알면서도 너도 나도 논문 베끼기에 동참하고 있다.

강남의 유명한 성직자도 이에 동참하여 개망신과 함께 불이익을 자처했다고 한다. 어디 그뿐이겠는가. 유명한 연예인은 물론, 이름 석 자만 대면 알만한 지식층까지 동참했다니 기가 막힐 노릇 아닌가. 내 주변사람 중에는 입만 열면 박사 교수 운운하는 사람이 있었다. 자존 감이 높다 못해 교만이 하늘을 찌를 듯하다가 어느 날 낙마했다.

자신을 적극적으로 밀어주던 담당 교수가 논문 표절로 세간의 이목을 집중하다 못해 개망신을 당한 것이다. 그녀는 당연히 논문심사에서 미끄러졌고 그토록 원하던 명예의 대열에서 후퇴하고 말았다. 그와 조금 다른 경우이긴 해도 이민재 그도 마찬가지였다. 자신의 뛰어난 두뇌만 믿고서 경쟁 대열에 뛰어들었다가 엄청난 파고에 휩쓸린 것이다.

그는 학창시절부터 항상 논리적이었고 그러면서도 감성적이었다. 따라서 그의 견해는 항상 변화를 예고하고 있었다. 어떨 땐 철학자 같다가 어떨 땐 시인(詩人)으로 바뀌고 또 어떨 땐 정의로운 사도(師道) 같다가 현실적인 이기주의 아니 냉소주의자로 변모했다. 종잡을 수 없는 그의 행동 때문에 낭패 본 사람도 여럿이라는 소문이었다.

가장 이해가 안 가는 것은 낭만주의자처럼 행동하다가 갑자기 성공지상주의로 변하는 것이었다. 그럴지라도 그에겐 남다른 매력이 있었다. 여자에게 모성 본능을 자극하는 행동이라든가 정확한 사리판단과 위기 대처능력 같은 것이었다. 그런 것들은 그에게 신뢰를 쌓는 역할을 했다.

이기적이지만 순한 눈망울로 상대의 마음을 아우르고 욕구가 강한 듯 보여도 자제심이 강해 순간을 모면했다. 그렇다고 그가 마냥 정직한 것도 아니었다. 아무튼 그는 선인도 악인도 아닌 중간지대였다. 그렇게 철저한 현실주의자인 그에게 영원이란 단어가 먹힐 리 없었다. 그런데도 나는 그를 외면할 수 없었다.

"만일 내세가 없다면 삶의 목적도 달라져야 한다고 생각하지 않아?"

내 질문에 그는 한심한 표정을 지으며 말했다.

"그렇다면 너는 성경에 나오는 영생을 믿는다는 거니?"

"그럼 믿지."

"그래 너나 실컷 믿고 영생해라."

그에게 두려움 따위는 없어 보였다. 하지만 어려움이 닥치면 달라지겠지.

"세상에서 짓는 죄 중에 가장 큰 죄가 무엇인지 알아?"

"뭔데?"

"그건 교만죄야."

"뭐? 교만죄 그게 무슨 말이야."

"다른 죄는 사람을 향해 짓지만 교만은 하나님을 향해 짓는 죄이기 때문이야."

"넌 그걸 지금 내게 말이라고 하니? 나 참 별소릴 다 듣겠네."

"명심해, 하나님을 하나님으로 인정하지 않는 게 얼마나 큰 죄인지."

이민재는 대학 졸업 후 군에 입대했는데 거기에서 큰 인생 수업을 받은 것 같다. 시련이 마음을 단련한다고 자신감과 교만이 한풀 꺾인 듯 보였다. 어느 날 그가 내게 심각한 어조로 말했다.

"교만은 패망의 선봉이라며?"

나는 알면서도 모른 체 되물었다.

"누가?"

"누가 나한테 그러더라, 그 말이 맞긴 해. 그런데 가장 큰 교만은 어떤 마음인지 알아?"

잠시 내 마음속에 긴장이 흘렀다. 무슨 바람이 불어 내게 이 같은 질문을 하는 걸까.

"유명한 심리학자 CS 루이스가 말했대, 교만은 사람들로부터 인정받고자 사랑받고자 하는 마음속에 가장 많이 숨어 있다고."

"그걸 어디서 들었는데?"

"군대 있을 때 나와 친했던 군종이 말해주더라, 넌 여적 그것도 모르고 뭘 했냐?"

그는 제법 아는 체를 하며 말했다.

"그래서 무슨 말을 하고 싶은 건데?"

"난 너희 기독교인들부터 겸손해졌으면 하는 말이야, 저희들은 온갖 세상 영광 다 구하고 다니면서 진리만 앞세우더라, 넌 아니라고 할 수 있어?"

나는 그의 말에 수긍도 부정도 할 수 없었다. 그나저나 교만의 실체에 대해 다시 한 번 깨닫는 순간이었다. 나 역시 부지불식간에 인정과 사랑에 집착해 있었기 때문이다. 그가 돌아서는데 나도 모르게 웃음이 나왔다.

"그래도 군대 다녀오더니 많이 달라졌네. 제법 충고도 할 줄 알고."

당시 나는 대학 졸업 후 3년을 내리 백수로 놀고먹고 있었다. 비싼 등록금 들여 대학 공부시켜 놨더니 겨우 백수냐고 날마다 가족들로부터 지청구를 얻어듣고 있었다. 취직을 위해 스펙을 쌓는다고 했는데 면접 볼 때마다 물거품이 되어 날아갔다. 실력도 문제이지만 내게는 뛰어넘을 수 없는 거대한 장벽이 있었다.

바로 대인관계였다. 사람들 앞에만 서면 나도 모르게 긴장이 되고 떨렸다. 말도 버벅거리고 상대가 위압적으로 나오면 순간적으로 판단력이 흐려져 실수가 잇따랐다. 그러니까 나는 영업직 같은 사람 상대하는 직업은 아예 꿈도 꾸지 않았다. 그냥 앉아서 하는 사무직이 제격이었다. 그럼에도 나는 면접에서 번번이 떨어졌다.

그런 일이 반복되고 나자 내 힘으로는 어쩔 수 없다는 자조감과 함께 불신앙이 슬그머니 마음 한구석을 차지하는 것이었다. 한번 마음이 나락에 처박히자 순식간에 열등감이 몰려왔다. 무능감도 함께 달려와 전능자에 대한 신뢰를 무너뜨리려 했다. 그러나 그것을 말로 발설하는 순간 나는 더한층 몰락할 것이다.

나는 내 무능한 현실을 놓고 날마다 기도의 글을 썼다. 그리고 매일 밤 하늘나라에 글을 발송했다. 글은 날로 일취월장 문장력을 높였고 매수 또한 늘어났다. 거기에다 생각지도 않은 상상력까지 추가돼 소설과 시나리오 형식을 타고 새로 태어나기 시작했다. 어느 날 시험 삼아 인터넷 카페에 글을 올렸는데 상상하지도 않은 결과가 나타났다.

내 사이트에 접속한 건수가 늘어나면서 공감대를 호소하는 댓글이 엄청 달린 것이다. 그들은 모두 나처럼 백수신세를 지는 사람들 같았다. 어쨌든 나는 얼마 안 가 작가라는 타이틀을 갖게 되었고 그 덕분으로 출판사에 취직하는 행운도 얻었다. 그러나 진짜 환란은 취직 뒤에 있었다.

우선 월급이 박봉에다 그나마 제 날짜에 나오는 날이 적었다. 날마다 컴퓨터에 앉아 일을 하는데 잠시 딴 생각만 했다 하면 일이 엉망이 되는 것이다. 아! 그때 깨달았다. 내 진짜 문제는 집중력에 있었구나. 근무하면서 깨달은 또다른 사실이 있었다. 사람들은 모두 교만하다는 것이었다.

겸손한 체 선한 체 내숭을 떨다가 기회만 오면 악마의 발톱을 휘둘렀다. 그건 지위계층을 망라하고 마찬가지였다. 앞서도 말했지만 교만에는 성직자도 예외가 아니었다. 아니 그들에겐 사람 보는 안목이 있어 더 심한지도 몰랐다. 그런데 교만한 사람들의 특징이 있었다. 그들은 전혀 자기 자신을 들여다 볼 줄 모르는 것이다.

자기 눈에 든 들보는 깨닫지 못하면서 남의 눈에 든 들보를 빼내주겠다고 난리였다. 따라서 그들에겐 전혀 회개가 없었다. 직장에 근무하면서 내 창작 활동은 뜸해지기 시작했다. 그러는 동안 이민재 그는 국내 유수업체에 취직하여 나날이 승승장구에 올랐다. 일단 경쟁구도 속에 진입한 이상 그는 본성으로 돌아가 승진에 집착했다.

한치도 뒤로 물러설 수 없는 전장에 돌입한 것이다. 일중독에 심취한 그는 인정받기 위해 갖은 수단과 방법을 동원했다. 그 특유의 감성도 저버린 채 이성적인 판단만 앞세워 전후좌우 돌아보지 않고 일에만 전념했다.

그가 인정받는 순간마다 나타나는 현상이 있었는데 그건 그가 이전에 주장하던 교만이었다. 어떨 땐 대놓고 사람을 무시하고 아전인수격으로 행동했다. 이상한 건 그럴수록 그에게 브레이크가 작동되지 않는 것이었다. 그에게 남보다 뛰어난 게 있다면 석학(碩學)인 두뇌보다 수려한 외모였다.

　회사의 광고모델에 출연하라는 제의를 수없이 받을 만큼 그의 외모는 출중했다. 얼굴만 본다면 귀공자 왕자님 스타일이었다. 그는 중직에 오르자 계약 건이 있을 때마다 앞장서는 역할을 감당했다. 특히 상대 거래처가 여자일 경우엔 그 효과가 극대화되어 나타났다. 이민재의 외모에 넋이 나간 여자가 따져볼 겨를도 없이 계약서에 도장을 찍어 주었기 때문이다.

　그는 계약 건이 성사되면 밤새도록 두주불사(斗酒不辭)했다. 어느 날 그가 놀란 목소리로 전화해 나가 보았더니 얼굴이 먹빛으로 변해 있었다.

“얼굴이 왜 그래?”

“술을 너무 마셨더니 그래.”

“술 작작 마셔 그러다 골로 가는 수가 있어.”

“나 사실 맘이 편치가 않아.”

“왜? 한참 잘 나간다며?”

“그럼 뭘 해, 맘이 편치가 않은데.”

“인정받고 하는 일도 잘 된다며, 누군가 시기하는 사람이 있구나 그치?”

“그렇기도 하고 이젠 사람들 만나면 괜히 불안해.”

“왜?”

“그러는 너는 마음 편하니?”

“항상 그런 건 아니지만 그렇게 불안한 것도 아냐.”

“좋겠다, 그런데 나 지금은 마음이 편안해.”

“지금?”

　그는 길가에 술집을 가리키며 말했다.

"술 한잔 할래?"

"나 술 안 마시는 거 알잖아."

"아 참 그렇지, 중요한 할 말이 있는데……."

"무슨 말인데 그냥 여기서 해 봐."

"그걸 어떻게 맨 정신으로 하나?"

그는 눈을 흘기더니 핸드폰의 애정 화면을 만지작거렸다. 그때였다. 내 핸드폰에서 요란하게 벨이 울린 것은.

"정은혜씨. 사무실 나갈 때 컴퓨터 끄고 나간 거야?"

사장이었다. 내가 또 무슨 실수를 한 게 틀림없었다. 사장의 목소리가 질책조로 화가 잔뜩 나 있었다. 이민재가 잔뜩 긴장한 표정으로 나를 바라봤다.

"네 컴퓨터 끄고 나왔는데요."

"무슨 소리야? 컴퓨터 바이러스 먹은 것 같은데."

"네? 뭐라구요?"

나는 너무 긴장해서 손이 덜덜 떨렸다. 그게 사실이라면 하루종일 입력해 놓은 게 다 날아가는 거 아닌가.

"정은혜씨, 따로 저장해 놓은 유에스비 있지?"

"네? 그게."

"아니 그럼 그냥 했다는 거야?"

"그 그러니까."

"암튼 알았고, 기술자 불러서 컴퓨터 수리할 거니까 내일 이야기하자고."

나는 가슴을 쓸어내리며 한숨을 내리쉬었다.

"컴퓨터 본체 날아가도 E드라이브에 저장해 놓으면 괜찮은 거 아냐?"

"그런데 내가 가끔 그걸 잊어버려."

"그러게 일을 할 땐 정신 똑바로 차리고 해야지, 하긴 월급이라고 해봐야 얼마나 받겠어."

나는 그 말 한마디에 자존심이 팍 상하고 말았다. 그가 자기의 자동차를 가리키며 말했다.

"타, 내가 드라이브 시켜줄게."

"싫어."

그때 우리 곁을 지나던 젊은 연인이 말했다.

"쟤네들 둘 다 선수 같지 않니?"

나는 처음에 그 말의 의미를 몰랐다. 그런데 다음 순간 이민재의 표정이 일그러지면서 욕이 터져 나왔다.

"망할 자식들 다 지들 같은 줄 아는 모양이지."

그가 자동차 문을 열며 말했다.

"얼른 타, 안 잡아먹을 테니까."

자동차는 복잡한 시내를 벗어나 한강변을 끼고 달리기 시작했다. 얼마쯤 달렸을까. 옆을 보니 그의 눈빛이 사납게 변해 있었다. 그런데 도대체 무슨 말을 하려는 걸까.

"어딜 가는 거야?"

"왜 불안해? 널 잡아먹기라도 할까 봐서?"

"그래도 어딜 가는지 알아야 할 것 아냐?"

"넌 도대체 겨우 푼돈 받으면서 언제까지 그 직장에 다닐 건데?"

"남이사 별 상관을 다 하셔."

"뭐? 남?"

그가 갑자기 자동차를 우회전하더니 급정거를 했다.

"내려."

"뭐라구?"

눈빛이 또 사납게 변했다. 왜 저러지? 내가 내리자 그가 따라 내리며 말했다. 양복 안주머니에서 담배를 꺼내 물더니 한숨을 푹 내쉬더니 말했다.

"정은혜 저기 좀 봐, 경치 죽인다."

그가 손가락으로 가리키는 곳은 강 건너편 작은 야산이었다. 개나리와 진달래 벚꽃이 현란한 색채로 물들어 있었다. 강물은 봄바람을 타고 돌 사이를 흐르고 있었다.

"도대체 할 말이 뭔데 여기까지 온 거냐니까. 바쁜데."

"야! 너만 바쁘냐 난 더 바뻐."

"글쎄 바쁘니까 빨리 말해."

"야! 넌 여자가 어째 그리 무드가 없냐, 남자가 여기까지 와서 할 말이 있다고 하면 척 눈치를 채야지. 저렇게……."

"저렇게 뭐?"

"야! 너 사귀는 남자 있냐?"

"뭐라구? 왜 없으면 남자 소개시켜 주려고? 좋지, 어떤 사람인데."

"뭐? 나보고 니 남자를 소개시켜 달라고?"

"아니 지금 그런다며."

"뭐? 내가 언제?"

"그럼 아니었어, 그럼 사귀는 남자 있냐고 왜 물은 건데."

"없으면 난 어떠냐 그거지, 내가 니 남자친구하면 안 될까?"

"뭐? 노우 노우야. 난 너같은 타입 별루야."

"왜? 여자들은 나만 보면 좋아서 환장을 하는데."

"그럼 그런 여자들한테 가 보시든가."

"왜 내가 마음에 안 들어?"

"난 암튼 싫어, 나 갈래 지금 들은 이야기는 안 들은 걸로 할게."

그는 머리를 쥐어뜯더니 또다시 눈빛이 사납게 변했다.

"나야말로 지금 니가 한 말 안 들은 걸로 할게, 내 살면서 여자한테 퇴짜 맞은 건 처음이다, 그런 의미에서 널 꼭 내 여자로 만들 거야, 그냥 이걸 확!"

"뭐? 뭐? 너 이민재 너 지금 나한테 뭐란 거야 날 그냥 확 어떻게 할 건데?"

"왜 겁나냐 내가 널 어떻게 할까봐, 그냥 하면 재미없지, 서서히 뜸 들이다 해야지 너! 앞으로 내가 전화하면 재깍재깍 받아 알았지, 안 그럼 당장 쫓아가서 개망신 줄 테니까."

나는 하도 기가 막혀 기절할 지경이었다. 무슨 남자가 하루 이틀 안 것도 아닌데 그것도 프러포즈 비슷한 걸 하면서 이렇게 협박조로 나온단 말인가. 이건 아니다. 이건 이민재 그만의 특유의 교만이다. 어떤 여자든 자기가 손 내밀면 다가와 안겨주어야만 한다는 교만.

"너 내 성격 알지, 난 한번 말하면 돌직구로 그대로 나간다는 거, 내 뜻대로 안 움직여주면 그땐 확!"

"아이구 잘하면 사람 치겠다, 내가 그렇게 만만해 보이냐, 왜 내가 다른 여자들처럼 아이구 좋아요 사랑해요 감사해요 하고 안겨주어야 하나?"

"그러면 재미없지, 그래도 나같은 남자가 말야 이렇게 나오면 너도 반응이 있어야 할 것 아냐."

"지금 반응하고 있잖아 아니라고. 왜 니 뜻대로 움직여주지 않으니 불만이야?"

"이게 어디서 남자한테 버릇없이."

"뭐야?"

그 순간이었다. 그가 내 입술을 덮친 것은. 그 순간부터 나는 그의 감정의 하수인이 되었다. 그가 시키는 대로 움직이는 감정의 꼭두각시. 너무 쉽게 마음을 열어준 건 아닐까. 그는 여자의 마음을 다루는 요술사 같았다. 그와의 교제가 무르익을 무렵 갑자기 생각이 났다. 그와 함께 길거리에 서 있을 때 지나가던 연인들이 한 말이.

"쟤네들 둘 다 선수 같지 않니?"

천만에 이민재는 선수일지 몰라도 난 아니다. 내가 선수라니 지나던 개가 웃을 일이다. 어느 날 그가 가슴이 아프다며 통증을 호소해왔다. 그가 아프다고 하니까 내 마음은 천 갈래 만 갈래로 찢어지는 것 같았다. 그가 여자의 모성 본능을 자극하는 것도 모르고.

"그러게 자신을 늘 겸손하게 낮춰야지. 내 몸 내 마음을 내 뜻대로 할 수만 있다면 얼마나 좋겠어. 하나님께 맡겨."

"넌 또 그 타령이냐?"

그런데 이번에는 반응이 달랐다. 왠지 풀이 죽고 목소리가 기운이 없었다.

"나 요즘 매일 악몽을 꿔. 너무 무서워."

"악몽?"

"응, 잠이 들자마자 꿈을 꾸기 시작하는데 어떤 무서운 힘이 날 막 끌고 다니는 거야."

"주로 어딜 다니는데?"

"뜨거운 불못도 있고 활활 타는 유황불 같은 곳인데 사람들이 막 아우성치는 소리가 들려. 그리고 얼음 속에 거꾸로 처박혀서 고통당하는…… 너무 무서워."

그는 말하다 말고 자리에 주저앉았다.

"엄청 무서웠겠구나. 그래서 넌 어떻게 했는데?"

"날 끌고 간 사람이 그곳으로 날 밀어 넣을까봐 막 살려달라고 빌었어."

"그러니까 그 사람이 뭐랬는데."

"다음번에 기회 봐서 또 데리고 오겠다고. 그런데 그 고통이 꿈에서 깨어났는데도 생생하게 떠오르는 거야, 나 너무 무서워."

세상에, 담대하고 거칠 것 없는 이민재가 무섭다니 그런 그가 꼭 어린아이 같았다.

"오늘 밤 또 꿈을 꾸면 어떡해야 할지 알려줘."

"그땐 말이지 그리스도를 외쳐 봐. 그러면 괜찮을 거야."

"그리스도? 정말 그럴까."

그는 고개를 갸웃하더니 웃었다.

"무슨 드라큐라 영화 같다. 이왕이면 십자가도 가져야 하지 않을까?"

"그렇다면 더 좋겠지만 꿈에서 그게 마음대로 될까?"

"그렇담 오늘 밤은 십자가를 품에 안고 자야겠군."

나는 한동안 그의 꿈을 놓고 영적 해석에 골몰했다. 하지만 예상과는 달리 소식이 뜸해 이젠 악몽을 꾸지 않나 보다 하고 안심했다. 나 또한 직장생활에 숨 쉴 겨를조차 없을 정도로 바빴기 때문이다. 그런데 어느 날인가부터 내가 이상한 꿈을 꾸기 시작했다. 존 번연이 쓴 천로역정을 대학 다닐 때 딱 한번 읽어 본 기억이 난다.

그때는 감동 깊게 전율을 느끼며 읽은 것 같다. 페이지를 넘길 때마다 영화를 보듯 생생하게 단어와 영상이 겹쳐 시야를 자극했다. 하지만 생활에 바쁘다 보니 어느덧 회색 장면으로 잊혀지고 말았다. 그런데 내가 꾼 꿈은 마치 천로역정에 나오는 회색 장면을 선명한 색채로 바꿔 주는 것 같았다.

어떨 땐 마치 천로역정의 한 장면처럼 생생하게 지옥의 현상들이 벌어지는 것이었다. 그때마다 중간에 등장하는 것이 이민재였다. 도대체 세상에서 얼마나 죄를 많이 지었으면, 꿈에서까지 나타나 내게 도움을 요청하는 걸까. 꿈에서 나는 공중부양과 함께 온갖 끔찍한 형상들을 다 보았다. 그야말로 악몽이었다.

꿈에서 깨어나면 몽롱한 정신상태로 몸이 좌우로 흔들리는 게 꼭 술 취한 사람 같았다. 직장에서도 별일 아닌 것 같고도 실수를 연발해 핀잔을 듣기도 했다. 한번은 잠이 들었는데 꿈속에서 그가 컴컴한 동굴 같은 곳에서 많은 사람들에게 둘러싸여 손가락질과 비난을 받고 있었다.

온갖 험한 악담과 저주가 그들의 입가에서 새어 나왔다. 말은 비수로 변해 그의 가슴에 꽂혔다. 그들이 주로 내뱉는 단어가 있었는데 하나같이 거짓말이었다. 그는 피가 흐르는 가슴을 움켜잡고서 간신히 한마디 했다.

"너희들이야말로 거짓말 말어."

힘들었다. 꿈속에서도 시달리고 현실 속에서도 비몽사몽간을 헤매며 산다는 것이. 도대체 그에겐 어떤 죄목이 그렇게 많기에 내가 대신 이 고통을 당한단 말인가. 그는 한동안 잘 나가는지 연락도 없었다. 그러더니 어느 날 연락이 왔다. 자기가 다니는 회사 광고모델로 출연하게 됐다는, 그 대가로 엄청난 거래가 오갔던 것 같다.

그는 일단 목표가 보이면 편법도 불사했다. 어느 정도 위험도 감수해 가며 자신이 원하는 바는 꼭 성취하는 스타일이었다. 가끔씩 거짓말도 했다. 약속을 번복할 때였다. 그럴 때면 꼭 술 광란 파티를 벌이는 날이었다. 내가 눈치채면 못 가게 하니까 아예 약속을 번복하고 술 도가니에 빠지는 것이다.

저렇게 술에 빠져 살다가 몸이 견뎌낼 방법이 있을까. 혹 술 중독에 빠지는 건 아닐까. 내 염려와 달리 그에게 날아온 소식은 이사로 승진했다는 낭보였다. 이제 겨우 나이 삼십을 넘었을 뿐인데 초고속 승진인 셈이었다. 의기양양 희희낙락일 줄 알았는데 의외의 반응이 나왔다. 기고만장일 줄 알았는데 그가 한 말은 허무였다.

"너무 허무해."

"뭐? 허무?"

"왜?"

"사실 무리수를 많이 두었거든, 정직하지 않은 그런 것들이 있어."

"편법? 그런 거야?"

"아니 그런 건 알 것 없고 암튼 마음이 편치 않아."

"그렇게 승진이 급했어? 그게 그렇게 중요한 거였어?"

"넌 남자들 세계에 대해 잘 몰라."

그 말에 난 잠시 할 말을 잃었다.

"이젠 내려갈 일만 남았어."

뭔가 알 수 없지만 의미심장한 말 같았다. 그는 매우 곤혹스런 표정을 짓더니 청천벽력과 같은 말을 했다.

"그동안 나는 고지를 향해 달려왔어, 경쟁은 필수였지만 난 남을 짓밟고 해서는 안 될 많은 일을 했지, 남의 가슴에 상처라는 대못을 박고 심지어 직장에서 내쫓기도 했지, 개중에는 자살했다는 소식도 들려왔어."

"뭐 뭐라구?"

"뭐 꼭 내가 원인이라고 할 순 없지만 전혀 책임이 없는 것도 아니야, 나 요즘 불면증 때문에 제정신이 아냐, 판단력도 흐릿하고 자꾸 혼동이 와. 것보다도 양심의 가책 때문에 괴로워 미치겠어."

그는 엄청난 죄책감에 싸여 있었다. 한때는 양심불량자로 낙인찍혔던 그였다. 그런데 어느 사이에 양심이 살아나고 있었다니, 그것도 마지막 고지에 오른 지금에.

"죄를 용서받는 길이 있다면 말해 줘, 피해자에게 찾아가 용서를 빌까, 위로금을 전해줄까? 아니 그건 안 돼, 그건 해결 방법이 아닐 수도 있어."

"피해자에게 용서를 구하고 적당한 배상을 하는 것도 좋은 방법일 수 있지."

"나 이렇게 살다가 죽어 천국 갈 수 있을까?"

그 말에 귀가 번쩍 띄는 것 같았다. 바로 이때다. 비장의 카드를 꺼내려는 순간이었다. 그가 가슴을 치며 울기 시작했다. 참회의 눈물이었다. 그 모습을 바라보자니 내 가슴이 다 먹먹해지는 것 같았다.

"나를 위해 기도해 줘."

"응 알았어, 그렇지 않아도 기도하고 있었어."

"고마워."

전혀 그답지 않게 고분고분했다. 다음날 그에게 핸드폰을 걸었는데 부재중이었다. 불길한 예감이 가슴을 덮쳐왔다. 당장 그가 다니는 회사로 가고 싶었지만 업무가 바빠 그럴 수가 없었다. 손이 떨리면서 갖가지 나쁜 상상이 꼬리를 물고 일어났다. 그리고 그런 현상은 벌써 며칠째 이어지고 있었다. 그런 와중에 그가 날마다 꿈속에서 나타나 고통을 호소했다.

낭떠러지 끝에서 활활 타는 유황불 앞에서 단말마의 고통을 읍소했다. 그건 그 옆에 있는 사람들도 마찬가지였다. 그에게 날마다 문자 메시지를 보냈는데 한 번도 연락이 없었다. 어디서 술이 떡이 되어 나뒹굴어져 있는 건 아닐까. 아님 나 모르게 외국 출장이라도 떠난 건 아닐까. 갖가지 상념으로 머리가 뒤죽박죽이었다.

퇴근 후 무작정 그의 회사로 가는데 마음이 천근만근이었다. 발목에 무거운 쇳덩이를 매단 것처럼 발걸음이 더뎠다. 마악 그의 회사 앞에 이를 때였다.

두꺼운 안경을 쓴 30대 초반으로 보이는 여자가 회사 입구에서 소란을 피우고 있었다. 회사 안으로 들어가려는데 경비가 가로막고 안 보내주자 생떼를 쓰는 것 같았다.

여자는 인상이 매우 혐오스러운 데다 목소리가 아주 기분 나빴다. 흥흥거리는 목소리는 툭 튀어나온 입술과 함께 심한 거부감을 나타내고 있었다. 여자는 잔뜩 흥분해 있었는데 불평불만이 얼굴에 덕지덕지 내려앉아 그야말로 꼴불견이었다. 검정색 점퍼에 찢어진 청바지를 입은 그녀는 아예 체면이고 자존심이고 없이 마구 떠들어대고 있었다.

"글쎄 왜 날 안 들여보내는 거냐고요? 난 꼭 만나야 할 사람이 있다니까요."

여자는 아예 당당하기까지 했다.

"글쎄 그가 누군지 모르지만 핸드폰으로 연락해서 만나면 될 거 아니요."

"그럴 것 같으면 제가 왜 여기까지 찾아 왔겠어요?"

"도대체 그 사람이 누구요?"

여자는 잠시 멈칫거리더니 말했다.

"이 이이사요."

"뭐 이사요? 참 기가 막혀서 이 여자가 이삿짐 싸다 왔나, 시끄럽게 떠들지 말고 썩 물러가슈, 저거 또라이 아냐?"

경비는 주변에서 구경하고 서 있는 사람들에게 동조를 구하듯 말했다.

"글쎄 난 만나야 한다니까요."

"우리 회사에 이사란 분은 없으니 다른 데 가서 알아보슈."

"그게 아니고 이이사요."

경비는 더 이상 참을 수 없다는 듯 여자의 팔을 끌고 공원 쪽으로 갔다. 여자는 끌려가면서도 온갖 괴성을 다 질러댔다. 정신병동에서 막 뛰쳐나온 환자이거나 잠시 정신공황이 와 이성을 상실한 게 틀림없었다. 계단을 지나 회전문을 열고 회사 안으로 들어섰다. 신분증을 대는 판독기가 바로 눈앞에 보였다.

오른쪽 끝에 경비실이 보였다. 50대 초반으로 보이는 남자가 나에게 눈빛으로 물었다. '무슨 일로 오셨수' 나는 경비에게 이민재의 명함을 보이며 물었다.

"만나러 왔는데 괜찮을까요?"

"급한 일이신가요?"

"네 조금."

"지금 회사에 안 계세요."

"네? 그게 무슨 말씀이세요, 없다니요?"

"중국에 있는 지사에 출장 갔어요, 벌써 일주일째요, 모르고 오신 것 같은데, 애인이신가?"

경비는 기분 나쁘게 내 전신을 훑어 내리며 말했다. 애인 사이일 것 같으면 모를 리가 없을 텐데 공연히 헛물켜지 말고 돌아가라는 뜻으로 들렸다. 그런데 다음에 들리는 말은 더 기가 막혔다.

"애인 사이 같지는 않고, 하긴 뭐 여자가 한둘이어야 말이지."

"뭐라구요?"

나도 모르게 언성이 높아졌다.

"아니 왜 그렇게 화는 내고 그러슈, 난 솔직히 아가씨가 아까워서 그런 건데. 아! 말이지 애인일 것 같으면 중국에 출장 간 걸 모를 리 없지 않수, 그리고 이이사 그 인물에 찾아오는 여자가 한둘인 줄 아슈."

경비는 나를 아예 그에게 따라붙는 그렇고 그런 여자 취급을 하고 있었다. 그런데 도대체 이 인간이 얼마나 여자와 염문을 뿌리고 다녔으면 소문이 이렇게 나쁘게 난 걸까. 기가 막혔다. 좀 전의 걱정 근심은 다 사라지고 슬그머니 분노가 올라왔다. 쓸데없이 한 걱정만 한 나 자신에게 심한 모욕감이 끓어올랐다.

기분 나빠 돌아서는데 경비가 마지막 확인 사살을 했다.

"거 일찌감치 냉수 마시고 속 차리슈 나중에 후회 말고."

내 이 인간 이민재를 당장……

눈앞에 있다면 당장 요절을 내고 싶은 심정이었다. 평소에 여자들에게 인기가 대단하다고 자랑할 때부터 알아봤어야 하는 건데. 그런 데 이 인간이 다른 직원들도 많을 텐데 왜 중국까지 출장을 갔을까. 회사를 나와 길거리를 걸어가는데 갑자기 등 뒤에서 벽력같은 소리가 들려왔다.

"아이구 분해라, 망할 놈의 인간 같으니라구. 거짓말쟁이 사기꾼."

좀 전에 회사 안으로 들어가기 위해 발버둥을 치던 바로 그 여자였 다. 흥흥거리는 말소리는 여전히 기분 나빴지만 안타까운 사연을 담 고 있음은 분명했다. 여자는 분한 나머지 눈물을 흘리다가 힘없이 전 철 역사 쪽으로 걸어갔다. 혼잣말을 뇌까리며. 그런데 그 말끝의 한 마디가 내 가슴을 확 뒤집어놓았다.

"이 인간 만나기만 해봐라. 당장 요절을 내고 말 테니. 이이산지 이 민재인지."

순식간에 머릿속에서 혼란이 일었다. 혹 잘못 들은 건 아닐까. 내 가 흥분한 나머지 헛소리를 들은 건 아닐까. 저런 여자 입에서 그의 이름이 나오다니 이건 분명 내가 잘못 들은 걸꺼야. 아님 동명이인이 던가. 이민재는 일주일 열흘이 넘도록 출장에서 돌아오지 않았다. 회 사에는 어떻게 연락하는지 몰라도 핸드폰이 해외 로밍이 되지 않아 통화할 수도 없었다.

대신 꿈속에서 나는 매일 그와 만났다. 하루도 빠지지 않고 악몽이 이어졌다. 직장에서 날마다 일의 차질이 생길만큼 나는 기진맥진 혼 절할 지경이었다. 드디어 그가 떠난 지 한 달이 되었다. 나는 그의 회 사에 전화를 걸어 그의 안위를 확인하기에 이르렀다. 가슴에 미리 진 정제를 투여하기 위해 전날 심야기도회도 다녀왔다.

갖가지 시나리오가 머릿속에서 써졌지만 그가 무사하기만 하다면 괜찮을 것 같았다. 그럴 리가 없겠지만 만일 백수가 되더라도 내가 먹여 살릴 작정도 했다. 전화벨이 울리는 동안 제발 제발이란 단어가 내 안에서 수도 없이 감돌았다.

"이민재 이사님 부탁드립니다."

전화를 받은 여직원은 잠시 망설이는 듯했다.

"이민재 이사님 자리에 안 계십니다."

"아직 중국 출장에서 안 돌아오셨나요?"

"그게 아니고……."

아! 그 말 뒤에 나올 단어 때문에 내 심장은 잠시 출장 나간 기분이 들었다. 가슴이 절망으로 떨어지는데 드디어 염려가 현실이 되는 소리가 들렸다.

"회사 그만두셨습니다. 죄송합니다. 전화 끊겠습니다."

손목에서 힘이 빠져나가더니 저절로 핸드폰이 바닥으로 떨어졌다. 그제야 모든 걸 한꺼번에 알 수 있었다. 그가 왜 꿈속에서 그렇게 괴로워했는지. 왜 그동안 핸드폰조차 끊고 있었는지. 바닥에 떨어진 핸드폰을 집어 올리는데 신호음이 울렸다. 액정화면을 보니 이민재 그였다. 가슴 속에서 전율이 느껴졌다.

그건 내가 그를 얼마나 사랑하고 있는가 하는 징표였다.

"도대체 어떻게 된 거야? 거기 어디야?"

"저……. 전 이 핸드폰 주인이 아니고."

"네? 뭐라구요?"

또다시 가슴이 나락치는 소리가 들렸다. 이번에는 아예 대형사고를 예고하는 것 같았다. 병고? 사고? 노숙자? 자살? 실종? 범죄?

수많은 단어가 내 가슴속에 휘몰아치는데 지옥이 따로 없었다. 일

각이 여삼추란 말이 그렇게 실감날 수가 없었다. 말이 자꾸 헛나왔
다.

"거 거기 어딘가요? 이 이민재 그 사람은요?"

"네, 제가 지금 병원에 옮겨놨습니다. 젊은 사람이 길거리에 쓰러
져 있기에."

"지 지금 거, 거, 거기가 어 어딘데요?"

"네 을지로에 있는 제일병원입니다. 핸드폰에 제일 많이 찍힌 번호
가 있길래 걸었더니 역시나이군요. 어서 오셔서 병원비 계산부터 하
시죠, 좀 전까지 응급실에 있다가 이제 막 병실로 올라갔습니다."

"네 네 감사합니다. 제가 곧바로 가겠습니다."

택시를 타고 나는 듯이 제일병원으로 가는데 나도 모르게 안도와
환호 감사의 고백이 나왔다. 그가 무사하기만 해도 그간의 모든 행적
은 용서가 될 것 같았다. 그를 죽음의 문턱에서 구해준 전능자의 배
려에 저절로 감사가 나왔다. 진작 그에게 그리스도를 전했더라면 그
가 그토록 방황하지 않고 정신을 차렸을지도 모르는데 뒤늦은 후회가
나왔다.

언젠가 그가 허무를 외치며 절망하던 모습도 떠올랐다. 꿈속에서
내게 고통을 호소하며 구원을 요청하던 기억도 생생하게 떠올랐다.
봄기운이 짙어가던 날 길거리에서 프러포즈를 하며 윽박지르던 모습
도 떠올랐다. 택시가 시청 앞을 지나 을지로 입구에 들어설 때였다
갑자기 내 입에서 욕설이 터져나왔다.

"네 이 놈의 인간을 만나기만 해라, 가만두나."

회사 경비원이 하던 말이 갑자기 떠올랐던 것이다. 길거리를 지나
며 울부짖던 그 험한 인상의 여자도 떠올랐다. 운전기사가 내 얼굴을

흘끔거리며 모호한 표정을 지었다. 택시는 을지로 3가를 지나 충무로 입구에 멈춰 섰다. 기사에게 요금을 지불하고 나서 제일 병원 안으로 뛰어 들어가며 외쳤다.

"그래 이민재 살아줘서 고맙다, 고마워."

정신없이 병원 복도를 지나는데 누군가 다가와 내 손목을 살며시 잡는 것이 보였다. 환자복으로 갈아입은, 언젠가 TV에서 광고모델을 하던 잘생긴 남자였다.

지나가던 여자들이 그를 알아보았는지 다가와 확인하며 웃었다. 역시나 그는 어딜 가나 인기였다. 이왕 직장 잃었으니 차라리 모델이라도 계속하라고 떠밀어 볼까.

아니지, 아니지. 그를 삶의 저편에서 이편으로 지옥 불에서 건져준 전능주께로 인도해야지. 그게 급선무지.

"너 뭘 그렇게 생각하는 건데? 왜 내가 잘못 됐을까봐 걱정했는데 이렇게 건재한 걸 보니까 너무 감격스러워 그러는 거니, 걱정마라 걱정 마, 너 혼자 두고 안 죽을 테니."

그는 마치 큰 인심이라도 쓰듯 거듭거듭 말했다. 나도 모르게 웃음이 나오는데 창밖에서 여름을 알리는 소나기가 거칠게 쏟아 붓고 있었다. 지상에 붙은 오염된 죄악의 찌꺼기를 말끔히 씻어 내리기라도 하듯이. 나는 그의 귓가에 대고 살며시 말했다.

"지난 한달 동안 꿈속에서 매일 너랑 만났어, 이젠 안심해도 돼. 잘 들어, 지난번에 니가 내게 한 말이 있지? 이제 그 대답을 말할게, 그 아들 예수의 피가 우리를 모든 죄에서 깨끗케 하실 것이요."

그의 얼굴에 해맑은 미소가 번지고 있었다. 의와 희락과 평강이 그의 삶에 새로운 반전을 예고하고 있었다. '전화위복' 그가 내 귓가에 전해준 말이었다. 복도를 오가는 많은 환자들과 방문객들이 그와 나를 바라보면서 손으로 V자를 그려 보였다. 가슴 벅찬 환희가 그와 나 사이를 오가며 사방으로 퍼져 나갔다. (2014년 순수문학)

작가의 말

내게 있어 봄은 잔인한 계절이다.

난 한겨울에 부는 삭풍보다 춘삼월에 부는 봄바람이 더 싫다. 차라리 한파가 더 좋고 나른한 봄날은 죽을 맛이다. 피곤한 봄날은 우울증이 폭발하고 잊고 있던 고질병 쓴 뿌리까지 돋아나고 피해의식이 가중된다. 청소년 시절 가장 힘들었던 계절도 3월 신학기 초였다. 중학교 시절, 나는 뒷자리에 앉은 친구와 이야기했다.

"정말 학교 다니기 싫다."

그러면 친구는 말했다.

"학교 땡땡이 치고 그냥 돌아다니면 안 될까?"

감색 교복에 쇠꼬챙이처럼 가는 다리를 드러내 놓은 치마를 입고 등교하기란 죽기보다 싫었다. 온몸에 병을 짊어지고 정신은 너무 혼란하고 공부고 뭐고 다 귀찮았다. 간신히 걸어 학교 다니는데 나쁜 머리 쥐어짜고 공부하느라 더 비감스러웠다. 도무지 집중할 수가 없었다. 그래도 졸업장은 꼭 따야겠기에 아픈 몸을 이끌고 죽기 살기로 다녔다.

언제 끝날지 모르는 인생이지만 인생에 있어 졸업장만큼 귀중한 것도 없지 싶었다. 겨우 생명줄을 이어가는데 현실은 언제나 가혹했다. 영양불량으로 얼굴에 버짐이 피고 온몸에 뼈가 휘었다. 특히 봄이 되면 현실에 적응하지 못해 강박증이 이는데 나중에야 알았다. 불안 초조 우울증세라는 걸.

나는 어린 나이에 뼈에 심한 통증을 앓아 제대로 걸을 수가 없었다. 서 있기조차 힘들었다. 이런 내게 입시는 많은 감점 요소가 됐다. 고등학교 입시와 대입시에 반영되는 체력장 점수 20점에 간신히 13점을 받은 것이다. 뛸 수가 없으니 참가 점수만 받았다.

7점이라는 감점을 받고 겨우 상급학교에 진학하고 학창 시절을 이어 갔다. 몸은 병에 치이고 정신은 혼란해도 내겐 꿈이 있었다. 소설 작가였다. 난 자리에 누워서도 책을 읽었고 꿈을 꾸었다. 장래 희망란은 언제나 소설가였다. 교등학교 3학년 때 국어 선생님으로부터 처음으로 작문 실력을 인정받았다.

하지만 백일장 등에서 수상한 적은 한 번도 없다. 습작만 할 뿐 제대로 된 문학공부를 해본 적도 없었다. 그러다 여의도에 있는 대형교회 백일장에서 딱 한번 당선됐다. 세상 살다 그런 일은 처음이었다. 어리둥절했다. 내게도 이런 일이 생기다니. 행운보다 불운이 더 많았던 지난날이었다. 이후부터 내게도 시온의 대로가 열리기 시작했다.

수없는 은혜 체험과 성령님의 인도하심으로 꿈을 완성했다. 다른 건 불통 일색이었는데 문학 인생만큼은 형통으로 이어졌다고 믿는다. 때로는 뜻하지 않게 복병이 나타나 해코지 당하는 일도 겪었고 전혀 돈이 생기지 않는다는 이유로 본업인 영양사로 복귀해 2년 반 동안이나 소설을 포기하고 살았다.

이후 다시 소설로 회귀했고 때로는 알바로 뛰면서 다시 소설로 돌아오는 과정이 반복되었다. 올해로 나는 등단 27년 차가 되었다. 30대 말미에 등단해 60대 중반에 들어섰다. 중간에 소설을 포기할 생각도 수없이 많이 했다. 그러나 한편으로 소설은 언제나 내 동반자이자 피난처가 되어 주었다. 언젠가 나를 위해 기도해 주셨던 목사님께서 하신 말씀이 떠오른다.

'저 신 작가에게는 소설이 남편이다.'

내가 등단할 당시만 해도 소설에는 가느다란 희망 같은 것이 보였었다. 그런데 세월이 30년 가까이 흐르는 동안 소설은 무용지물처럼 되어버렸다. 처음에는 영화에 인터넷에 요즘은 유튜브 스마트폰에 밀려 아예 도외시되어 버렸다. 더 심각한 건 AI 인공지능이라는 괴물이 나타나 거의 모든 분야의 직업군조차 잠식해 가면서 예술분야까지 침투해 버린 것이다.

요즘 웬만한 회사는 문서 서류작성을 AI가 대신 한다. 직원들의 급여 정산도 마찬가지다. 단어 몇 가지만 던져 주면 AI가 시(詩)도 창작해 준다. 머지않아 소설도 시나리오도 애니메이션도 AI가 대신 할 것이라고 한다. 그럼에도 문단에는 인원이 넘쳐나고 있다.

머릿속에 온갖 쓰레기 같은 잡념까지 다 집어넣고 소설에 매진하는 소설가의 경우에는 우울증이 언제 언제고 득달같이 달려들 수 있다. 그럼에도 천직으로 알고 매진하는 작가들이 있다. 돈을 위해서가 아닌 천직을 위해 돈을 버는 기괴한 현상까지 감내하면서.

그동안 소설 창작으로 인해 잊고 살았던 불안증과 우울증이 올 봄, 갑자기 찾아왔다. 무기력증과 함께 기도할 힘조차 생기지 않았다. 부정적인 상상이 끊임없이 뇌리를 붙잡고 늘어섰다. 또다시 고질병이 도진 것이다. 사순절 기간이 지나면서 조금씩 회복되기 시작했다.

등단 당시 처음 찾았던 정독 도서관에 가서 글을 쓰면서 내재된 활력을 느꼈다. 꿈이 되살아난 것이다. 정독 도서관으로 가는 길은 세월이라는 바람을 타고 엄청난 변화가 있었다. 럭셔리하고 아티스틱한 분위기로 탈바꿈한 것이다. 잊고 있었던 낭만심리가 되살아나면서 나는 자신에게 외쳤다.

그래도 인생은 살만한 것이다.

오직 하나님 은혜로.

이번에 내는 소설집 (홍대 앞에서)는 내 24번째 저서이다. 생각해보니 나의 인생은 오로지 소설이라는 꿈을 향해 달려온 것 같다. 꿈은 절대로 사람을 배반하지 않는다. 이건 내가 내세우는 철칙과 같다. 꿈은 삶의 원동력이자 종착지이기 때문이다.

이번에 내는 소설창작집 '홍대 앞에서'는 내가 겪은 팩트에다 허구를 옷 입혀 완성한 작품들이다. 꿈 34년만에 만나다가 그 예이다. 독자들의 반응과 상관없이 난 이 소설을 읽을 때마다 옛꿈에 젖는다. 그 객지를 떠나온 지도 40년이 되었다.

내 20대 중반 잠시 머물렀던 그곳은 천지가 개벽하여 거의 무인도처럼 변해버렸다. 그런데 당시 난 그곳이 나의 소설의 무대가 될 줄 미리 알고 있었다. 꿈은 과거와 현재 미래의 연장선상에 있다.

난 소설작가로서의 내 인생을 너무나 사랑한다.

그리고 그 꿈을 이루어주신 나의 주 하나님께 감사한다. 이번에도 나의 창작집을 출간해 주신 도서출판 한글의 동화작가 심혁창님께 감사드리며 독자분들께도 형통한 축복이 이어지길 기도드린다.

홍대 앞에서

2024년 5월 25일 1판 1쇄 인쇄
2024년 5월 30일 1판 1쇄 발행

저 자 신외숙
발행자 심혁창
마케팅 정기영
디자인 박성덕
교 열 송재덕
인 쇄 김영배
펴낸곳 도서출판 한글

우편 04116
서울특별시 마포구 신촌로 270(아현동)
수창빌딩 903호

☎ 02-363-0301 / FAX 362-8635
E-mail : simsazang@daum.net
창   업 1980. 2. 20.
이전신고 제2018-000182

* 파본은 교환해 드립니다
* 정가 15,000원
*

ISBN 97889-7073-635-8-13810